中国古典名著精选

# 汉魏六朝诗

余冠英 著

刘枫 主编

黄河出版传媒集团
阳光出版社

## 图书在版编目（CIP）数据

汉魏六朝诗 / 刘枫主编 .—— 银川：阳光出版社，2016.9（2022.05重印）
（中国古典名著精华）
ISBN 978-7-5525-2987-6

Ⅰ.①汉… Ⅱ.①刘… Ⅲ.①古典诗歌－诗集－中国－汉代②古典诗歌－诗集－中国－魏晋南北朝时代 Ⅳ.①I222.73

中国版本图书馆 CIP 数据核字 (2016) 第 223035 号

---

**中国古典名著精华　汉魏六朝诗**　　　　余冠英 著　刘枫 主编

责任编辑　贾　莉
封面设计　瑞知堂文化
责任印制　岳建宁

黄河出版传媒集团
阳　光　出　版　社　出版发行

| | |
|---|---|
| 地　　址 | 宁夏银川市北京东路139号出版大厦（750001） |
| 网　　址 | http://www.ygchbs.com |
| 网上书店 | http://shop129132959.taobao.com |
| 电子信箱 | yangguangchubanshe@163.com |
| 邮购电话 | 0951-5047283 |
| 经　　销 | 全国新华书店 |
| 印刷装订 | 天津兴湘印务有限公司 |
| 印刷委托书号 | （宁）0020191 |

---

| | |
|---|---|
| 开　　本 | 710 mm×1000 mm　1/16 |
| 印　　张 | 15 |
| 字　　数 | 180千字 |
| 版　　次 | 2016年11月第1版 |
| 印　　次 | 2022年5月第2次印刷 |
| 书　　号 | ISBN 978-7-5525-2987-6 |
| 定　　价 | 36.80元 |

汉魏六朝诗

# 目　　录

汉魏六朝诗

中国古典名著精华

# 古诗十九首

　　《古诗十九首》的名称最初出现在萧统所编撰的《昭明文选》中。关于这十九首古诗的作者，向来有多种推测。但千余年来，种种推测都因证据不充分而没有被确认。不但这十九首古诗的作者难以确认，而且他们的写作年代也非常模糊。最通常的说法是认为这十九首古诗"词兼两汉"，就是说这其中既有西汉的作品，也有东汉的作品。当今普遍看法是认为这十九首古诗都是东汉末年的作品。其实，无论它的作者是谁，作品的创作年代如何，这些都不是重要的，最重要的是这十九首古诗本身能够带给它的阅读者一些什么样的感受。

　　这十九首古诗流传至今，不仅因为它是文人所创作的最早，也是最成熟的五言古诗，而且在人们阅读它们的时候，还能够获得感情上的共鸣。它所描写的感情范围大致上有三种：一是离别的伤感，比如《孟冬寒气至》、《客从远方来》；二是失意的沮丧，比如《西北有高楼》、《今日良宴会》；三是对人生无常的恐惧，比如《生年不满百》、《去者日以疏》。这三种感情都是人类普遍拥有的感情基调，所以，当阅读这十九首古诗的时候，读者不免把自己的感情色彩融入其中，自然就容易引起共鸣了。这也就是这十九首古诗流传千余年，依旧为广大读者所推崇的原因。

　　对于古诗十九首，古今许多学者都给了它极高的评价。钟嵘的《诗品》说它"文温以丽，意悲而远，惊心动魄，可谓几乎一字千金。"刘勰在《文心雕龙》中说："观其结体散文，直而不野，婉转附物，怊怅切情，实五言之冠冕也。"明代学者胡应麟在他的《诗薮》中评道："兴象玲珑，意致深婉，真可以泣鬼神，动天地。"古诗十九首所带给读者的不但是阅读上的美感，而且更是心灵上的感动。

　　古诗十九首每首诗并没有一个单独的名称，所以通常以它们的第一句诗句作为他们的名称。

# 行行重行行

行行重行行①，与君生别离②。相去万余里③，各在天一涯④。道路阻且长⑤，会面安可知？胡马依北风⑥，越鸟巢南枝⑦。相去日已远⑧，衣带日已缓⑨。浮云蔽白日，游子不顾反⑩。思君令人老，岁月忽已晚。弃捐勿复道⑪，努力加餐饭⑫！

## 【注释】

①重（chóng 崇）：又。这句是说行而不止。

②生别离：是"生离死别"的意思。屈原《九歌·少司命》："悲莫悲兮生别离。"

③相去：相距，相离。

④涯：方。

⑤阻：艰险。

⑥胡马：北方所产的马。

⑦越鸟：南方所产的鸟。"胡马依北风，越鸟巢南枝"，是当时习用的比喻，借喻眷恋故乡的意思。

⑧已：同"以"。远：久。

⑨缓：宽松。这句意思是说，人因相思而躯体一天天消瘦。

⑩顾反：还返，回家。顾，返也。反，同返。

⑪弃捐：抛弃。

⑫这两句是说这些都丢开不必再说了，只希望你在外保重。

## 【简析】

这是一首在东汉末年动荡岁月中的相思乱离之歌。尽管在流传过程中失去了作者的名字，但"情真、景真、事真、意真"（陈绎《诗谱》），读之使人悲感无端，反复低回，为女主人公真挚痛苦的爱情呼唤所感动。

首句五字,连叠四个"行"字,仅以一"重"字绾结。"行行"言其远,"重行行"极言其远,兼有久远之意,翻进一层,不仅指空间,也指时间。于是,复沓的声调,迟缓的节奏,疲惫的步伐,给人以沉重的压抑感,痛苦伤感的氛围,立即笼罩全诗。"与君生别离",这是思妇"送君南浦,伤如之何"的回忆,更是相思之情再也压抑不住发出的直白的呼喊。诗中的"君",当指女主人公的丈夫,即远行未归的游子。

与君一别,音讯茫然:"相去万余里"。相隔万里,思妇以君行处为天涯;游子离家万里,以故乡与思妇为天涯,所谓"各在天一涯"也。"道路阻且长"承上句而来,"阻"承"天一涯",指路途坎坷曲折;"长"承"万余里",指路途遥远,关山迢递。因此,"会面安可知"!当时战争频仍,社会动乱,加上交通不便,生离犹如死别,当然也就相见无期。

然而,别离愈久,会面愈难,相思愈烈。诗人在极度思念中展开了丰富的联想,凡物都有眷恋乡土的本性:"胡马依北风,越鸟巢南枝。"飞禽走兽尚且如此,何况人呢? 这两句用比兴手法,突如其来,效果远比直说更强烈感人。表面上喻远行君子,说明物尚有情,人岂无思的道理,同时兼暗喻思妇对远行君子深婉的恋情和热烈的相思——胡马在北风中嘶鸣了,越鸟在朝南的枝头上筑巢了,游子啊,你还不归来啊!"相去日已远,衣带日已缓",自别后,我容颜憔悴,首如飞蓬,自别后,我日渐消瘦,衣带宽松,游子啊,你还不归来啊! 正是这种心灵上无声的呼唤,才越过千百年,赢得了人们的旷世同情和深深的愧叹。

如果稍稍留意,至此,诗中已出现了两次"相去"。第一次与"万余里"组合,指两地相距之远;第二次与"日已远"组合,指夫妻别离时间之长。相隔万里,日复一日,是忘记了当初旦旦誓约? 还是为他乡女子所迷惑? 正如浮云遮住了白日,使明净的心灵蒙上了一片云翳?"浮云蔽白日,游子不顾反",这使女主人公忽然陷入深深的苦痛和彷徨之中。诗人通过由思念引起的猜测疑虑心理"反言之",思妇的相思之情才愈显刻骨,愈显深婉、含蓄,意味不尽。

猜测、怀疑,当然毫无结果;极度相思,只能使形容枯槁。这就是"思君令人老,岁月忽已晚。""老",并非实指年龄,而指消瘦的体貌和忧伤的心情,是说心身憔悴，有似衰老而已。"晚"，指行人未归，岁月已晚，表明春秋忽代谢，相思又一年，暗喻女主人公青春易逝，坐愁红颜老的迟暮之感。

坐愁相思了无益。与其憔悴自弃，不如努力加餐，保重身体，留住青春容光，以待来日相会。故诗最后说："弃捐勿复道，努力加餐饭。"至此，诗人以期待和聊以自慰的口吻，结束了她相思离乱的歌唱。

诗中淳朴清新的民歌风格，内在节奏上重叠反复的形式，同一相思别离用或显、或寓、或直、或曲、或托物比兴的方法层层深入，"若秀才对朋友说家常话"式单纯优美的语言，正是这首诗具有永恒艺术魅力的所在。

# 青青陵上柏

青青陵上柏①，磊磊涧中石②。

人生天地间，忽如远行客。

斗酒相娱乐，聊厚不为保。

驱车策驽马，游戏宛与洛。

洛中何郁郁，冠带自相索。

长衢罗夹巷③，王侯多第宅。

两宫摇踵望④，双阙百余尺。

极宴娱心意，戚戚何所迫？

## 【注释】

①陵：大的土山。

②磊磊：众石攒聚的样子。

③衢：大街。

④指洛阳城内的南北两宫。

## 【简析】

这首诗与《古诗》中的另一首《驱车上东门》(见后)在感慨生命短促这

一点上有共同性,但艺术构思和形象蕴含却很不相同。《驱车上东门》的主人公望北邙而生哀,想到的只是死和未死之前的生活享受;这首诗的主人公游京城而兴叹,想到的不止死和未死之时的吃好穿好。

开头四句,接连运用有形、有色、有声、有动作的事物作反衬、作比喻,把生命短促这样一个相当抽象的意思讲得很有实感,很带激情。主人公独立苍茫,俯仰兴怀:向上看,山上古柏青青,四季不凋;向下看,涧中众石磊磊,千秋不灭。头顶的天,脚底的地,当然更其永恒;而生于天地之间的人呢,却像出远门的旅人那样,匆匆忙忙,跑回家去。《文选》李善注引《尸子》、《列子》释"远行客":"人生于天地之间,寄也。寄者固归。""死人为'归人',则生人为'行人'。"《古诗》中如"人生寄一世","人生忽如寄"等,都是不久即"归"(死)的意思。

第五句以下,写主人公因感于生命短促而及时行乐。"斗酒"虽"薄"(兼指量少、味淡),也可娱乐,就不必嫌薄,姑且认为厚吧!驽马虽劣,也可驾车出游,就不必嫌它不如骏马。借酒消忧,由来已久;"驾言出游,以写我忧"(《诗经·邶风·泉水》),也是老办法。这位主人公,看来是两者兼用的。"宛"(今河南南阳)是东汉的"南都","洛"(今河南洛阳)是东汉的京城。这两地,都很繁华,何妨携"斗酒",赶"驽马",到那儿去玩玩。接下去,用"何郁郁"赞叹洛阳的繁华景象,然后将笔触移向人物与建筑。"冠带",顶冠束带者,指京城里的达官显贵。"索",求访。"冠带自相索",达官显贵互相探访,无非是趋势利,逐酒食,后面的"极宴娱心意",就明白地点了。"长衢"(大街),"夹巷"(排列大街两侧的胡同),"王侯第宅","两宫","双阙",都不过是"冠带自相索","极言娱心意"的场所。主人公"游戏"京城,所见如此,会有什么感想呢?结尾两句,就是抒发感想的,可是歧解纷纭,各有会心,颇难作出大家都感到满意的阐释。有代表性的歧解是这样的:

一云结尾两句,都指主人公。"极宴"句承"斗酒"四句而来,写主人公享乐。

一云结尾两句,都指"冠带"者。"是说那些住在第宅、宫阙的人本可以极宴娱心,为什么反倒戚戚忧惧,有什么迫不得已的原因呢?""那些权贵豪门原来是戚戚如有所迫的,弦外之音是富贵而可忧,不如贫贱之可乐"(余冠英《汉魏六朝诗选》)。

一云结尾两句,分指双方。"豪门权贵的只知'极宴娱心'而不知忧国爱民,正与诗中主人公戚戚忧迫的情形形成鲜明对照"(《两汉文学史参考资料》)。从全诗章法看,分指双方较合理,但又绝非忧乐对照。"极宴"句承写"洛中"各句而来,自然应指豪权贵。主人公本来是因生命短促而自寻"娱乐"、又因自寻"娱乐"而"游戏"洛中的,结句自然应与"娱乐"拍合。当然,主人公的内心深处未尝不"戚戚",但口上说的毕竟是"娱乐",是"游戏"。从"斗酒"、"驽马"诸句看,特别是从写"洛中"所见诸句看,这首诗的主人公,其行乐有很大的勉强性,与其说是行乐,不如说是借行乐以消忧。而忧的原因,也不仅是生命短促。生当乱世,他不能不厌乱忧时,然而到京城去看看,从"王侯第宅"直到"两宫",都一味寻欢作乐,醉生梦死,全无忧国忧民之意。自己无权无势,又能有什么作为,还是"斗酒娱乐","游戏"人间吧!"戚戚何所迫",即何所迫而戚戚。用现代汉语说,便是:有什么迫使我戚戚不乐呢(改成肯定语气,即"没有什么使我戚戚不乐")?全诗内涵,本来相当深广,用这样一个反诘句作结,更其余味无穷。

## 青青河畔草

青青河畔草,郁郁园中柳①。
盈盈楼上女,皎皎当窗牖②。
娥娥红粉妆,纤纤出素手③。
昔为倡家女,今为荡子妇。
荡子行不归,空床难独守。

【注释】

①郁郁:浓密茂盛的样子。

②皎皎:白皙明洁貌。

③纤纤:细长。

汉魏六朝诗

**【简析】**

她，独立楼头体态盈盈，如临风凭虚；她，倚窗当轩，容光照人，皎皎有如轻云中的明月；为什么，她红妆艳服，打扮得如此用心；为什么，她牙雕般的纤纤双手，扶着窗棂，在久久地引颈远望：她望见了什么呢？望见了园久河畔，草色青青，绵绵延延，伸向远方，"青青河畔草，绵绵思无道；远道欲何之，宿昔梦见之"（《古诗》），原来她的目光，正随着草色，追踪着远行人往日的足迹；她望见了园中那株郁郁葱葱的垂柳，她曾经从这株树上折枝相赠，希望柳丝儿，能"留"住远行人的心儿。原来一年一度的春色，又一次燃起了她重逢的希望，也撩拨着她那青春的情思。希望，在盼望中又一次归于失望，情思，在等待中化成了悲怨。她不禁回想起生活的播弄，她，一个倡家女，好不容易挣脱了欢场泪歌的羁绊，找到了惬心的郎君，希望过上正常的人的生活，然而何以造化如此弄人，她不禁在心中呐喊："远行的荡子，为何还不归来，这冰凉的空床，叫我如何独守！"

本诗定的就是这样一个重演过无数次的平凡的生活片断，用的也只是即景抒情的平凡的章法："秀才说家常话"（谢榛语）式的平凡语言，然而韵味却不平凡。能于平凡中见出不平凡的境界来，就是本诗，也是《古诗十九首》那后人刻意雕镂所不能到的精妙。

诗的结构看似平直，却直中有婉，极自然中得虚实相映、正反相照之妙。诗境的中心当然是那位楼头美人，草色柳烟，是她望中所见，但诗人——他可能是偶然望见美人的局外人，也可能就是那位远行的荡子——代她设想，则自然由远而近，从园外草色，收束到园内柳烟，更汇聚到一点，园中心那高高楼头。自然界的青春，为少妇的青春作陪衬；青草碧柳为艳艳红妆陪衬，美到了极致。而惟其太美，所以篇末那突发的悲声才分外感人，也只是读诗至此，方能进一步悟到，开首那充满生命活力的草树，早已抹上了少妇那梦思般的哀愁。这也就是前人常说的《十九首》之味外味。如以后代诗家的诗法分析，形成前后对照、首尾相应的结构。然而诗中那朴茂的情韵，使人不能不感到，诗人并不一定作如此巧妙营构，他，只是为她设想，以她情思的开展起伏为线索，一一写成，感情的自然曲折，形成了诗歌结构的自然曲折。

　　诗的语言并不惊奇，只是用了民歌中常用的叠词，而且一连用了六个，但是贴切而又生动。青青与郁郁，同是形容植物的生机畅茂，但青青重在色调，郁郁兼重意态，且二者互易不得。柳丝堆烟，方有郁郁之感，河边草色，伸展而去，是难成郁郁之态的，而如仅以青青状柳，亦不足尽其意态。盈盈、皎皎，都是写美人的风姿，而盈盈重在体态，皎皎重在风采，由盈盈而皎皎，才有如同明月从云层中步出那般由隐绰到不鲜的感觉，试先后互易一下，必会感到轻重失当。娥娥与纤纤同是写其容色，而娥娥是大体的赞美，纤纤是细部的刻画，如互易，又必致不顺。六个叠字无一不切，由外围而中心，由总体而局部，由朦胧而清晰，烘托刻画了楼上女尽善尽美的形象，这里当然有一定的提炼选择，然而又全是依诗人远望或者悬想的过程逐次映现的。也许正是因为顺想像的层次自然展开，才更帮助了当时尚属草创的五言诗人词汇用得如此贴切，不见雕琢之痕，如凭空营构来位置词藻，效果未必会如此好。这就是所谓"秀才说家常话"。

　　六个叠字的音调也富于自然美，变化美。青青是平声，郁郁是仄声，盈盈又是平声，浊音，皎皎则又为仄声，清音；娥娥，纤纤同为平声，而一浊一清，平仄与清浊之映衬错综，形成一片宫商，谐和动听。当时声律尚未发现，诗人只是依直觉发出了天籁之音，无怪乎钟嵘《诗品》要说"蜂腰鹤膝，闾里已具"了。这种出于自然的调声，使全诗音节在流利起伏中仍有一种古朴的韵味，细辨之，自可见与后来律调的区别。

　　六个叠词声、形两方面的结合，在叠词的单调中赋予了一种丰富的错落变化。这单调中的变化，正入神地传达出了女主人公孤独而耀目的形象，寂寞而烦扰的心声。

　　无须说，这位诗人不会懂得个性化、典型化之类的美学原理，但深情的远望或悬想，情之所钟，使他恰恰写出了女主人公的个性与典型意义。这是一位倡女，长年的歌笑生涯，对音乐的敏感，使她特别易于受到阳春美景中色彩与音响的撩拨、激动。她不是王昌龄《闺怨》诗中那位不知愁的天真的贵族少女。她凝妆上楼，一开始就是因为怕迟来的幸福重又失去，而去痴痴地盼望行人，她娥娥红妆也不是为与春色争美，而只是为了伊人，痴想着他一回来，就能见到她最美的容姿。因此她一出场就笼罩在一片草色凄凄，垂柳郁郁的哀怨气氛中。她受苦太深,希望太切,失望也因而太沉重,心灵的重压,使她迸发出"空床难独守"这一无声却又是赤裸裸的情热的呐喊。这不是"悔教夫婿觅封候"式的精致的委婉,而只是,也只能是倡家女的坦露。也惟因其几近无告的孤苦呐喊,才与其明艳的丽质,形成极强烈的对比,具有震撼人心的力量。诗人在自然真率的描摹中,显示了从良倡家女的个性,也通过她使读者看到在游宦成风而希望渺茫的汉末,一代中下层妇女的悲剧命运——虽然这种个性化的典型性,在诗人握笔之际,根本不会想到。

# 西北有高楼

西北有高楼,上与浮云齐。交疏结绮窗<sup>①</sup>,阿阁三重阶<sup>②</sup>。上有弦歌声,音响一何悲! 谁能为此曲? 无乃杞梁妻<sup>③</sup>。清商随风发<sup>④</sup>,中曲正徘徊<sup>⑤</sup>。一弹再三叹,慷慨有余哀<sup>⑥</sup>。不惜歌者苦<sup>⑦</sup>,但伤知音稀<sup>⑧</sup>。愿为双鸿鹄<sup>⑨</sup>,奋翅起高飞<sup>⑩</sup>。

**【注释】**

①疏:透刻。绮:有花纹的细绫。这句是说窗上透刻着像细绫花纹一样的格子。

②阿阁:四面有曲檐的楼阁。这句是说阿阁建在有三层阶梯的高台上。

③无乃:是"莫非"、"大概"的意思。杞梁妻:杞梁妻的故事,最早见于《左传·襄公二十三年》,后来许多书都有记载。据说齐国大夫杞梁,出征莒国,战死在莒国城下。其妻临尸痛哭,一连哭了十个日夜,连城也被她哭塌了。《琴曲》有《杞梁妻叹》,《琴操》说是杞梁妻作,《古今注》说是杞梁妻妹朝日所作。这两句是说,楼上谁在弹唱如此凄惋的歌曲呢? 莫非是像杞梁妻那样的人吗?

④清商:乐曲名。清商曲音清越,宜于表现哀怨的情绪。

⑤中曲:乐曲的中段。徘徊:指乐曲旋律回环往复。

⑥慷慨:《说文》:"壮士不得志于心也。"

⑦惜：痛。

⑧知音：识曲的人，借指知心的人。相传俞伯牙善鼓琴，钟子期善听琴，子期死后，伯牙再不弹琴，因为再没有知音的人。这两句是说，我难过的不只是歌者心有痛苦，而是她内心的痛苦没有人理解。

⑨鸿鹄：据朱骏声《说文通训定声》说："凡鸿鹄连文者即鹄。"鹄，就是"天鹅"。一作"鸣鹤"。

⑩高飞：远飞。这二句是说愿我们像一双鸿鹄，展翅高飞，自由翱翔。

## 【简析】

慨叹着"何不策高足，先据要路津"的汉末文人，面对的却是一个君门深远、宦官挡道的苦闷时代。是骐骥，总得有识马的伯乐才行；善琴韵，怎少得了钟期这样的知音？壮志万丈而报国无门——在茫茫人和事中，还有什么比这更教人嗟伤的呢？

此诗的作者，就是这样一位彷徨中路的失意人。这失意当然是政治上的，但在比光倾诉之时，却幻化成了"高楼"听曲的凄切一幕。

从那西北方向，隐隐传来铮铮的弦歌之音。诗人循声而去，蓦然抬头，便已见有一座"高楼"矗立眼前。这高楼是那样堂皇，而且在恍惚之间又很眼熟："交疏结绮窗，阿阁三重阶"——刻镂着花纹的木条，交错成绮文的窗格；四周是高翘的阁檐，阶梯有层叠三重，正是诗人所见过的帝宫气象。但帝宫又不似这般孤清，而且也比不上它的高峻：那巍峨的楼影，分明耸入了飘忽的"浮云"之中。

人们常把这四句所叙视为实境，甚至还有指其实为"高阳王雍之楼"的（杨衒之《洛阳伽蓝记》）。其实是误解。明人陆时雍指出，《古诗十九首》在艺术表现上的一大特点，就是"托"："情动于中，郁勃莫已，而势又不能自达，故托为一意、托为一物、托为一境以出之"（《古诗镜》）。此诗即为诗人假托之"境"，"高楼"云云，全从虚念中托生，故突兀而起、孤清不群，而且"浮云"缥缈，呈现出一种奇幻的景象。

那"弦歌"之声就从此楼高处飘下。诗中没有点明时间，从情理说大约正值夜晚。在万籁俱寂中，听那"音响一何悲"的琴曲，恐怕有更多一重哀情笼盖而下的感觉吧？这感觉在诗人心中造成一片迷茫："谁能为此曲？无乃杞梁妻！""杞梁"即杞梁殖。传说他为齐君战死，妻子悲恸于"上则无父，中则无夫，下则无子，人生之苦至矣"，乃"抗声长哭"竟使杞之都城为之倾颓（崔豹《古今注》）。而今，诗人所听到的高楼琴曲，似乎正有杞梁妻那哭颓杞都之悲，故以之为喻。全诗至此，方着一"悲"字，顿使高楼听曲的虚境，蒙上了一片凄凉的氛围。

那哀哀弦歌于高处的"歌者"是谁？诗人既在楼下，当然无从得见；对于读者来说，便始终是一个未揭之谜。不过有一点是清楚的：诗中将其比为"杞梁妻"，自必是一位女子。这女子大约全不知晓，此刻楼下正有一位循声而来、伫听已久的诗人在。她只是铮铮地弹着，让不尽的悲哀在琴声倾泻："清商随风发，中曲正徘徊。""商"声清切而"多伤"，当其随风飘发之际，听去该有多么凄凉！这悲弦奏到"中曲"，便渐渐舒徐迟回，大约正如白居易《琵琶行》所描述的，已到了"幽咽泉流水下滩"、"冰泉冷涩弦凝绝"之境。接着是铿然"一弹"，琴歌顿歇，只听到声声叹息，从高高的楼窗传出。"一弹再三叹，慷慨有余哀"——在这阵阵的叹息声中，正有几多压抑难伸的慷慨之情，追着消散而逝的琴韵回旋！

这四句着力描摹琴声，全从听者耳中写出。但"摹写声音，正摹写其人也"（张庚《古诗十九首解》）。读者从那琴韵和"叹"息声中，不正隐隐约约，"看见"了一位蹙眉不语、抚琴堕泪的"绝代佳人"的身影？但妙在诗人"说得缥缈，令人可想而不可即"罢了（吴淇《选诗定论》）。当高楼弦歌静歇的时候，楼下的诗人早被激得泪水涔涔："不惜歌者苦，但伤知音稀。"人生谁无痛苦？但这歌者的痛苦似乎更深切、广大，而且是那样难以言传。当她借铮铮琴声倾诉的时候，难道不希望得到"知音"者的理解和共鸣？但她找到了"知音"吗？没有。这人世间的"知音"，原本就是那样稀少而难觅的呵！如此说来，这高楼佳人的痛苦，即使借琴曲吐露，岂不也是枉然——这大约正是使她最为伤心感怀、再三叹息的缘故罢？但是，我们的诗人，却从那寂寂静夜的凄切琴声中，理解了佳人不遇"知音"的伤情。这伤情是那样强烈地震撼了他——因为他自己也正是一位不遇"知音"的苦苦寻觅者呵！共同的命运，把诗人和"歌者"的心连结在了一起；他禁不住要脱口而出，深情地安慰这可怜的"歌者":再莫要长吁短叹!在这茫茫的人世间,自有和你一样寻觅"知音"的人儿,能理解你长夜不眠的琴声。"愿为双鸿鹄,奋翅起高飞",愿我们化作心心相印的鸿鹄,从此结伴高飞,去遨游那无限广阔的蓝天白云! 这就是发自诗人心底的热切呼唤,它从诗之结句传出,直向着"上与浮云齐"的高楼绮窗飘送而去。伤心的佳人呵,你可听到了这旷世"知音"的深情呼唤? 正如"西北有高楼"的景象,全是诗人托化的虚境一样;人们自然明白:就是这"弦歌"高楼的佳人,也还是出于诗人的虚拟。所以读者一眼即可猜透:那佳人实在正是诗人自己——他无非是在借佳人不遇"知音"之悲,抒写自身政治上的失意之情罢了。不过,悲愤的诗人在"抚衷徘徊"之中会生此奇思:不仅把自身托化为高楼的"歌者",而且又从自身化出另一位"听者",作为高楼佳人的"知音"而欷歔感怀、聊相慰藉——透过诗面上的终于得遇"知音"、奋翅"高飞",人们感受到的,恰恰是一种"四顾无侣"、自歌自听的无边寂寞和伤情! 诗人的内心痛苦,正借助于这痛苦中的奇幻之思,表现得分外悱恻和震颤人心。吴淇称《古诗十九首》中,"惟此首最为悲酸。"不知读者可有同感?

## 涉江采芙蓉

涉江采芙蓉①,兰泽多芳草②。采之欲遗谁?所思在远道③。还顾望旧乡④,长路漫浩浩⑤。同心而离居⑥,忧伤以终老⑦。

【注释】

①芙蓉:荷花的别名。

②兰泽:生有兰花的沼泽。

③远道:犹言"远方"。

④旧乡:故乡。

⑤漫浩浩:犹"漫漫浩浩",形容路途的遥远无尽头。

⑥同心:古代习用的成语,多用于男女之间的爱情或夫妇感情融洽。

⑦终老:终生。

## 【简析】

有许多动人的抒情诗,初读时总感到它异常单纯。待到再三涵泳,才发现这"单纯",其实寓于颇微妙的婉曲表现之中。

《涉江采芙蓉》就属于这一类。初看起来,似乎无须多加解说,即可明白它的旨意,乃在表现远方游子的思乡之情。诗中的"还顾望旧乡,长路漫浩浩",不正把游子对"旧乡"的望而难归之思,抒写得极为凄惋么?那么,开篇之"涉江采芙蓉"者,也当是离乡游子无疑了。不过,游子之求宦京师,是在洛阳一带,又怎么可能去"涉"南方之"江"采摘芙蓉?而且按江南民歌所常用的谐音双关手法,"芙蓉"(荷花)往往以暗关着"夫容",明是女子思夫口吻,岂可径指其为"游子"?连主人公的身份都在两可之间,可见此诗并不单纯。我们不妨先从女子口吻,体味一下它的妙处。

夏秋之交,正是荷花盛开的美好季节。在风和日丽中,荡一叶小舟,穿行在"莲叶何田田"、"莲花过人头"的湖泽之上,开始一年一度的采莲活动,可是江南农家女子的乐事!采莲之际,摘几枝红莹可爱的莲花,归去送给各自的心上人,难说就不是妻子、姑娘们真挚情意的表露。何况在湖岸泽畔,还有着数不清的兰、蕙芳草,一并摘置袖中、插上发际,幽香袭人,岂不更教人心醉?——这就是"涉江采芙蓉,兰泽多芳草"两句吟叹,所展示的如画之境。倘若倾耳细听,你想必还能听到湖面上、"兰泽"间传来的阵阵戏谑、欢笑之声哩!

但这美好欢乐的情景,刹那间被充斥于诗行间的叹息之声改变了。镜头迅速摇近,你才发现,这叹息来自一位怅立船头的女子。与众多姑娘的嬉笑打诨不同,她却注视着手中的芙蓉默然无语。此刻,"芙蓉"在她眼中幻出了一张亲切微笑的面容——他就是这位女子苦苦思念的丈夫。"采之欲遗谁?所思在远道!"长长的吁叹,点明了这女子全部忧思之所由来:当姑娘们竞相采摘着荷花,声言要将最好的一朵送给"心上"人时,女主人公思念的丈夫,却正远在天涯!她徒然采摘了美好的"芙蓉",此刻还能遗送给谁?人们总以为,倘要表现人物的寂寞、凄凉,最好是将他(她)放在孤身独处的清秋,因为那最能烘托人物的凄清心境。但你是否想到,有时将人物置于美好、欢乐的采莲背景上,抒写女主人公独自思夫的忧伤,正具有以"乐"衬"哀"的强烈效果。

接着两句空间突然转换,出现在画面上的,似乎已不是拈花沉思的女主人公,而是那身在"远道"的丈夫了:"还顾望归乡,长路漫浩浩。"仿佛是心灵感应似的,正当女主人公独自思夫的时候,她远方的丈夫,此刻也正带着无限忧愁,回望着妻子所在的故乡。他望见了故乡的山水、望见了那在江对岸湖泽中采莲的妻子么?显然没有。此刻展现在他眼间的,无非是漫漫无尽的"长路",和那阻止山隔水的浩浩烟云!许多读者以为,这两句写的是还望"旧乡"的实境,从而产生了诗之主人公乃离乡游子的错觉。实际上,这两句的"视点"仍在江南,表现的依然是那位采莲女子的痛苦思情。不过在写法上,采用了"从对面曲揣彼意,言亦必望乡而叹长途"(张玉谷《古诗赏析》)的"悬想"方式,从面造出了"诗从对面飞来"的绝妙虚境。

这种"从对面曲揣彼意"的表现方式,与《诗经》"卷耳"、"陟岵"的主人公,在悬想中显现丈夫骑马登山望乡,父母在云际呼唤儿子的幻境,正有着异曲同工之妙——所以,诗中的境界应该不是空间的转换和女主人公的隐去,而是画面的分隔和同时显现:一边是痛苦的妻子,正手拈芙蓉、仰望远天,身后的密密荷叶、红丽荷花,衬着她飘拂的衣裙,显得那么孤独而凄清;一边则是云烟缥缈的远空,

隐隐约约摇晃着返身回望丈夫的身影,那一闪而隐的面容,竟那般愁苦!两者之间,则是层叠的山峦和浩荡的江河。双方都茫然相望,当然谁也看不见对方。正是在这样的静寂中,天地间幽幽响起了一声凄伤的浩汉:"同心而离居,忧伤以终老"!这浩叹无疑发自女主人公心胸,但因为是在"对面"悬想的境界中发出,你所感受到的,就不是一个声音:它仿佛来自万里相隔的天南地北,是一对同心离居的夫妇那痛苦叹息的交鸣!这就是诗之结句所传达的意韵。当你读到这结句时,你是否感觉到:此诗抒写的思夫之情虽然那样"单纯",但由于采取了如此婉曲的表现方式,便如山泉之曲折奔流,最后终于汇成了飞凌山岩的急瀑,震荡起撼人心魄的巨声?

上文已经说到,此诗的主人公应该是位女子,全诗所抒写的,是故乡妻

子思念丈夫的深切忧伤。但倘若把此诗的作者,也认定是这女子,那就错了。马茂元先生说得好:"文人诗与民歌不同,其中思妇词也出于游子虚拟。"因此,《涉江采芙蓉》最终仍是游子思乡之作,只是在表现游子的苦闷、忧伤时,采用了"思妇调"的"虚拟"方式:"在穷愁潦倒的客愁中,通过自身的感受,设想到家室的离思,因而把一性质的苦闷,从两种不同角度表现出来"(马茂元《论〈古诗十九首〉》)。从这一点看,《涉江采芙蓉》为表现游子思乡的苦闷,不仅虚拟了全篇的"思妇"之词,而且在虚拟中又借思妇口吻,"悬想"出游子"还顾望旧乡"的情景。这样的诗情抒写,就不只是"婉曲",简直是奇想了!

# 迢迢牵牛星

迢迢牵牛星①,皎皎河汉女②。纤纤擢素手③,札札弄机杼④;终日不成章⑤,泣涕零如雨⑥;河汉清且浅,相去复几许⑦!盈盈一水间⑧,脉脉不得语⑨。

## 【注释】

①迢迢:远貌。牵牛星:俗称"牛郎星",是天鹰星座的主星,在银河南。

②皎皎:明貌。河汉:银河。河汉女,指织女星,是天琴星座的主星,在银河北。织女星与牵牛星隔河相对。

③擢:举,摆动。这句是说,织女摆动她的纤纤素手。

④札札:机织声。

⑤终日不成章:是用《诗经·大东》语意,说织女终日也织不成布。《诗经》原意是织女徒有虚名,不会织布;这里则是说织女因害相思,而无心织布。章:指布匹上的经纬纹理。

⑥零:落。

⑦几许:犹言"几何"。这两句是说,织女和牵牛二星彼此只隔着一条银河,相距才有多远!

⑧盈盈：水清浅貌。间：隔。

⑨脉脉：含情相视貌。

## 【简析】

牵牛和织女本是两个星宿的名称。牵牛星即"河鼓二"，在银河东。织女星又称"天孙"，在银河西，与牵牛相对。在中国有关天牵牛和织女的民间故事起源很早。《诗·小雅·大东》已经写到了牵牛和织女，但还只是作为两颗星来写的。《春秋元命苞》和《淮南子·俶真》开始说织女是神女。而在曹丕的《燕歌行》，曹植的《洛神赋》和《九咏》里，牵牛和织女已成为夫妇了。曹植《九咏》曰："牵牛为夫，织女为妇。织女牵牛之星各处河鼓之旁，七月七日乃得一会。"这是当时最明确的记载。《古诗十九首》中的这首《迢迢牵牛星》写牵牛织女夫妇的离隔，它的时代在东汉后期，略早于曹丕和曹植。将这首诗和曹氏兄弟的作品加以对照，可以看出，在东汉末年到魏这段时间里，牵牛和织女的故事大概已经定型了。此诗写天上一对夫妇牵牛和织女，视点却在地上，是以第三者的眼睛观察他们夫妇的离别之苦。开关两句分别从两处落笔，言牵牛曰"迢迢"，言织女曰"皎皎"。迢迢、皎皎互文见义，不可执着。牵牛何尝不皎皎，织女又何尝不迢迢呢？他们都是那样的遥远，又是那样的明亮。但以迢迢属之牵牛，则很容易让人联想到远在他乡的游子，而以皎皎属之织女，则很容易让人联想到女性的美。如此说来，似乎又不能互换了。如果因为是互文，而改为"皎皎牵牛星，迢迢河汉女"，其意趣就减去了一半。诗歌语言的微妙于此可见一斑。称织女为"河汉女"是为了凑成三个音节，而又避免用"织女星"在三字。上句已用了"牵牛星"，下句再说"织女星"，既不押韵，又显得单调。"河汉女"就活脱多了。"河汉女"的意思是银河边上的那个女子，这说法更容易让人联想到一个真实的女人，而忽略了她本是一颗星。不知作者写诗时是否有这番苦心，反正写法不同，艺术效果亦迥异。总之，"迢迢牵牛星，皎皎河汉女"这十个字的安排，可以说是最巧妙的安排而又具有最浑成的效果。

以下四句专就织女这一方面来写，说她虽然整天在织，却织不成匹，因为她心灵中悲伤不已。"纤纤擢素手"意谓擢纤纤之素手，为了和下句"札札弄机杼"对仗,而改变了句子的结构。"擢"者,引也,抽也,接近伸出的意思。
"札札"是机杼之声。"杼"是织布机上的梭子。诗人在这里用了一个"弄"
字。《诗经·小雅·斯干》:"乃生女子,载弄之瓦(纺)。"这弄字是玩、戏的
意思。织女虽然伸出素手,但无心于机织,只是抚弄着机杼,泣涕如雨水一
样滴下来。"终日不成章"化用《诗经·大东》语意:"跂彼织女,终日七襄。
虽则七襄,不成报章。"

最后四句是诗人的慨叹:"河汉清且浅,相去复几许?盈盈一水间,脉脉
不得语。"那阻隔了牵牛和织女的银河既清且浅,牵牛与织女相去也并不远,
虽只一水之隔却相视而不得语也。"盈盈"或解释为形容水之清浅,恐不确。
"盈盈"不是形容水,它和下句的"脉脉"都是形容织女。《文选》六臣注:"盈
盈,端丽貌。"是确切的。人多以为"盈盈"既置于"一水"之前,必是形容水
的。但盈的本意是满溢,如果是形容水,那么也应该是形容水的充盈,而不
是形容水的清浅。把盈盈解释为清浅是受了上文"河水清且浅"的影响,并
不是盈盈的本意。《文选》中出现"盈盈"除了这首诗外,还有"盈盈楼上女,
皎皎当窗牖"。亦见于《古诗十九首》。李善注:"《广雅》曰:'嬴,容也。'盈
与嬴同,古字通。"这是形容女子仪态之美好,所以五臣注引申为"端丽"。又
汉乐府《陌上桑》:"盈盈公府步,冉冉府中趋。"也是形容人的仪态。织女既
被称为河汉女,则其仪容之美好亦映现于河汉之间,这就是"盈盈一水间"的
意思。"脉脉",李善注:"《尔雅》曰:'脉,相视也。'郭璞曰:'脉脉谓相视貌
也。'""脉脉不得语"是说河汉虽然清浅,但织女与牵牛只能脉脉相视而不
得语。

这首诗一共十六句,其中六句都用了叠声词,即"迢迢"、"皎皎"、"纤
纤"、"盈盈"、"脉脉"。这些叠音词使这首诗质朴、清丽,情趣盎然。特别是
后两句,一个饱含离愁的少妇形象若现于纸上,意蕴深沉风格浑成,是极难
得的佳句。

# 生年不满百

生年不满百，常怀千岁忧。
昼短苦夜长，何不秉烛游！
为乐当及时，何能待来兹？
愚者爱惜费①，但为后世嗤②。
仙人王子乔，难可与等期。

【注释】

①费：费用，指钱财。
②嗤：轻蔑地笑。

【简析】

人生价值的怀疑，似乎常是因为生活的苦闷。在苦闷中看人生，许多传统的观念，都会在怀疑的目光中轰然倒塌。这首诗即以轻快的旷达之语，给世间的两类追求者，兜头浇了一桶冷水。

首先是对吝啬聚财的"惜费"者的嘲讽，它几乎占了全诗的主要篇幅。这类人正如《诗经·唐风》"山有枢"一诗所讽刺的："子有衣裳，弗曳弗娄（穿裹着）；子有车马，弗驰弗驱。宛其死矣，他人是愉"——只管苦苦地聚敛财货，就不知道及时享受。他们所忧虑的，无非是子孙后代的生计。这在诗人看来，简直愚蠢可笑："生年不满百，常怀千岁忧"——纵然你能活上百年，也只能为子孙怀忧百岁，这是连小孩都明白的常识；何况你还未必活得了百年，偏偏想忧及"千岁"，岂非愚不可及！开篇落笔，以"百年"、"千年"的荒谬对接，揭示那些活得吝啬的"惜费"者的可笑情态，真是妙不可言。接着两句更奇："昼短苦夜长，何不秉烛游"！"游"者，放情游乐也。把生命的白昼，尽数沉浸在放情游乐之中，已够耸人听闻的了，诗人却还"苦"于白昼太"短"，竟异想天开，劝人把夜晚的卧息时间，也都用来行乐，真亏他想得出来！夜晚黑灯瞎火，就不怕败了游兴？诗人却早备良策：那就干脆手持烛火而游！——把放情行乐之思，表述得如此赤裸而大言不惭，这不仅在汉代诗坛上，就是在整个古代诗歌史上，恐怕都算得上惊世骇俗之音了。至于那些孜孜追索于藏金窖银的守财奴，听了不更要瞠目咋舌？这些是被后世诗论家叹为"奇情奇想，笔势峥嵘"的开篇四句（方东树《昭昧詹言》）。它们一反一正，把终生忧虑与放情游乐的人生态度，鲜明地对立起来。

诗人似乎早就料到，鼓吹这样的放荡之思，必会遭到世俗的非议。也并非不想享受，只是他们常抱着"苦尽甘来"的哲学，把人生有限的享乐，推延到遥远的未来。诗人则断然否定这种哲学：想要行乐就得"及时"，哪能总等待来年？为何不能等待来年？诗中没有说。其弦外之音，却让《古诗十九首》的另一首点着了："人生忽如寄，寿无金石固"——安知你"来兹"不会有个三长两短，突然成了"潜寐黄泉下，千载永不寤"的"陈死人"（《驱车上东门》）？那时再思享乐，岂非晚矣！这就是在诗人世间"及时"行乐的旷达之语后面，所包含着的许多人生的痛苦体验。从这一点看，"惜费"者的终日汲汲无欢，只想着为子孙攒点财物，便显得格外愚蠢了。因为他们生时的"惜费"，无非养育了一批游手好闲的子孙。当这些不肖子孙挥霍无度之际，难道会感激祖上的积德？也许他们倒会在背底里，嗤笑祖先的不会享福哩！"愚者爱惜费，但为后世嗤"二句，正如方廷所说："直以一杯冷水，浇财奴之背"（《文选集成》）。其嘲讽辞气之尖刻，确有对愚者的"唤醒醉梦"之力。

全诗抒写至此，笔锋始终都只针对着"惜费"者。只是到了结尾，才突然"倒卷反掉"，指向了人世的另一类追求：仰慕成仙者。对于神仙的企羡，从秦始皇到汉武帝，都干过许多蠢事。就是汉代的平民，又何不尝津津乐道于王子乔被神秘道士接上嵩山、终于乘鹤成仙的传说？在汉乐府中，因此留下了"王子乔，参驾白鹿云中遨。下游来，王子乔"的热切呼唤。但这种得遇神仙的期待，到了苦闷的汉末，也终于被发现只是一场空梦（见《驱车上东门》："服食求神仙，多为药所误。不如饮美酒，被服纨与素"）。所以，对于那些还在做着这类"成仙"梦的人，诗人便无须多费笔墨，只是借着嘲讽"惜费"者的余势，顺手一击，便就收束："仙人王子乔，难可与等期"！这结语在全诗似乎逸出了主旨，一下子岔到了"仙人"身上，但诗人之本意，其实还在"唤醒"那些"惜费"者,即朱筠《古诗十九首说》指出的:"仙不可学,愈知愚费之不可惜矣"。只轻轻一击,即使慕仙者为之颈凉,又照应了前文"为乐当及时"之意:收结也依然是旷达而巧妙的。

这样一首以放浪之语抒写"及时行乐"的奇思奇情之作,似乎确可将许多人们的人生迷梦"唤醒";有些研究者因此将这类诗作,视为汉代"人性觉醒"的标志。但仔细想来,"常怀千岁忧"的"惜费"者固然愚蠢;但要说人生的价值就在于及时满足一己的纵情享乐,恐怕也未必是一种清醒的人生态度。实际上,这种态度,大抵是对于汉末社会动荡不安、人命危浅的苦闷生活的无力抗议。从毫无出路的下层人来说,又不过是从许多迷梦(诸如"功业"、"名利"之类)中醒来后,所做的又一个迷梦而已——他们何尝真能过上"被服纨与素"、"何不秉烛游"的享乐生活? 所以,与其说这类诗表现了"人性之觉醒",不如说是以旷达狂放之思,表现了人生毫无出路的痛苦。只要看一看文人稍有出路的建安时代,这种及时行乐的吟叹,很快又为悯伤民生疾苦、及时建功立业的慷慨之音所取代,就可以明白这一点。

# 回车驾言迈

回车驾言迈①,悠悠涉长道。
四顾何茫茫②,东风摇百草。
所遇无故物,焉得不速老③。
盛衰各有时,立身苦不早④。
人生非金石,岂能长寿考?
奄忽随物化⑤,荣名以为宝。

【注释】

①驾言迈:犹言驾而行。
②茫茫:草木广盛貌。
③焉得:怎能。以上四句是说茫茫绿原都是新草代替了衰草。一路所

见种种事物也都是新的代替了旧的,和自己所记得的不一样了,一切变化是这样快,人又怎能是例外呢?

④立身:指立德立功立言等各种事业的建树。苦:患。以上二句是说各物的荣盛时期都有一定,过时就衰了。人生的盛年也是有限的,所以立身必须及时,否则徒遗悔恨。

⑤物化:死亡。末二句是说人的形体很快地就化为异物,只有荣名可以传到身后,所以是宝贵的。

## 【简析】

这一篇是自警自励的诗。诗人久客还乡,一路看到种种事物今昔不同,由新故盛衰的变化想到人生短暂,又想到正因为人生短就该及时努力,建功立业,谋取不朽的荣名。

此诗含义为何,佳处为何,要理解正确,关键在于对篇末"荣名"二字的解诂。

古今注本于荣名有二解。一说荣名即美名,又一说则谓荣名为荣禄和声名。由前说,结二句之意为人生易尽,还是珍惜声名为要;由后说,则其意变为:人生苦短,不如早取荣禄声名,及时行乐显身。二说之境界高下,颇有不同。"荣名"一词,古籍屡见。如《战国策·齐策》:"且吾闻效小节者不能行大威,恶小耻者不能立荣名。"《淮南子·修务训》:"死有遗业,生有荣名。"其均为令誉美名之义甚明。

疑义既释,则诗意及结构自明。诗以景物起兴,抒人生感喟。回车远行,长路漫漫,回望但见旷野茫茫,阵阵东风吹动百草。这情景,使行旅无已,不知所驾何处的诗人思绪万千,故以下作句,二句一层,反复刬言而转转入深。"所遇"二句由景入情,是一篇枢纽。因见百草凄凄,遂感冬去春来,往岁的"故物"已触目尽非,那么新年的自己,又怎能不匆匆向老呢?这是第一层感触。人生固已如同草木,那么一生又应该如何度过呢?"盛衰各有时,立身苦不早。""立身",应上句。"盛衰"观之,其义甚广,当指生计、名位、道德、事业,一切卓然自立的凭借而言。诗人说,在短促的人生途中,应不失时机地立身显荣。这是诗人的进一层思考。但是转而又想:"人生非金石,岂能长寿考",即使及早立身,也不能如金石之永固,立身云云,不也属虚妄?这是诗人的第三层想头。那么什么才是起初的呢?只有荣名——学誉美名,当人的身躯归化于自然之时,如果能留下一点美名为人们所怀念,那么也许就不虚此生了吧。终于诗人从反复的思考中,得出了这一条参悟。当汉末社会的风风雨雨,将下层的士子们恣意播弄时,他们都不约而同地对生命的真谛进行思索。有的高唱"何不策高足,先据要路津,无为守贫贱,辗轲常苦辛"(《古诗十九首·今日良宴会》),表现出争竞人世的奋亢;有的则低吟"服食求神仙,多为民误。不如拿美酒,被服纨与素"(同上《驱车上东门》),显示为及时行乐的颓唐。而这位愿以荣名为宝的诗人,则发而为洁身自好的操修。虽然他同样摆脱不了为生命之谜而苦恼的世纪性的烦愁,然而相比之下,其思致要深刻一些,格调也似乎更高一点。

显然,这是一首哲理性的杂诗,但读来却非但不觉枯索,反感到富于情韵。这一方面固然因为他的思索切近生活,自然可亲,与后来玄言诗之过度抽象异趣,由四个层次的思索中,能感到诗人由抑而扬,由扬又以抑,再抑而再扬的感情节奏变化。另一方面,也许更重要的是,这位诗人已开始自觉不自觉地接触到了诗歌之境主于美的道理,在景物的营构,情景的交融上,达到了前人所未有的新境地。诗的前四句,历来为人们称道,不妨以之与《诗经》中相近的写法作一比较。彼黍离离,彼稷之苗。行迈靡靡,中心摇摇。知我者谓我心忧,不知我者谓我何求。悠悠苍天,此何人哉!这首《黍离》是《诗经》的名篇。如果不囿于先儒附会的周大夫宗国之思的教化说,不难看出亦为行人所作。以本诗与之相比,虽然由景物起兴而抒内心忧苦的机杼略近,但构景状情的笔法则有异。《黍离》三用叠词"离离"、"靡靡"、"摇摇",以自然的音声来传达情思,加强气氛,是《诗经》作为上古诗歌的典型的朴素而有效的手法。而本诗则显得较多匠心的营造。"回车驾言迈,悠悠涉长道。四顾何茫茫,东风摇百草。""迈"、"悠悠"、"茫茫"、"摇",叠词与单字交叠使用,同样渲染了苍茫凄清的气氛,然而不但音声历落,且由一点——"车",衍为一线——"长道",更衍为整个的面——"四顾"旷野。然后再由苍茫旷远之景中落到一物"草"上。一个"摇"字,不仅生动地表现了风动百草之形,且传达了风中春草之神,而细味之,更蕴含了诗人那思神摇曳的心态。比起《黍离》之"中心摇摇"来,本诗之"摇"字已颇具锻炼之功,无怪乎前人评论这个摇字为"初见峥嵘"。这种构景与炼字的进展与"所遇"二句的布局上的枢纽作用,已微具文人诗的特征。唐皎然《诗式·十九首》云:"《十九首》辞精义炳,婉而成章,始见作用之功。"(作用即艺术构思),可称慧眼别具;而本诗,对于我们皎然这一诗史论析,正是一个好例。

皎然所说"初见作用之功"很有意思,这又指出了《古诗十九首》之艺术构思尚属于草创阶段。本诗前四句的景象营构与锻炼,其实仍与《黍离》较近,而与后来六朝唐代诗人比较起来,显然是要简单得多,也自然得多。如陆云《答张博士然》:"行迈越长川,飘摇冒风尘。通波激枉渚,悲风薄丘榛。"机杼亦近,但刻炼更甚,而流畅不若。如果说《十首诗》是"秀才说家常话"(谢榛《四溟诗话》),那末陆云则显为秀才本色了。由《黍离》到本诗,再到陆云上诗,可以明显看出中国古典诗歌的演进足迹,而本诗适为中介。所以陆士雍《古诗镜·总论》说"《十九首》谓之《风》余,谓之诗母"。

对于人生目的意义之初步的朦胧的哲理思考,对于诗歌之文学本质的初步的朦胧的觉醒。这两个"初步",也许就是本诗乃至《古诗十九首》整组诗歌,那永久的艺术魅力之所在。

## 今日良宴会

今日良宴会,欢乐难具陈①。
弹筝奋逸响②,新声妙入神。
令德唱高言③,识曲听其真④。
齐心同所愿⑤,含意俱未伸⑥。
人生寄一世,奄忽若飙尘⑦。
何不策高足⑧,先据要路津⑨。
无为守穷贱,轗轲常苦辛⑩。

**【注释】**

①具陈:全部说出。

②筝:乐器名,瑟类。古筝竹身五弦,秦汉时筝木身十二弦。奋逸响:发出超越寻常的音响。

③令德:贤者,指作歌辞的人。高言:高妙之论,指歌辞。

④识曲:知音者。真:真理。这句是说知音者请听歌中的真意。所谓"高言"和"真"都指下文"人生寄一世"六句。

⑤齐:一致。"齐心同所愿",人人所想的都是这样,心同理同。

⑥含意:心中都已认识那曲中的真理。未伸:口中表达不出来。

⑦奄忽:急遽的意思。飙尘:暴风自下而上为"飙"。"飙尘",是卷地狂风里的一阵尘土。以上二句是说人在世上是暂时寄居,一忽儿就完了。

⑧策:鞭马前进。高足:指快马。

⑨津:渡口。"要路津"比喻有权有势的地位。以上二句是说应该赶快取得高官要职。

⑩辗轲:本是车行不利的意思,引申为人不得志的意思。以上六句就是座中人人佩服的高言真理,这里面含有愤慨和嘲讽,而不是正言庄语。

**【简析】**

这诗所歌咏的是听曲感心。托为阐明曲中的真意,发了一番议论。议论的内容是:人生短促,富贵可乐,不必长守贫贱,枉受苦辛。这些是感愤的言语,也有自嘲的意味。

## 庭中有奇树

庭中有奇树①,绿叶发华滋②。攀条折其荣③,将以遗所思。馨香盈怀袖④,路远莫致之⑤。此物何足贡⑥?但感别经时⑦。

**【注释】**

①奇树:犹"嘉木",美好的树木。

汉魏六朝诗

②滋:当"繁"解。"发华滋",花开得正繁盛。

③荣:犹"花"。

④馨香:香气。

⑤致:送达。

⑥贡:献。一作"贵"。

⑦这二句是说,这枝花本不值得远寄给你,不过离别久了,借以表达怀念之情罢了。

【简析】

　　这诗写一个妇女对远行的丈夫的深切怀念之情。全诗八句,可分作两个层次。前四句诗描绘了这样一幅图景:在春天的庭院里,有一株嘉美的树,在满树绿叶的衬托下,开出了茂密的花朵,显得格外生气勃勃。春意盎然。女主人攀着枝条,折下了最好看的一树花,要把它赠送给日夜思念的亲人。

　　古诗中写女子的相思之情,常常从季节的转换来发端。因为古代女子受到封建礼教的严重束缚,生活的圈子很狭小,不像许多男子那样,环境的变迁,旅途的艰辛,都可能引起感情的波澜;这些妇女被锁在闺门之内,周围的一切永远是那样沉闷而缺少变化,使人感到麻木。唯有气候的变化,季节的转换,是她们最敏感的,因为这标志着她们宝贵的青春正在不断地逝去,而怀念远方亲人的绵绵思绪,却仍然没有尽头。"庭中有奇树,绿叶发华滋。攀条折其荣,将以遗所思。"这两句诗写得很朴素,其中展现的正是人们在日常生活中常常可以见到的一种场面。但是把这种场面和思妇怀远的特定主题相结合,却形成了一种深沉含蕴的意境,引起读者许多联想:这位妇女在孤独中思念丈夫,已经有了很久的日子吧? 也许,在整个寒冬,她每天都在等待春天的来临,因为那充满生机的春光,总会给人们带来欢乐和希望。那时候,日夜思念的人儿或许就会回来,春日融融,他们将重新团聚在花树之下,执手相望,倾诉衷肠。可是,如今眼前已经枝叶扶疏,繁花满树了,而站在树下的她仍然只是孤零零的一个,怎不教人感到无限惆怅呢? 再说,如果她只是偶尔地见了这棵树,或许会顿然引起一番惊讶和感慨:时光过得真快，转眼又是一年了！然而这树就生在她的庭院里，她是眼看着叶儿一片片地长，从鹅黄到翠绿，渐渐地铺满了树冠；她是眼见着花儿一朵朵地开，星星点点渐渐地就变成了绚烂的一片。她心里的烦恼也跟着一分一分地堆积起来，这种与日俱增的痛苦，不是更令人难以忍受吗？此时此刻，她自然会情不自禁地折下一枝花来，想把它赠送给远方的亲人。因为这花凝聚着她的哀怨和希望，寄托着她深深的爱情。也许，她指待这花儿能够带走一部分相思的苦楚，使那思潮起伏的心能够得到暂时的平静；也许，她希望这故园亲人手中的花枝，能够打动远方游子的心，催促他早日归来。总之，我们在这简短的四句诗中，不是可以体会到许多诗人没有写明的内容吗？

自第五句发生转折，进入第二个层次。"馨香盈怀袖"，是说花的香气染满了妇人的衣襟和衣袖。这句紧承上面"攀条折其荣，将以遗所思"两句，同时描绘出花的珍贵和人物的神情。这花是"奇树"的花，它的香气特别浓郁芬芳，不同于一般的杂花野卉，可见用它来表达纯洁的爱情，寄托深切的思念，是再合适不过了。至于人物的神情，诗人虽没有明写，但一个"盈"字，却暗示我们：主人公手执花枝，站立了很久。本来，她"攀条折其荣"，是因为思绪久积，情不自禁；可待到折下花来，才猛然想到：天遥地远，这花无论如何也不可能送到亲人的手中。古时交通不便，通信都很困难，何况这是一枝容易凋零的鲜花呢？此时的她，只是痴痴地手执着花儿，久久地站在树下，听任香气充满怀袖而无可奈何。她似乎忘记了时间，也忘记了周围的一切，对着花深深地沉入冥想之中。"馨香盈怀袖，路远莫致之"，这简简单单的十个字，描绘了一幅多么清晰生动的画面啊。还可以进一步想像：这位妇女正在想些什么呢？她是否在回忆往日的幸福？因为这奇树生在他们的庭院之中，往日夫妻双双或许曾在花树下，消磨过许许多多欢乐的时光。在那叶茂花盛的时候，她所爱的人儿，是不是曾经把那美丽的花朵插在她鬓发之间呢？而如今，她时时思念的丈夫正在哪儿？可曾遭遇到什么？她自己所感受的痛苦，远方的人儿也同样感受到了吗？……不管她想到了什么，有一点她总是不能摆脱的，那就是对青春年华在寂寞孤苦之中流逝的无比惋惜。古代妇女的生活，本来就那么狭窄单调，唯有真诚的爱情，能够给她们带来一点人生的乐趣。当这点乐趣也不能保有的时候，生活是多么暗淡无光啊！

花开花落,宝贵的青春又能经得住几番风雨呢?现在,再回顾这首诗对于庭中奇树的描写,就可以明明白白地看到,诗人始终暗用比兴的手法,以花来衬托人物,写出人物的内心世界。一方面,花事的兴盛,显示了人物的孤独和痛苦;另一方面,还隐藏着更深的一层意思,那就是:花事虽盛,可是风吹雨打,很快就会败落,那不正是主人公一生遭遇的象征吗?在《古诗十九首》的另一篇《冉冉孤生竹》里面,有这样一段话:"伤彼蕙兰花,含英扬光辉;过时而不采,将随秋草萎。"用蕙兰花一到秋天便凋谢了,比喻女主人公的青春不长,红颜易老。这是我国古诗中常用的一种比喻。但是在《庭中有奇树》这一篇中,这一层意思却并不明白说出,而留给读者去细细地体会了。

诗的最后两句:"此物何足贡,但感别经时。"大意是说:"这花有什么稀罕呢?只是因为别离太久,想借着花儿表达怀念之情罢了。"这是主人公无可奈何、自我宽慰的话,同时也点明了全诗的主题。从前面六句来看,诗人对于花的珍奇美丽,本来是极力赞扬的。可是写到这里,突然又说"此物何足贡",未免使人有点惊疑。其实,对花落下先抑的一笔,正是为了后扬"但感别经时"这一相思怀念的主题。无论说花的可贵还是不足稀奇,都是为了表达同样的思想感情。但这一抑一扬,诗的感情增强了,最后结句也显得格外突出。诗写到这里,算结束了。然而题外之意,仍然耐人寻味:主人公折花,原是为了解脱相思的痛苦,从中得到一点慰藉;而偏偏所思在天涯,花儿无法寄达,平白又添了一层苦恼;相思怀念更加无法解脱。

汉魏六朝诗

# 凛凛岁云暮

凛凛岁云暮,蝼蛄夕鸣悲。

凉风率已厉,游子寒无衣。

锦衾遗洛浦,同袍与我违。

独宿累长夜①,梦想见容辉。

良人惟古欢,枉驾惠前绥②。

愿得常巧笑,携手同车归。

既来不须臾③,又不处重闱。

亮无晨风翼,焉能凌风飞?

眄睐以适意,引领遥相睎。

徙倚怀感伤,垂涕沾双扉。

## 【注释】

①累:积累。

②惠:赐予。

③须臾:极短的时间。

## 【简析】

此诗凡二十句,支、微韵通押,一韵到底。诗分五节,每节四句,层次分明。惟诗中最大问题在于:一、"游子"与"良人"是一是二? 二、诗中抒情主人公即"同袍与我违"的"我",究竟是男是女? 三、这是否一首怨诗? 答曰:一、上文的"游子"即下文之"良人",古今论者殆无异辞,自是一而非二。二、从全诗口吻看,抒情主人公显为闺中思妇,是女性无疑。但第三个问题却有待斟酌。盖从"游子无寒衣"句看,主人公对"游子"是同情的;然而下文对良人又似怨其久久不归之意,则难以解释。于是吴淇在《选诗定论》中说:"前四句俱叙时,'凛凛'句直叙,'蝼蛄'句物,'凉风'句景,'游子'句事,总以叙时，勿认'游子'句作实赋也。"其间盖认定良人不归为负心，主人公之思极而梦是怨情，所以只能把"游子"句看成虚笔。其实这是说不通的。盖此四句实际上完全是写实，一无虚笔；即以下文对"良人"的态度而论，与其说是"怨"，宁说因"思"极而成"梦"，更多的是"感伤"之情。当然，怨与伤相去不过一间，伤极亦即成怨。但鄙意汉代文人诗已接受"诗都"熏陶，此诗尤得温柔敦厚之旨，故以为诗意虽忧伤之至而终不及于怨。这在《古诗十九首》中确是出类拔萃之作。

此篇第一层的四句确从时序写起。岁既云暮，百虫非死即藏，故蟋蟀夜鸣而悲。"厉"，猛也。凉风已厉，以己度人，则游子无御寒之衣，彼将如何度岁！夫凉风之厉，蟋蟀之鸣，皆眼前所闻见之景，而言"率"者，率，皆也，到处皆然也。这儿天冷了，远在他乡的游子也该感到要过冬了，这是由此及彼。

然后第二节乃从游子联想到初婚之时，则由今及昔也。"锦衾"二句，前人多从男子负心方面去理解。说得最明白的还是那个吴淇。他说："言洛浦二女与交甫，素昧平生者也，尚有锦衾之遗；何与我同袍者，反遗我而去也？"我则以为"锦衾"句只是活用洛水宓妃典故，指男女定情结婚；"同袍"也于《诗·秦风·无衣》，原指同僚，旧说亦指夫妇。窃谓此二句不过说结婚定情后不久，良人便离家远去。这是"思"的起因。至于良人何以远别，诗中虽未明言，但从"游子寒无衣"一句已可略窥端倪。在东汉末叶，不是求仕便是经商，乃一般游子之所以离乡背井之主因。可见良人之弃家远游亦自有其苦衷。朱筠《古诗十九首》云："至于同袍违我，累夜过宿，谁之过欤？"意谓这并非良人本意，他也不愿离家远行，所云极是。惟游子之远行并非诗人所要表白的风格，我亦无须多伤脑筋去主观臆测。自"独宿"以下乃入相思本题。张庚《古诗十九首》云："'独宿'已难堪矣，况'累长夜'乎？于是情念极而凭诸'梦想'以'见'其'容辉'。'梦'字下粘一'想'字，极致其深情也，又含下恍惚无聊一段光景。"正惟自己"独宿"而累经长夜，以见相别之久而相爱之深也（她一心惦记着他在外"寒无衣"，难道还不是爱之深切的表现么），故寄希望于"梦想见容辉"矣。这一句只是写主人公的主观愿望，到下一节才正式写梦境。后来范仲淹写《苏幕遮》词有云："夜夜除非好梦留人睡。"虽从游子一边着笔，实从此诗生发演绎而出。

第三节专写梦境。"惟",思也;"古",故也。故欢,旧日欢好。梦中的丈夫也还是殷殷眷恋着往日的欢爱,她在梦中见到他依稀仍是初来迎娶的样子。《礼记·婚义》:"降,出御归车,而婿授绥,御轮三周。"又《郊特性》:"婿亲御授绥,亲之也。""绥"是挽以登车的索子,"惠前绥",指男子迎娶时把车绥亲处递到女子手里。"愿得"两句有点倒装的意思,"长巧笑"者,女为悦己者容的另一说法,意谓被丈夫迎娶携手同车而归,但愿此后长远过着快乐的日子,而这种快乐的日子乃是以女方取悦于良人赢得的。这是梦中景,却有现实生活为基础,盖新婚的经历对青年男女来说,长存于记忆中者总是十分美好的。可惜时至今日,已成为使人流连的梦境了。

第四节语气接得突兀,有急转直下的味道,而所写却是主人公作从梦境中醒来那种恍恍惚惚的感受,半嗔半诧,似寤不迷。意思说好梦不长,良人归来既没有停留多久("不须臾"者,犹现代汉语之"没有多久"、"不一会儿"),更未在深闺中(所谓"重闱")同自己亲昵一番,一刹那便失其所在。这时才憬然惊察,原是一梦,于是以无可奈何的语气概叹着:"只恨自己没有晨风一样的双翼,因此不能凌风飞去,追寻良人的踪迹。""晨风",鸟名,飞得最为迅疾,最初见于《毛诗》,而《十九首》亦屡见。这是百无聊赖之辞,殆从《诗·邶风·柏舟》"静言思之,不能奋飞"语意化出,妙在近于说梦话,实为神来之笔,而不得以通常之比兴语视之也。

前人对最末一节的前两句略有争议。据胡克家《文选考异》云:"六臣本校云:'善(指李善注本)无此二句。'此或尤本校添。但依文义,恐不当有。"我则以为这两句不惟应当有,而且有承上启下之妙用,正自缺少不得。"适意"亦有二解,一种是适己之意。如陈祚明《采菽堂古诗选》云:"眇睐以适意,犹言远望可以当归,无聊之极思也。"另一种是指适良人之意,如五臣吕延济及吴淇《选诗定论》之说大抵只谓后者,应解作适良人之意较好。此承上文"长巧笑"意,指梦中初见良人的顾盼眼神,亦属总结上文之语。盖梦中既见良人,当然从眼波中流露了无限情思,希望使良人欢悦适意;不料稍留即逝,梦醒人杳,在自己神智渐渐恢复之后,只好"引领遥相睇",大有"落月满屋梁,犹疑照颜色"(杜甫《梦李白》)的意思,写女子之由思极而梦,由暂梦而骤醒,不惟神情可掬,抑且层次分明。最终乃点出结局,只有"徙倚怀感伤,垂涕沾双扉"了,而全诗至此亦摇曳而止,情韵不匮。这后四句实际是从眼神作文章,始而"眄睐",继而"遥相睎",终于"垂涕",短短四句,主人公感情的变化便跃然纸上,却又写得那么质朴自然,毫无矫饰。《十九首》之神理全在此等处,真令读者掩卷后犹存退思也。

从来写情之作总离不开做梦。《诗》、《骚》无论矣,自汉魏晋唐以迄宋元明清,自诗词而小说戏曲,不知出现多少佳作。甚至连和砚秋的个人本戏《春闺梦》中的关目与表演,窃以为都可能受此诗的影响与启发。江河万里,源可滥觞,信然!

# 驱车上东门

驱车上东门①,遥望郭北墓②。白杨何萧萧,松柏夹广路③。下有陈死人④,杳杳即长暮⑤;潜寐黄泉下⑥,千载永不寤⑦。浩浩阴阳移⑧,年命如朝露⑨;人生忽如寄,寿无金石固。万岁更相送⑩,圣贤莫能度⑪;服食求神仙⑫,多为药所误。不如饮美酒,被服纨与素⑬。

## 【注释】

①上东门:洛阳城东面三门最北头的门。

②郭北:城北。洛阳城北的北邙山上,古多陵墓。

③白杨、松柏:古代多在墓上种植白杨、松、柏等树木,作为标志。

④陈死人:久死的人。陈,久。

⑤杳杳:幽暗貌。即:就,犹言"身临"。长暮:长夜。这句是说,人死后葬入坟墓,就如同永远处在黑夜里。

⑥潜寐:深眠。

⑦寤:醒。

⑧浩浩:流貌。阴阳:古人以春夏为阳,秋冬为阴。这句是说岁月的推移,就像江河一样浩浩东流,无穷无尽。

⑨年命:犹言"寿命"。

⑩忽：匆遽貌。寄：旅居。这两句是说人的寿命短促。

⑪更：更迭。万岁：犹言"自古"。这句是说自古至今，生死更迭，一代送走一代。

⑫度：过也，犹言"超越"。这句是说圣贤也无法超越"生必有死"这一规律。

⑬被：同"披"。这四句是说，服丹药，求神仙，也没法长生不死，还不如饮美酒，穿绸缎，图个眼前快活。

## 【简析】

这首诗，是用主人公直抒胸臆的形式写出的表现了东汉末年大动乱时期一部分生活充裕、但在政治上找不到出路的知识分子的颓废思想的悲凉心态。东汉京城洛阳，共有十二个城门。东面三门，靠北的叫"上东门"。郭，外城。汉代沿袭旧俗，死人多葬于郭北。洛阳城北的北邙山，但是丛葬之地；诗中的"郭北墓"，正指邙山墓群。主人公驱车出了上东门，遥望城北，看见邙山墓地的树木，不禁悲从中来，便用"白杨何萧萧，松柏夹广路"两句写所见、抒所感。萧萧，树叶声。主人公停车于上东门外，距北邙墓地还有一段路程，怎能听见墓上白杨的萧萧声？然而杨叶之所以萧萧作响，乃是长风摇荡的结果；而风撼杨枝、万叶翻动的情状，却是可以远远望见的。望其形，想其声，形成通感，便将视觉形象与听觉形象合二而一了。还有一层：这位主人公，本来是住在洛阳城里的，并没有事，却偏偏要出城，又偏偏出上东门，一出城门便"遥望郭北墓"，见得他早就从消极方面思考生命的归宿问题，心绪很悲凉。因而当他望见白杨与松柏，首先是移情入景，接着又触景生情。"萧萧"前用"何"（多么）作状语，其感情色彩何等强烈！写"松柏"的一句似较平淡，然而只有富贵人墓前才有广阔的墓道，如今"夹广路"者只有松柏，其萧瑟景象也依稀可想。于是由墓上的树木想到墓下的死人，用整整十句诗诉说：

人死去就像堕入漫漫长夜，沉睡于黄泉之下，千年万年，再也无法醒来。春夏秋冬，流转无穷；而人的一生，却像早晨的露水，太阳一晒就消失了。人生好像旅客寄宿，匆匆一夜，就走出店门，一去不返。人的寿命，并不像金子石头那样坚牢,经不起多少跌撞。岁去年来,更相替代,千秋万岁,往复不已;即便是圣人贤人,也无法超越,长生不老。

主人公对于生命的短促如此怨怅,对于死亡的降临如此恐惧,那将得出什么结论呢?结论很简单,也很现实:神仙是不死的,然而服药求神仙,又常常被药毒死;还不如喝点好酒,穿些好衣服,只图眼前快活吧!生命短促,人所共感,问题在于如何肯定生命的价值。即以我国古人而论,因生命短促而不甘虚度光阴,立德、立功、立言以求不朽的人史不绝书。不妨看看屈原:他有感于"日月忽其不淹兮,春与秋其代序"而"乘骐骥以驰骋,来吾导夫先路",力求奔驰于时代的前列;有感于"老冉冉其将至兮"而"恐修名之不立",砥砺节操,热爱家国,用全部生命追求崇高理想的实现,将人性美发扬到震撼人心的高度。回头再看这首诗的主人公,他对人生如寄的悲叹,当然也隐含着对于生命的热爱,然而对生命的热爱最终以只图眼前快活的形式表现出来,却是消极的,颓废的。生命的价值,也就化为乌有了。

## 东城高且长

东城高且长,逶迤自相属①。
回风动地起②,秋草萋已绿③。
四时更变化,岁暮一何速!
晨风怀苦心④,蟋蟀伤局促⑤。
荡涤放情志,何为自结束⑥!
燕赵多佳人,美者颜如玉。
被服罗裳衣,当户理清曲。
音响一何悲!弦急知柱促。
驰情整中带,沉吟聊踯躅。
思为双飞燕,衔泥巢君屋。

## 【注释】

①逶迤：长貌。相属：连续不断。

②回风：旋风。

③萋：盛也。"萋已绿"，犹言"萋且绿"。以上四句写景物，这时正是秋风初起，草木未衰，但变化即将来到的时候。

④晨风：《诗经·秦风》篇名。《晨风》是女子怀人的诗，诗中说"未见君子，忧心钦钦"，情调是哀苦的。

⑤蟋蟀：《诗经·唐风》篇名。《蟋蟀》是感时之作，大意是因岁暮而感到时光易逝，因而生出及时行乐的想法，又因乐字而想到"好乐无荒"，而以"思忧"和效法"良士"自勉。局促：言所见不大。

⑥结束：犹拘束。以上四句是说《晨风》的作者徒然自苦，《蟋蟀》的作者徒然自缚，不如扫除烦恼，摆脱羁绊，放情自娱。

## 【简析】

本篇十句，内容是感叹年华容易消逝，主张荡涤忧愁，摆脱束缚，采取放任情志的生活态度。结构是从外写到内，从景写到情，从古人的情写到自己的情。

处在苦闷的时代，而又悟到了"人生非金石，岂能长寿考"的生命哲理，其苦闷就尤其深切。苦闷而无法摆脱，便往往转向它的对立一极——荡情行乐。本诗所抒写的，就正是这种由苦闷所触发的浩荡之思。诗人大约是独自一人，徘徊在洛阳的东城门外。高高的城墙，从眼前"逶迤"（绵长貌）而去，在鳞次栉比的楼宇、房舍外绕过一圈，又回到原处、自相连接——这景象不正如周而复始的苦闷生活一样，单调，而又乏味么？四野茫茫，转眼又有"初淅沥以萧飒，忽奔腾而砰湃"的秋风，在大地上激荡而起，使往昔葱绿的草野，霎时变得凄凄苍苍。这开篇四句，显然不仅描述着诗人目击的景象，其中还隐隐透露着诗人内心的痛苦骚动。生活竟如此重复、单调变化的只有匆匆逝去的无情时光。想到人的生命，就如这风中的绿草一般，繁茂的春夏一过，便又步入凄凄的衰秋，诗人能不惊心而呼："四时更变化，岁暮一何速"！眼前的凄凄秋景，正这样引发出诗人对时光速逝的震竦之感。在怅然而失意的心境中，就是听那天地间的鸟啭虫鸣，似乎也多一重苦闷难伸的韵调："晨风怀苦心，蟋蟀伤局促。""晨风"即"鹯鸟"，"局促"有紧迫、窘困之意。鹯鸟在风中苦涩地啼叫，蟋蟀也因寒秋降临、生命窘急而伤心哀鸣。不但是人生，自然界的一切生命，不都受到了时光流驶的迟暮之悲？这一切似乎都从相反方面，加强着诗人对人生的一种思索和意念：与其处处自我约束，等到迟暮之际再悲鸣哀叹，何不早些涤除烦忧、放开情怀，去寻求生活的乐趣呢——这就是突发于诗中的浩然问叹："荡涤放情志，何为自结束？"

以上为全诗之第一节。读者可以看到，在此节中盘旋往复的，其实只有一个意念，即"荡涤放情"之思。这种思绪，原本来自于诗人自身生活中的苦闷，与所见景象并无关涉。但诗人却将它移之于外物，从衰飒悲凉的秋景中写来。便令人感到，从"高且长"的东城，到凄凄变衰的秋草，以至于鹯鸟、蟋蟀，似乎都成了苦闷人生的某种象征，似乎都在用同一个声调哀叹："何为自结束"、"何为自结束"！这就是审美心理上的"移情"效果。这种贯注于外物、又为外物所烘托而强化的情感抒写，较之于直抒其怀，无疑具有更蓬勃的葱茏的感染力。自"燕赵多佳人"以下，即上承"荡情"之意，抒写诗人的行乐之境。——当"何为自结束"的疑虑一经解除，诗人那久抑心底的声色之欲便勃然而兴。此刻，身在"东城"外的诗人，竟做了一个极美妙的"燕赵佳人"梦：他恍惚间在众多粉黛丛中，得遇了一位"颜如玉"的佳人；而且奇特的是，一转眼，这佳人便"罗裳"飘拂、仪态雍容地端坐在诗人家中，分明正铮铮地习练着靖商之曲。大约是因为琴瑟之柱调得太紧促，那琴间竟似骤雨急风，听来分外悲惋动人——读者自然明白，这情景虽然描述得煞在介事，实际上不过是诗人那"荡情"之思所幻化的虚境而已。所以画面飘忽、转换也快，呈现出一种梦寐般的恍惚感。

最妙的是接着两句："驰情整中带，沈吟聊踯躅（且前且退貌）"。"中带"，一本作"巾带"。这两句写的是谁？照张庚的说法："凡人心慕其人，而欲动其人之亲爱于我，必先自正其容仪……以希感到佳人也"（《古诗十九首解》）。那么，"驰情"而"整中带"者，显然就是诗人了。那当然也有道理（只与整句不太连贯）。不过，苦将其视为佳人的神态表现，恐怕还更有韵致些。因为佳人之"当户"理琴，本来并非孤身一人。此刻在她对面，正目光灼灼注视着她,并为她的容颜、琴音所打动,而为之目凝神移的,还有一位梦想着"荡涤放情志"的诗人。正如吴淇所说:"曰'美者',分明有个人选他(按,即"她");曰'知柱促',分明有个人促他"分明有个人在听他;"曰'整中带',分明有个人看他;曰'踯躅',分明有个人在促他"(《选诗定论》)。"驰情整中带"两句,正是写佳人在这"选"、"听"、"看"、"促"之下的反应——多情的佳人面对着诗人的忘形之态,也不觉心旌摇荡了。但她不免又有些羞涩,有些踌躇,故又是"沉吟",又是"踯躅"(显然已舍琴而起),表现出一种"理欲交战情形";但内心则"早已倾心于君矣"——这就是前人称叹的"'驰情'二句描写入神"处。在这种图画也"画不出的捉衣弄影光景"中,佳人终于羞羞答答地吐露了心意:"思为双飞燕,衔泥巢君屋"。借飞燕双双衔泥巢屋之语,传达与诗人永结伉俪之谐的深情,真是"结得又超脱、又缥缈,把一万世才子佳人勾当,俱被他说尽"(朱筠《古诗十九首说》)。

这就是诗人在"东城高且长"的风物触发下,所抒写的"荡涤放情志"的一幕;或者说,是诗人苦闷之际所做的一个"白日梦"。这"梦"在表面上很"驰情"、很美妙。但若将它放在上文的衰秋、"岁暮"、鸟苦虫悲的苍凉之境中观察,就可知道:那不过是苦闷时代人性备受压抑一种"失却的快乐与美感的补偿"(尼采),一种现实中无法"达成"的虚幻的"愿望"而已。当诗人从这样的"白日梦"中醒来的时候,岂不会因苦闷时代所无法摆脱的"局促"和"结束",而倍觉凄怆和痛苦么?

## 去者日以疏

去者日以疏,生者日已亲①。
出郭门直视②,但见丘与坟。
古墓犁为田,松柏摧为薪。
白杨多悲风,萧萧愁杀人!
思还故里闾③,欲归道无因。

汉魏六朝诗

【注释】

①生者:指新生的事物。

②外城的城门。

③:还:同"环",环绕。

【简析】

这是《古诗十九首》的第十四首。从题材范围、艺术境界以至语言风格看来,有些近似第十三首《驱车上东门》,显然是出于游子所作。由于路出城郊,看到墟墓,有感于世路艰难、人生如寄,在死生大限的问题上,愤激地抒发了世乱怀归而不可得的怆痛之感。

《古诗十九首》虽说不是出于一个作者之手,但这些诗篇却都植根于东汉末年大动乱的历史土壤,而具有共同的忧患意识。因为人生理想的幻灭而跌入颓废感伤的深谷的作者们,为了排遣苦闷,需要讽刺和抨击黑暗,这一个惨雾迷漫的外宇宙;而更重要的是,他们还需要对自己的内宇宙进行反思:既然人生如寄,那么人生的价值观该是如何? 既然是荣枯变幻、世态无常、危机重重、祸福旦夕,那么人生的最后归宿又将是如何?

虽说《十九首》作者未必是富于思辨的哲学家,然而极尽人间的忧患,促使他们耽于沉思,而道家的辽阔想像和先秦以来"名理"观念的长期孕育,多方引导他们考虑生死存亡问题,融入了对人生奥秘的探索和对世路艰难的悲歌二者相拌和。这是《去者日以疏》一诗的思想特点,也是当时中下层知识分子精神状态的写照。

当然,同是探索,同是悲歌,手法也还有不同。由于《十九首》作者的每一篇作品的思维定势不同,因而表现这一种自我反思的核心观念的建构也各有不同:有的是着意含情,有绵邈取胜;有的是一气贯注,而不以曲折见长;有的运用一层深似一层的布局而环环套紧;有的是发挥挥洒的笔势,历落颠倒,表面看来,好像各自游离,而却又分明是在深层次中蕴藏着内在脉络。而《去者日以疏》这一首,就思维定势说来,则更有其异守崛起之势。请看,开头的"去者日以疏,来者日以亲",起笔之人生高度概括,就已经笼罩全诗,和另外十八首迥然不同。另外十八首,大都是用比兴手法,由自然景物形象之表层的揭示,逐步转为景物的社会内涵的纵深掘发。这种审美心态与其艺术处理,蔚为中国诗歌的优秀传统,因而古人说,诗有了"兴",则"诗之神理全具"(李重华《贞一斋诗话》),确有至理。但话又说回来了,诗的得力之处并不能局限于比兴。哪怕开门见山,只要处理得好,也未尝不可成为佳作。开门见山,可以用叙事手法,如"回车驾言迈,悠悠涉长道",由"涉长道"而转入四顾茫茫,展开人生如寄的怅触;也还可以用足以笼罩全文、富于形象的哲理性警句作为序幕,那就是下面的《去者日以疏》的开头两句了。

"去者日以疏,来者日以亲。"互为错综的这两句,既是由因而果,也是相辅相成。天地,犹如万物的逆旅;人生,犹如百代的过客,本来就短促万分,更何况又是处于那一个"白骨露于野,千里无鸡鸣"(曹操《蒿里行》)的灾难重重的时代呢!死去的人岁月长了,印象不免由模糊而转为空虚、幻灭。新生下来的一辈,原来自己不熟悉他们,可经过一次次接触,就会印象加深。去的去了,来的来了。今日之"去",曾有过往昔之"来";而今日之"来",难道不会有来日之"去"? 这不仅和王羲之《兰亭集序》中所说的"昔之视今,亦犹今之视昔"相似,此外也更说明一点:东汉末年以至魏晋文人,他们的心理空间的确宽广。他们喜爱对人生进行探索,对命运进行思考。按照这首诗的时间的逻辑顺序看来,作者应该是先写走出郭门,看到遍野古墓,油然怆恻,萌起了生死存亡之痛、人天寥廓之想,然后再推开一笔,发挥世事代谢、岁月无常的哲理。可是作者偏不这样写,而是猛挥其雷霆万钧之笔,乍一开头,就写下了这样苍苍莽莽、跨越古今、隐含着人世间无限悲欢离合之情的两句。从技巧上说是以虚带实,以虚涵实;从作者的思维定势说,则是在诗篇开头,已经凭宏观纵目,指向了人事代谢的流动性,从而针对这一"来"一"去"进行洞察性的观照和内窥性的反思。足见开头意象的如此崛起,绝非偶然。说明作者在目睹累累丘坟时被激发的对人生的悟发有其针对性。作者确是为眼前图景而触目惊心。也正因为这种悟发和焦灼来自眼前的严峻生活图景以及由此而联到的、长期埋葬在诗人记忆仓库中的图像,所以这开头的涵盖性就异常广阔,气势异常充沛,思维触角轩轾不群。这正是唐代诗僧皎然说的:"诗人之思初发,取境偏高,则一首举体便高"。(《诗式》)你看,作者出了郭门以后,其所见所想,几乎无一而不与一"去"一

"来"、一生一死有关。埋葬死人的"古墓"显然是人生的最后归宿了,然而死人也还是难保。他们的墓被平成耕地了,墓边的松柏也被摧毁而化为禾薪。人生,连同他们的坟墓,与时日而俱逝,而新的田野,却又随岁月而俱增。面对着这样的凄凉现象,面对着那一个"时",却又偏偏是"世积乱离"(《文心雕龙·明诗》)、大动兵戈、生灵涂炭之时,诗人对眼前一"去"一"来"的鱼龙变幻,不由引起更深的体会,而愁惨也就愈甚了。既然"来者"的大难一步逼近一步,他如何能不为古今代谢而沉思?既然看到和听到白杨为劲风所吹,他又如何能不深感白杨之"悲"从而自伤身世?历来形容悲风,不是都突出其"萧萧"声么?为此,诗人不由沉浸到一种悲剧美的审美心态积淀之中而深有感发,终于百感苍茫地发出惊呼:白杨多悲风,萧萧愁杀人!墓前墓后的东西很多,而只归结到"白杨";但写白杨,也只是突出了"萧萧"。荆轲有"风萧萧兮易水寒"之句。现在,借用到这里来,却既成为悲风之声,又成为象征"地下陈死人"的像白杨树的哭泣之声。死人离开世界,是"亲者日以疏"了,然而他们的悲吟分明在耳,这难道不又是"来者日以亲"么?一"疏"一"亲",表现在古墓代谢这一典型景象对比之中,更集中的化作为白杨的萧萧声。这结果,给予诗人的感召如何,这就不用说了。清人朱筠有云:"说至此,已可搁笔";但他却又紧接着说:"末二句一掉,生出无限曲折来。"(《古诗十九首》)确有至理。

所谓末二句,是这样的平平淡淡,但它却饱含着无限酸辛:思归故里闾,欲归道无因。表现看来,这两句好像游离开前文,确乎是朱筠说的"一掉";借这一个大大的转折,却显示了诗歌的跳跃性,并非游离之笔,它和上文有着深刻的内在联系。既然人生如寄,代谢不居,一"去"一"来"中岁月消逝得如此迅速,那么长期作客的游子,又如何能不为之触目惊心?惟一的希望只有是及早返回故乡,以期享受乱离中的骨肉团圆之乐。这时,老人该尚未因尽死而疏,而过去未曾见过的新生后辈,又复得以亲近,这该是多么好!不过,引人怆痛的是欲归不得,故障重重。这些故障尽管没有细说,而只是一笔带过,化为饱含着无限酸辛的二字:"无因"!但,这位凝神地谛视着满眼丘坟,冥索人生的反思自我的诗人,他的前途茫茫是可以想见的。

他只有让幻想委于空虚,把归心抛却在缥缈难凭的宇宙大荒之中。而与此同时,他也只有让长期生活无限延续下去,让还乡梦日日向枕边萦绕,让客中新岁月,一天天向自己逼来。

在古今代谢这一个莽莽苍苍和流动不居的世界中,诗人的遭际是渺小的,然而诗人的心理时空却又多么辽阔!他把长期的游子生涯放在一"去"一"来"的时间顺流中,把异乡的"郭门"和故乡的"里闾"放在两个空间的对流中;而更重要的,则是宇宙的代谢引起他主观和悟解,而诗人的焦灼又加深了景物的愁惨气氛中,耸立着一位耽于沉思的、净化了的悲剧性格的佚名诗人。就这一点说,又可以看作心灵与现实的交流。顺流,对流,交流,一切都表明这首古诗作者,他有着炯炯双眸。他何止是"直视"丘坟?他面向的是茫茫宇宙中的奥区。他怀着愤激和焦灼的心情,进行观照和冥索。

## 孟冬寒气至

孟冬寒气至,北风何惨栗①。

愁多知夜长,仰观众星列。

三五明月满,四五蟾兔缺。

客从远方来,遗我一书札。

上言长相思,下言久离别。

置书怀袖中,三岁字不灭。

一心抱区区②,惧君不识察。

【注释】

①惨栗:惨,心情不舒畅。栗,冷得发抖。这一词是兼指心理上和生理上的感受。

②区区:诚恳而坚定。

【简析】

这是妻子思念丈夫的诗。丈夫久别,凄然独处,对于季节的迁移和气候的变化异常敏感;因而先从季节、气候写起。

孟冬,旧历冬季的第一月,即十月。就一年说,主人公已在思念丈夫的愁苦中熬过了春、夏、秋三季。冬天一来,她首先感到的是"寒"。"孟冬寒气至",一个"至"字,把"寒气"拟人化,它在不受欢迎的情况下来"至"主人公的院中、屋里、乃至内心深处。主人公日思夜盼的是丈夫"至"、不是"寒气至"。"寒气"又"至"而无犹不"至",怎能不加倍地感到"寒"!第二句以"北风"补充"寒气";"何惨栗"三字,如闻主人公寒彻心髓的惊叹之声。

时入孟冬,主人公与"寒气"同时感到的是"夜长"。对于无忧无虑的人来说,一觉睡到大天亮,根本不会觉察到夜已变长。"愁多知夜长"一句看似平淡,实非身试者说不出;最先说出,便觉新警。主人公经年累月思念丈夫,夜不成寐;一到冬季,"寒"与"愁"并,更感到长夜难明。

从"愁多知夜长"跳到"仰观众星列",中间略去不少东西。"仰观"可见"众星",暗示主人公由辗转反侧而揽衣起床,此时已徘徊室外。一个"列"字,押韵工稳,含意丰富。主人公大概先看牵牛星和织女星怎样排"列",然后才扩大范围,直至天边,反复观看其他星星怎样排列。其观星之久,已见言外。读诗至此,必须联系前两句。主人公出户看星,直至深夜,对"寒气"之"至"自然感受更深,能不发也"北风何惨栗"的惊叹!但她仍然不肯回屋而"仰观众星列",是否在看哪些星是成双成对的,哪些星是分散的、孤零零的?是否在想她的丈夫如今究竟在哪颗星下?

"三五"两句并非写月,而是展现主人公的内心活动。观星之时自然会看见月,因而又激起愁思:夜夜看星星、看月亮,盼到"三五"(十五)月圆,丈夫没有回来;又挨到"四五"(二十)月缺,丈夫还是没有回来!如此循环往复,月复一月,年复一年,丈夫始终没有回来啊!

"客从"四句,不是叙述眼前发生的喜事,而是主人公在追想遥远的往事。读后面的"三岁"句,便知她在三年前曾收到丈夫托人从远方捎来的一封信,此后再无消息。而那封信的内容,也不过是"上言长相思,下言久离别"。不难设想:主人公在丈夫远别多年之后才接到他的信,急于在信中知道的,当然是他现在可处、情况如何、何时回家。然而这一切,信中都没有说。就是这么一封简之至的信,她却珍而重之。"置书怀袖中",一是让它紧贴身心,二是便于随时取出观看。"三岁字不灭",是说她像爱护眼睛一样爱护它。这一切,都表明了她是多么地温柔敦厚!

结尾两句,明白地说出她的心事:我"一心抱区区(衷爱)",全心全意地忠于你、爱着你;所担心的是,我们已经分别了这么久,你是否还知道我一如既往地忠于你、爱着你呢?有此一结,前面所写的一切都得到解释,从而升华到新的境界;又余音袅袅,余意无穷。

"遗我一书札"的"我",乃诗中主人公自称,全诗都是以"我"自诉衷曲的形式写出的。诗中处处有"我","我"之所在,即情之所在、景之所在、事之所在。景与事,皆化入"我"的心态,融入"我"的情绪。前六句,"我"感到"寒气"已"至"、"北风惨栗";"我"因"愁多"而"知夜长";"我"徘徊室外,"仰观众星"之罗列,感叹从"月满"变月缺。而"我"是谁?"愁"什么?观星仰月,用意何在?读者都还不明底蕴,惟觉诗中有人,深宵独立,寒气彻骨,寒星伤目,愁思满怀,无可告语。及至读完全篇,随着"我"的心灵世界的逐渐坦露,才对前六句所写的一切恍然大悟,才越来越理解她的可悲遭遇和美好情操,对她产生无限同情。

# 客从远方来

客从远方来,遗我一端绮①。相去万余里,故人心尚尔②。文采双鸳鸯③,裁为合欢被④。著以长相思⑤,缘以结不解⑥。以胶投漆中,谁能别离此⑦?

## 【注释】

①端:犹"匹"。古人以二丈为一"端",二端为一"匹"。

②故人:古时习用于朋友,此指久别的"丈夫"。尔:如此。这两句是说尽管相隔万里,丈夫的心仍然一如既往。

③鸳鸯:匹鸟。古诗文中常用以比夫妇。这句是说缔织有双鸳鸯的图案。

⑤合欢被：被上绣有合欢的图案。合欢被取"同欢"的意思。

⑥著：往衣被中填装丝绵叫"著"。绵为"长丝"，"丝"谐音"思"，故云"著以长相思"。

⑥缘：饰边，镶边。这句是说被的四边缀以丝缕，使连而不解。缘与"姻缘"的"缘"音、义并同，故云"缘以结不解"。

⑦别离：分开。这两句是说，我们的爱情犹如胶和漆粘在一起，任谁也无法将我们拆散。

## 【简析】

这也是歌咏爱情的诗，主人公是女性。诗中大意说：故人老远地寄来半匹花绸子，那上面的纹饰不是别的而是一双鸳鸯。我把它做成合欢被，装进丝绵，四边用连环不解的结做装饰。这被就是我和他的如胶似漆的爱情的象征。古诗中往往有和歌谣风味很相近的，本篇就是显著的例子。

此诗似乎是《孟冬寒气至》的姊妹篇。它以奇妙的思致，抒写了一位思妇的意外喜悦和痴情的浮想。这喜悦是与远方客人的突然造访同时降临的：客人风尘仆仆，送来了"一端"（二丈）织有文彩的素缎（"绮"），并且郑重其事地告诉女主人公，这是她夫君特意从远方托他捎来的。女主人公不禁又惊又喜，喃喃而语曰："相去万余里，故人心尚尔"！一端文彩之绮，本来也算不得怎样珍贵；但它从"万里"之外的夫君处捎来，便带有了非同寻常的意义：那丝丝缕缕，该包含着夫君对她的多少关切和惦念之情！女主人公能不睹物而惊、随即喜色浮漾？如果将此四句，与前一首诗的"客从远方来，遗我一书札"对照着读，人们将会感受到，其中似还含有更深一层意蕴：前诗不是诉说着"置书怀袖中，三岁字不灭"的凄苦吗？一封"书札"而竟怀袖"三岁"，可知这"万里"相隔不仅日久天长，而且绝少有音讯往还。这对家中的妻子来说，该是怎样痛苦难捱的事！在近乎绝望的等待中，难道不会有被遗弃的疑惧，时时袭上女主人公心头？而今竟意外地得到夫君的赠绮，那"千思万想而不得一音"的疑惧便烟消云散。那么，伴随女主人公的惊喜而来的，不还有那压抑长久的凄苦和哀伤的翻涌么？张庚称"故人心尚尔"一句"直是声泪俱下"、"不觉兜底感切"，正体味到了诗行之间所传达的这种悲喜交集之感(见《古诗十九首解》)。适应着这一情感表现特点,此诗开篇也一改《古诗十九首解》常从写景入手的惯例,而采用了突兀而起、直叙其事的方式。恐怕正是为了造成一种绝望中的"意外"之境,便于更强烈地展示女主人公那交织着凄苦、哀伤、惊喜、慰藉的"感切"之情——这就是开篇的妙处。

自"文彩双鸳鸯"以下,诗情又有奇妙的变化:当女主人公把绮缎展开一瞧,又意外地发现,上面还织有文彩的鸳鸯双栖之形!鸳鸯双栖,历来是伉俪相偕的美好象征(如《孔雀东南飞》之结尾就是一例)。夫君之特意选择彩织鸳鸯之绮送她,不正倾诉着愿与妻子百年相守的热烈情意么?女主人公睹绮思夫,不禁触发起联翩的浮想:倘若将它裁作被面,不可以做条温暖的"合欢被"吗?再"著以长相思,缘以结不解",该多么惬人心意!"著"有"充实"之意,"缘"指被之边饰。床被内须充实以丝绵,被缘边要以丝缕缀结,这是制被的常识。但在痴情的女主人公心中,这些平凡的事物,都获得了特殊的含义:"丝绵"使她联想到男女相思的绵长无尽;"缘结"暗示她夫妻之情永结难解。这两句以谐音双关之语,把女主人公浮想中的痴情,传达得既巧妙又动人!制成了"合欢被",夫君回来就可以和她同享夫妇之乐了。那永不分离的情景,使女主人公喜气洋洋,不禁又脱口咏出了"以胶投漆中,谁能别离此"的奇句。"丝绵"再长,终究有穷尽之时;"缘结"不解,终究有松散之日。这世上唯有"胶"之与"漆",黏合固结,再难分离。那么,就让我与夫君橡胶、漆一样投合、固结吧,看谁还能将我们分隔!这就是诗之结句所的奇思、奇情。前人称赞此结句"语益浅而情益深"。女主人公的痴情,真的如此深沉和美好呵!

初读起来,《客从远方来》所表现的,就是上述的喜悦和一片痴情。全诗的色彩很明朗;特别是"文彩双鸳鸯"以下,更是奇思、奇语,把诗情推向了如火似锦的境界。但读者是否注意到:当女主人公欢喜地念叨着"以胶投漆中,谁能别离此"的时候,她恰恰正陷于与夫君"万里"相隔的"别离"之中?以此反观全诗,则它所描述的一切,其实都不过是女主人公的幻想或虚境罢了!又何曾有远客之"来",又何尝有彩"绮"之赠?倘若真能与夫君"合欢",她又何必要在被中"著"以长相之思、缘以不解之结?所以还是朱筠对此诗体会得真切:"于不合欢时作'合欢'想,口里是喜,心里是悲。更'著以长相思,缘以结不解',无中生有,奇绝幻绝！说至此,一似方成鸾交、未曾离者。结曰'诗能',形神俱忘矣。又谁知不能'别离'者现已别离,'一端绮'是悬想,'合欢被'用乌有也?"(《古诗十九首说》)如此看来,此诗所描述的意外喜悦,实蕴含着夫妇别离的不尽凄楚;痴情的奇思,正伴随着苦苦相思的无声咽泣！钟嵘《诗品》称《古诗十九首》"文温而丽,意悲而远,惊心动魄"。这首诗正以温丽的"遗绮"之喜,抒写了悲远的"别离"之哀,"正笔反用",就愈加"惊心动魄"。

# 明月皎夜光

明月皎夜光,促织鸣东壁①。玉衡指孟冬②,众星何历历③。白露沾野草,时节忽复易④。秋蝉鸣树间,玄鸟逝安适⑤？昔我同门友⑥,高举振六翮⑦;不念携手好,弃我如遗迹⑧。南箕北有斗⑨,牵牛不负轭⑩。良无盘石固⑪,虚名复何益！

## 【注释】

①促织:蟋蟀。

②玉衡:指北斗七星中的第五至七星。北斗七星形似酌酒的斗:第一星至第四星成勺形,称斗魁;第五星至第七星成一条直线,称斗柄。由于地球绕日公转,从地面上看去,斗星每月变一方位。古人根据斗星所指方位的变换来辨别节令的推移。孟冬:冬季的第一个月。这句是说由玉衡所指的方位,知道节令已到孟冬(夏历的七月)。

③历历:分明貌。一说,历历,行列貌。

④易:变换。

⑤玄鸟:燕子。安适:往什么地方去？燕子是候鸟,春天北来,秋时南飞。这句是说天凉了,燕子又要飞往什么地方去了？

⑥同门友:同窗,同学。

⑦翮(hé 合):鸟的羽茎。据说善飞的鸟有六根健劲的羽茎。这句是以

鸟的展翅高飞比喻同门友的飞黄腾达。

⑧这句是说,就像行人遗弃脚印一样抛弃了我。

⑨南箕:星名,形似簸箕。北斗:星名,形似斗(酌酒器)。

⑩牵牛:指牵牛星。轭:车辕前横木,牛拉车则负轭。"不负轭"是说不拉车。这二句是用南箕、北斗、牵牛等星宿的有虚名无实用,比喻朋友的有虚名无实用。

⑪盘石:同"磐石",大石。

## 【简析】

诗人此刻正浸染着一片月光,这是谁都可以从诗之开篇感觉到的——"明月皎夜光,促织鸣东壁。"皎洁的月色,蟋蟀的低吟,交织成一曲多么清切的夜之旋律。再看夜空,北斗横转,那由"玉衡"(北斗第五星)、"开阳"、"摇光"三星组成的斗柄(杓),正指向天象十二方位中的"孟冬",闪烁的星辰,更如镶嵌天幕的明珠,把夜空辉映得一片璀璨!一切似乎都很美好,包括那披着一身月光漫步的诗人。但是且慢,看一看"此刻"究竟是什么时辰?"严玉衡指孟冬",据金克木先生解说,"孟冬"在这里指的不是初冬节令(因为下文明说还有"秋蝉"),而是指仲秋后半夜的某个时刻。仲秋的后半夜!——如此深沉的夜半,诗人却还在月下踽步,显然有些反常。倘若不是胸中有着缠绕不去的忧愁,搅得人心神不宁,谁还会在这样的时刻久久不眠?明白了这一层,人们便知道,诗人此刻的心境非但并不"美好",简直有些凄凉。由此体味上述四句,境界就立为改观——不仅那皎洁的月色,似乎变得幽冷了几分,就是那从"东壁"下传来的蟋蟀之鸣,听去不也格外感到哀切?从美好夜景中,抒写客中独步的忧伤,那"美好"也会变得"凄凉"的,这就是艺术上的反衬效果。

诗人默默无语,只是在月光下徘徊。当他踏过草径的时候,忽然发现了什么:"白露沾野草,朦胧的草叶上,竟已沾满晶莹的露珠,那是秋气已深的征兆——诗人似乎直到此刻才感觉到,深秋已在不知不觉中到来。时光之流驶有多疾速呵!而从那枝叶婆娑的树影间,又有时断时续的寒蝉之流鸣。怪不得往日的燕子(玄鸟)都不见了,原来已是秋雁南归的时节。这些燕子又将飞往哪里去呢?——秋蝉鸣树间,玄鸟逝安适?"这就是诗人在月下所发出的怅然问叹。这问叹似乎只对"玄鸟"而发,实际上,它岂不又是诗人那充满失意的怅然自问?从下文可知,诗人之游宦京华已几经寒暑。而今草露蝉鸣、又经一秋,它们在诗人心上所勾起的,该是流离客中的几多惆怅和凄怆!以上八句从描述秋夜之景入笔,抒写诗人月下徘徊的哀伤之情。适应着秋夜的清寂和诗人怅惘、失意之感,笔触运得轻轻的,色彩也一片渗白;没有大的音响,只有蟋蟀、秋蝉交鸣中偶发的、诗人那悠悠的叹息之声。当诗人一触及自身的伤痛时,情感便不免愤愤起来。诗人为什么久滞客中?为何在如此夜半焦灼难眠?那是因为他曾经希望过、期待过,而今这希望和期待全破灭了!"昔我同门友,高举振六翮",在诗人求宦京华的蹉跎岁月中,和他携手而游的同门好友,先就举翅高飞、腾达青云了。这在当初,无疑如一道灿烂的阳光,把诗人的前路照耀得五彩缤纷。他相信,"同门"好友将会从青云间垂下手来,提携自己一把。总有一天,他将能与友人一起比翼齐飞、遨游碧空!但事实却大大出乎诗人预料,昔日的同门之友,而今却成了相见不相认的陌路之人。他竟然在平步青云之际,把自己当作走路时的脚迹一样,留置身后而不屑一顾了!"不念携手好,弃我如遗迹",这毫不经意中运用的妙喻,不仅入木三分地刻画了同门好友"一阔脸就变"的卑劣之态,同时又表露了诗人那不谙世态炎凉的多少惊讶、悲愤和不平!全诗的主旨至此方才揭开,那在月光下徘徊的诗人,原来就是这样一位被同门好友所欺骗、所抛弃的落魄者。在他的背后,月光印出了静静的身影;而在头顶上空,依然是明珠般闪烁的"历历"众星。当诗人带着被抛弃的余愤怒仰望星空时,偏偏又瞥见了那名为"箕星"、"斗星"和"牵牛"的星座。正如《小雅·大东》所说的:"维南有箕,不可以簸扬;维北有斗,不可以挹酒浆"、"睆彼牵牛,不以服箱(车)"。它们既不能簸扬、斟酌和拉车,为什么还要取这样的名称?真是莫大的笑语!诗人顿时生出一股无名的怨气,指点着这些徒有虚名的星座大声责问起来:"南箕北有斗,牵牛不负轭!"突然指责起渺渺苍穹中的星星,不太奇怪吗?一点也不奇怪。诗人心中实在有太多的苦闷,这苦闷无处发泄,不拿这些徒其虚名的星星是问,又问谁去?然而星星不语,只是狡黠地眨着眼,它们仿佛是在嘲笑:你自己又怎么样呢?不也担着同门友的虚名,终于被同门之友抛弃了吗?——"良无盘石固,虚名复何益!"想到当年友人怎样信誓旦旦,声称着同门之谊的"坚如盘石";而今"同门"虚名犹存,"盘石"友情安在?诗人终于仰天长叹,以悲愤的感慨收束了全诗。这叹息和感慨,包含了诗人那被炎凉世态所欺骗、所愚弄的多少伤痛和悲哀呵!

　　抒写这样的伤痛和悲哀,本来只用数语即可说尽。此诗却偏从秋夜之景写起,初看似与词旨全无关涉,其实均与后文的情感抒发脉络相连:月光笼盖悲情,为全诗敷上了凄清的底色;促织鸣于东壁,给幽寂增添了几多哀音;"玉衡指孟"点明夜半不眠之时辰,"众星何历历"暗伏箕、斗、牵牛之奇思;然后从草露、蝉鸣中,引出时光流驶之感,触动同门相弃之痛;眼看到了愤极"直落"、难以控驭的地步,"妙在忽蒙上文'众星历历',借箕、斗、牵牛有名无实,凭空作比,然后拍合,便顿觉波澜跌宕"(张玉谷《古诗赏析》)。这就是《明月皎夜光》写景抒情上的妙处,那感叹、愤激、伤痛和悲哀,始终交织在一片星光、月色、螺蜂、蝉鸣之中。

# 汉代乐府诗

乐府,原本是汉代音乐机关的名称。创立于西汉武帝时期,其职能是掌管宫廷所用音乐,兼采民间歌谣和乐曲。魏晋以后,将汉代乐府所搜集、演唱的歌诗统称之为"乐府",于是乐府便由音乐机关名称一变而为可以入乐诗体的名称。刘勰《文心雕龙·乐府篇》说:"乐府者,声依永,律和声也。"标志着"乐府"这一名称含义的演变。

汉乐府诗许多是"感于哀乐,缘事而发"的民间歌谣,在内容上反映了当时广阔的社会生活,在艺术上具有"刚健清新"的特色,它和《诗经》的"风诗",奠定了我国诗歌的现实主义基础。汉代乐府诗的形式,有五言、七言和杂言,这是后世五、七言诗的先声。汉代乐府民歌是我国诗歌史上的一份珍贵的遗产。

宋人郭茂倩编集的《乐府诗集》一百卷,是一部乐府歌辞的总集,上起陶唐,下止五代,搜集资料十分丰富。又其各篇的"解题",对各种曲调、各篇曲辞发展演变的叙述,也极详备。

## 战城南

战城南,死郭北①,野死不葬乌可食②。为我谓乌:"且为客豪③!野死谅不葬④,腐肉安能去子逃⑤!"水深激激⑥,蒲苇冥冥⑦,枭骑战斗死⑧,驽马徘徊鸣⑨。梁筑室⑩,何以南,何以北⑪?禾黍不获君何食⑫?愿为忠臣安可得?思子良臣⑬,良臣诚可思:朝行出攻,暮不夜归⑭!

【注释】

①郭:外城。这两句中的城南、城北为互文见义,是说城南、城北都有战争,也都有战死的人。

中国古典名著精华

②野死:战死荒野。乌:乌鸦。传说乌鸦嗜食死尸腐肉。这句说,战士尸遗荒野,正好供乌鸦啄食。"乌可食"三字极写作者哀悼之情。

③客:指战死者,死者多为异乡人,故称之为"客"。豪:"嚎"的借字,今通作"号",号哭。

④谅:揣度之词,犹今口语"想必"。

⑤安能:怎能。子:指乌。这三句是作者对乌的要求。余冠英说:"古人对于新死者,须行招魂的礼,招时且号且说,就是'号'。诗人要求乌先为死者招魂,然后吃他。"

⑥激激:清澈貌。

⑦冥冥:幽暗貌。这里指蒲苇的葱郁。

⑧枭骑:勇健的骑兵战士。枭:勇。

⑨驽(nú 奴)马:劣马。徘徊:彷徨不进貌。

⑩梁筑室:指战争中在桥上构筑工事营垒。梁,桥。一说,梁,表声的字。

⑪何以北:一作"梁何北"。这两句是说,桥上构筑了营垒,河南、河北的交通断绝。

⑫禾黍:泛指田野种植的谷物。这句是说,战争影响生产,禾黍不获,租赋则无所出。

⑬子、良臣:指战死者。

⑭这两句指战士出攻阵亡。

## 【简析】

《战城南》,是一篇乐府古辞,载《乐府诗集》的《鼓吹曲辞》中,是"汉铙歌十八曲"之一。这是一首哀悼阵亡战士、诅咒战争的民歌,通过描写前方战士暴尸荒野,后方田园荒芜,禾黍不获,谴责了连年战争给人民带来的灾难。

# 有所思

有所思①,乃在大海南。何用问遗君②?双珠玳瑁簪③,用玉绍缭之④。闻君有他心,拉杂摧烧之⑤。摧烧之,当风扬其灰。从今以往,勿复相思!相思与君绝⑥!鸡鸣狗吠⑦,兄嫂当知之。纪呼狶⑧!秋风肃肃晨风飔⑨,东方须臾高知之⑩!

## 【注释】

①有所思:指她所思念的那个人。

②何用:何以。问遗(wèi 慰):“问”、“遗”二字同义,作“赠与”解,是汉代习用的联语。

③玳瑁(dài mào 代冒):是一种龟类动物,其甲壳光滑而多文采,可制装饰品。簪:古人用以连接发髻和冠的首饰,簪身横穿髻上,两端露出冠外,下缀白珠。

④绍缭:犹“缭绕”,缠绕。

⑤拉杂:堆集。这句是说,听说情人另有所爱了,就把原拟赠送给他的簪、玉、双珠堆集在一块砸碎,烧掉。

⑥相思与君绝:与君断绝相思。

⑦鸡鸣狗吠:犹言“惊动鸡狗”。古诗中常以“鸡鸣狗吠”借指男女幽会。

⑧妃呼狶(xī 希):表声的字,“本自无义,但补乐中之音”。一说,表叹息之声。

⑨肃肃:飕飕,风声。晨风飔(sī 思):据闻一多《乐府诗笺》说:晨风,就是雄鸡,雄鸡常晨鸣求偶。飔当为“思”,是“恋慕”的意思。一说,“晨风飔”,晨风凉。

⑩须臾:不一会儿。高:是“皓”的假借字,白。“东方高”,日出东方亮。这二句是说在秋风飕飕的清晨,听到晨风鸟求偶的鸣叫,我的心更烦乱了,太阳是会察知我的心纯洁无瑕。

**【简析】**

《有所思》亦"汉铙歌十八曲"之一。这是一首情诗,写一个女子要和曾经与她相爱的男子断绝情谊。作品以作为爱情表志的珠、簪为线索,叙写了女子热烈的爱,沉痛的恨,以及决定要和负心男子断绝的整个过程。

# 上邪

上邪①!我欲与君相知②,长命无绝衰③。山无陵④,江水为竭,冬雷震震⑤,夏雨雪⑥,天地合⑦,乃敢与君绝⑧!

**【注释】**

①上邪:犹言"天啊"。上,指天。邪,同"耶"。

②相知:相爱。

③命:古与"令"字通,使。这两句是说,我愿与你相爱,让我们的爱情永不衰绝。

④陵:大土山。

⑤震震:雷声。

⑥雨雪:降雪。

⑦天地合:天与地合而为一。

⑧乃敢:才敢。"敢"字是委婉的用语。

**【简析】**

《上邪》,亦"汉铙歌十八曲"之一。这是一篇女子自誓之辞,连用五件不可能有的事为誓,用以表示她对爱情的忠贞不渝。叙写五事,或用三言,或用四言,语句跌宕,毫不露排比的痕迹,生动而深刻地展显了主人公的性格特征。

# 江南

江南可采莲,莲叶何田田<sup>①</sup>!鱼戏莲叶间。鱼戏莲叶东,鱼戏莲叶西,鱼戏莲叶南,鱼戏莲叶北<sup>②</sup>。

**【注释】**

①田田:莲叶浮水之貌。

②这四句是明写鱼游,隐喻青年男女在劳动过程中的友好嬉戏。

**【简析】**

《江南》,乐府古辞,始见《宋书·乐志》,《乐府诗集》收入《相和歌辞·相和曲》。这是一首描写江南人采莲时欢乐情景的优美民歌,《乐府解题》云:"《江南》,古辞,盖美芳晨丽景,嬉游得时也。"

# 乌生

乌生八九子,端坐秦氏桂树间。唶我<sup>①</sup>!秦氏家有游邀荡子<sup>②</sup>,工用睢阳强<sup>③</sup>,苏合弹<sup>④</sup>。左手持强弹两丸<sup>⑤</sup>,出入乌东西<sup>⑥</sup>。唶我!一丸即发中乌身,乌死魂魄飞扬上天。阿母生乌子时,乃在南山岩石间<sup>⑦</sup>。唶我!人民安知乌子处?蹊径窈窕安从通<sup>⑧</sup>?白鹿乃在上林西苑中<sup>⑨</sup>,射工尚复得白鹿脯<sup>⑩</sup>。唶我!黄鹄摩天极高飞<sup>⑪</sup>,后宫尚复得烹煮之。鲤鱼乃在洛水深渊中<sup>⑫</sup>,钓钩尚得鲤鱼口<sup>⑬</sup>。唶我!人民生各各有寿命,死生何须复道前后<sup>⑭</sup>!

**【注释】**

①唶(jiè 介)我:拟声词,指乌的哀鸣。我,语尾助词。

②游邀荡子:荡子。"游"、"邀"、"荡"三字同义。

③工用:善用。睢(suī 虽)阳:汉睢阳县,古宋国的都城,在今河南商丘

市南。相传宋景公时有一个弓匠造了一张强弓（硬弓），能射几百里远。

④苏合：西域月氏（zhī 支）国所产的一种香料。"苏合弹"是用苏合香和泥制作的弹丸。

⑤这句意思是左手执强弓，右手拿两颗苏合弹丸。

⑥这句是说秦氏子转游在乌的前后左右，想伺机射杀乌。

⑦南山：指终南山，在陕西西安市南。

⑧蹊径：狭窄的小道。窈窕（yǎo tiǎo 咬挑）：山水幽深貌。

⑨上林苑：汉宫苑名，在今陕西西安市西，苑内放养禽兽，供皇帝游猎。

⑩这句是说射工射得白鹿，制成肉干。

⑪黄鹄：天鹅。

⑫洛水：源出陕西洛南县冢岭山，东南流入河南省境，经洛阳至巩县注入黄河。

⑬以上数句是由珍养在上林苑中的白鹿，高飞在天空中的黄鹄，潜游在深渊中的鲤鱼，统统难以逃生，以喻当时社会现实的极端险恶。

⑭死生：复词偏义，死。这二句是说人的寿夭由命，死的迟早又何须计较。这是诗人含着血泪的控诉。

## 【简析】

《乌生》，一名《乌生八九子》，乐府古辞，属《相和歌·相和曲》。本诗由乌的惨死，说到白鹿、黄鹄、渊鱼都难逃生，最后慨叹人世的祸福难测，寿夭由命。这是东汉末年那个动乱时代文人"动辄得咎"的恐惧心理的反映。

# 平陵东

平陵东①，松柏桐②，不知何人劫义公③。劫义公，在高堂下④，交钱百万两走马⑤。两走马，亦诚难，顾见追吏心中恻⑥。心中恻，血出漉⑦，归告我家卖黄犊。

汉魏六朝诗

## 【注释】

①平陵:汉昭帝墓,在今陕西咸阳市西北。

②松柏桐:指墓地。仲长统《昌言》说:"古之葬者,松、柏、梧桐以识坟。"

③义公:古时对"好人"的美称。一说,义公是姓义的人。

④高堂:指官府衙门。

⑤走马:善跑的马。这句意思是说,官吏责令义公必须交钱百万外加两匹走马,而后才能获得释放。

⑥顾见:"顾"、"见"二字同义,看见。追吏:逼索财物的官吏。恻:悲痛。

⑦漉:渗出。这句是说,因悲痛心血都要渗出来了。一说,"漉"作"流尽"解。

## 【简析】

《平陵东》,乐府古辞,属《相和歌·相和曲》。崔豹《古今注》及《乐府诗集》引《乐府解题》均云,本篇乃西汉末年翟义的门人哀悼翟义起兵讨王莽兵败见害而作,考以翟义事迹,与本诗诗义不合,此说不可信。

这是一首控诉贪官暴吏恶行的故事诗。通过义公被绑架,受勒索这一事件,揭发了汉代官吏无法无天的残民暴行,反映了当时阶级迫害的严重程度。本诗每三句一节,每节的第一句,都重复上一句的最后三个字,这是民歌中常用的"顶针续麻"的手法,用反复吟咏,以加强诗的抒情气氛。

# 陌上桑

日出东南隅①,照我秦氏楼。秦氏有好女②,自名为罗敷③。罗敷喜蚕桑④,采桑城南隅。青丝为笼系⑤,桂枝为笼钩⑥。头上倭堕髻⑦,耳中明月珠⑧,缃绮为下裙⑨,紫绮为上襦⑩。行者见罗敷,下担捋髭须⑪。少年见罗敷,脱帽著帩头⑫。耕者忘其犁,锄者忘其锄。来归相怨怒,但坐观罗敷⑬。一解。

使君从南来⑭,五马立踟蹰⑮。使君遣吏往,问是谁家姝⑯。"秦氏有好

中国古典名著精华

女,自名为罗敷。""罗敷年几何?""二十尚不足,十五颇有余⑰。""使君谢罗敷⑱,宁可共载否⑲?"罗敷前置辞⑳:"使君一何愚㉑!使君自有妇,罗敷自有夫。"二解。

"东方千余骑,夫婿居上头㉒。何用识夫婿㉓?白马从骊驹㉔。青丝系马尾㉕、黄金络马头;腰中鹿卢剑㉖,可直千万余㉗。十五府小史㉘,二十朝大夫㉙,三十侍中郎㉚,四十专城居㉛。为人洁白皙㉜,鬑鬑颇有须㉝。盈盈公府步㉞,冉冉府中趋㉟。坐中数千人,皆言夫婿殊㊱"。三解。

【注释】

①日出东南隅:春天日出东南方。这句点出采桑养蚕的节令。

②好女:美女。

③自名:自道姓名。一说,"自名"犹言"本名"。

④喜:一作"善"。

⑤青丝:青色丝绳。笼:指采桑用的竹篮。

⑥笼钩:竹篮上的提柄。

⑦倭堕髻:"堕马髻",其髻偏在一边,呈欲堕之状,是东汉时一种时兴的发式。

⑧明月珠:宝珠名。据《后汉书·西域传》说,大秦国(古指罗马帝国)产明月珠。

⑨缃(xiāng 相):浅黄色。

⑩襦:短衣。

⑪将(lǚ 吕):用手顺着抚摩。髭:口上边的胡子。

⑫著:显露。帩(qiào 俏)头:同"绡头",古人束发用的纱巾。

⑬坐:因。这二句是说耕者、锄者因观罗敷晚归,引起夫妻争吵。

⑭使君:东汉人对太守、刺史的称呼。

⑮五马:闻人倓《古诗笺》云:汉制"太守驷马而已,其有加秩中二千石,乃右骖(驷马的右边加一骖马),故以'五马'为太守美称。"

⑯姝:美女。

⑰颇:少,略微。

⑱谢：问。

⑲宁可：是"愿意"的意思。《说文》徐锴注云："今人言宁可如此,是愿如此也。"这二句是吏人转达太守对罗敷的问语,是说使君问你,愿否同他一道乘车而去。

⑳置辞：同"致辞",答话。

㉑一何：犹"何其",相当今口语"何等地"、"多么地"。一,语助词。

㉒上头：行列的最前面。

㉓何用：是"用何"的倒语,意即"根据什么……"。

㉔骊驹：深黑色的小马。

㉕系(jì记)：绍结。

㉖鹿卢：同"辘轳",古时长剑之首用玉作鹿卢形。

㉗直：同"值"。以上四句是罗敷用夸耀其夫的高贵服饰,借以说明其夫的高贵身份。

㉘府小史：太守府的小史。史,官府小吏。"十五"及下文的"二十"、"三十"、"四十"皆指年龄。

㉙朝大夫：在朝廷任大夫的官职。

㉚侍中郎：皇帝的侍从官。汉制侍中乃在原官职上特加的荣衔。

㉛专城居：为一城之主,如太守、刺史之类的大官。这四句是罗敷夸其丈夫官运亨通,步步高升。

㉜洁白皙：面容白净。

㉝鬑(lián廉)鬑：鬓发疏长貌。这句是说略有一些疏而长的美须。

㉞盈盈：行步轻盈貌。"公府步"、"府中趋",犹旧日所谓的"官步"。

㉟冉冉：行步舒缓貌。

㊱殊：是"人才出众"的意思。

## 【简析】

《陌上桑》,乐府古辞,《乐府诗集》收入《相和歌·相和曲》。这篇古辞始见于《宋书·乐志》,题作《艳歌罗敷行》,《玉台新咏》题作《日出东南隅行》。

　　《陌上桑》是写采桑女罗敷严词拒绝太守无理调戏的故事。本诗成功地塑造了罗敷这个美丽坚贞，敢于斗争而又善于斗争的妇女形象；同时它也揭露了汉代高官大吏横暴荒淫的面目。诗中写罗敷的美貌一节，在艺术上别具一格，除一句正写，全是从见之者神态、举止的失常去写，而罗敷之美自见。

# 长歌行

　　青青园中葵①，朝露待日晞②。阳春布德泽③，万物生光辉④。常恐秋节至，焜黄华叶衰⑤。百川东到海，何时复西归？少壮不努力，老大徒伤悲！

## 【注释】

①葵：有锦葵、蜀葵、向日葵等，这里代指花草树木。

②晞(xī 希)：因日晒而干。

③阳春：春天。德泽：恩惠，这里指春天的阳光雨露。

④这两句是说，春天的阳光雨露，使万物都焕发出生命力的光彩。

⑤焜(kūn 昆)黄：植物枯黄貌。华：同"花"。

## 【简析】

　　《长歌行》是一篇《相和歌·平调曲》古辞。歌词共三首，这是其中的第一首。《文选》五臣注说："言当早崇树事业，无贻后时之叹。"此篇乃是一首咏叹万物盛衰有时，人当奋发自励的诗。

# 相逢行

　　相逢狭路间，道隘不容车。如何两少年①，夹毂问君家②。君家诚易知，易知复难忘。黄金为君门，白玉为君堂。堂上置樽酒③，作使邯郸倡④。中庭生桂树⑤，华灯何煌煌⑥。兄弟两三人⑦，中子为侍郎⑧。五日一来归⑨，道上自生光,黄金络马头,观者盈道傍。入门时左顾⑩,但见双鸳鸯⑪,鸳鸯七十二,罗列自成行。音声何噰噰⑫,鹤鸣东西厢。大妇织绮罗,中妇织流黄⑬,小妇无所为,挟瑟上高堂。丈人且安坐⑭,调丝方未央⑮。

## 【注释】

①如何两少年:《乐府诗集》原作"不知何少年"。"夹毂"不应只是一人,今据《玉台新咏》校改。

②毂(gū 咕):车轮中心的圆木,辐聚其外,轴贯其中。这里代指车。夹毂:犹"夹车"。这两句是说,两个少年站在车的两旁而问。

③置樽酒:指举行酒宴。

④作使:犹"役使"。邯郸:汉代赵国的都城,在今河北邯郸城西南。倡:歌舞伎。赵国女乐,闻名当时。

⑤中庭:庭中,院中。

⑥华灯:雕刻非常精美的灯。

⑦兄弟两三人:兄弟三人。从下文"中子"、"三妇"可证。"两"字无意义。

⑧侍郎:官名。《后汉书·百官志》:"侍郎三十六人,作文书起草。"秩各四百石。

⑨五日一来归:汉制中朝官每五日有一次例休,称"休沐"。

⑩左顾:回顾。

⑪双鸳鸯:鸳鸯为匹鸟,总是成对并游。双鸳鸯,就是"双双的鸳鸯",汉乐府诗中常用这种省字法。

⑫噰噰(yōng yōng 雍雍):音声相和貌,这里形容众鹤和鸣之声。

⑬流黄:或作"留黄"、"骝黄",黄间紫色的绢。

⑭丈人:子媳对公婆的尊称。《论衡·气寿篇》说:"尊翁妪为丈人。"

⑮调丝:弹奏(瑟)。丝,指瑟上的弦。未央:未尽。"方未央"或作"未遽央","未遽央"与"未央"同义。这句是说弹瑟正在进行。

## 【简析】

《相逢行》,乐府古辞,一名《相逢狭路间行》,又名《长安有狭斜行》,属《相和歌·清调曲》。诗中极力描写富贵之家宅舍之富丽,生活之豪华,这反映了当时达官贵人的养尊处优,醉生梦死;而"观者盈道傍","君家诚……难忘"等语,则反映了作者的艳羡心理。

# 饮马长城窟行

青青河畔草,绵绵思远道①。远道不可思②,宿昔梦见之③。梦见在我傍,忽觉在他乡④。他乡各异县,展转不相见⑤。枯桑知天风,海水知天寒⑥。入门各自媚⑦,谁肯相为言⑧!

客从远方来,遗我双鲤鱼⑨。呼儿烹鲤鱼,中有尺素书⑩。长跪读索书⑪,其中意何如:上言加餐饭⑫,下言长相忆⑬。

## 【注释】

①绵绵:连绵不断之貌。这里义含双关,由看到连绵不断的青青春草,而引起对征人的缠绵不断的情思。远道:犹言"远方"。

②不可思:是无可奈何的反语。这句是说征人辗转远方,想也是白想。

③宿昔:一作"凤昔",昨夜。《广雅》云:"昔,夜也。"

④这二句是说刚刚还见他在我身边,一觉醒来,原是南柯一梦。

⑤展转:同"辗转"。不相见:一作"不可见"。

⑥枯桑知天风,海水知天寒:闻一多《乐府诗笺》云:"喻夫妇久别,口虽不言而心自知苦。"

⑦媚:爱。

⑧言:《广雅》云:"言,问也。"这二句是说别人回到家里,只顾自己一家人亲亲热热,可又有谁肯来安慰我一声?

⑨双鲤鱼:指信函。古人寄信是藏于木函中,函用刻为鱼形的两块木板制成,一盖一底,

⑩尺索：指书信。古人写信是用帛或木板，其长皆不过尺，故称"尺素"或"尺牍"。这句是说打开信函取出信。

⑪长跪：古代的一种跪姿。古人日常都是席地而坐，两膝着地，犹如今日之跪。长跪是将上躯直耸，以示恭敬。

⑫餐饭：一作"餐食"。

⑬这二句是说，信里先说的是希望妻子保重，后又说他在外对妻子十分想念。

## 【简析】

《饮马长城窟行》，又名《饮马行》，最早见于《文选》题为"乐府古辞"。《乐府诗集》收入《相和歌辞·瑟调曲》。这是一首闺妇思夫的诗，上半写闺妇因丈夫久出不归，日夜怀念的孤凄之情；下半写闺妇接读丈夫来信时的惊喜情状。本诗情切语真，读之如闻其声，如见其人。

## 梁甫吟

步出齐城门①，遥望荡阴里②。里中有三墓，累累正相似②。问是谁家墓，田疆古冶子④，力能排南山⑤，文能绝地纪⑥。一朝被谗言⑦，二桃杀三士。谁能为此谋？国相齐晏子⑧。

## 【注释】

①齐城：齐都临淄，在今山东淄博市临淄城北八里。

②荡阴里：又名"阴阳里"，在今临淄城南。

③累累：连缀之貌。这二句是说三坟相邻，坟形大略相似。

④田疆古冶子：据《晏子春秋·谏下篇》载，公孙接、田开疆和古冶子三人，事齐景公，以勇力闻名于世。晏婴因他们三人，"上无君臣之义，下无长率之伦，内不以禁暴，外不可威敌，此危国之器也"。他劝景公设计除掉他们，景公同意了他的意见，因将二桃赠给三士，让他们计功食桃。公孙接自

报有搏杀乳虎的功劳，田开疆自报曾两次力战却敌，于是各取了一桃。最后古冶子说："当年我跟随君上渡黄河，战车的骖马被大鼋鱼衔入砥柱中流，我年少又不会游水，却潜行逆流百步，顺流九里，杀死了大鼋鱼。当我左手拿着马，右手提着鼋头跳出水面的时候，岸上的人们都误认为是河伯。我可以说最有资格吃桃子，二位何不还回桃子？"公孙接、田开疆二人听后皆羞愧自刎而死。古冶子见此，凄然地说："二友皆死，而我独生，不仁；盛夸己功，羞死二友，不义；所行不仁又不义，不死则不算勇士。"因此，他也自刎而死。

⑤排：推也，这里是"推倒"的意思。南山：指齐城南面的牛山。

⑥绝：毕，尽。地纪：犹"地纲"。"天纲"与"地纪"，指天地间的大道理，如"仁"、"义"、"礼"、"智"、"信"等。这二句是说三士文武兼备，既有排倒南山的勇力，并且深明天地纲纪的真谛。一说，三士以勇力出名，无所谓文，"文"当作"又"。这两句诗，似本《庄子·说剑篇》："此剑上决浮云，下绝地纪。"《庄子》两句都是说剑，这两句都是说勇。"地纪"就是"地基"。

⑦一朝：一旦。

⑧晏子：齐国大夫晏婴，历事灵公、庄公、景公三朝，乃齐国名相。

## 【简析】

《梁甫吟》，《乐府诗集》收入《相和歌·楚调曲》。郭茂倩《题解》云："梁甫，山名，在泰山下。《梁甫吟》盖言人死葬此山，亦葬歌也。又有《泰山梁甫吟》，与此颇同。"又朱嘉征云："《梁甫吟》，歌'步出齐城门'，哀时也。无罪而杀士，君子伤之，如闻《黄鸟》哀音。"此诗当本是悼念三士无罪被杀之作，后来才流传为一般葬歌。旧题诸葛亮作，前人已辨其非。

# 孔雀东南飞并序

汉末建安中①，庐江府小吏焦仲卿妻刘氏②，为仲卿母所遣，自誓不嫁。其家逼之，乃投水而死。仲卿闻之，亦自缢于庭树。时人伤之，而为此辞也。

孔雀东南飞，五里一徘徊③。"十三能织素④，十四学裁衣，十五弹箜篌⑤，十六诵诗书。十七为君妇，心中常苦悲。君既为府吏，守节情不移⑥。鸡鸣入机织⑦，夜夜不得息。三日断五匹⑧，大人故嫌迟⑨。非为织作迟，君家妇难为。妾不堪驱使⑩，徒留无所施⑪。便可白公姥⑫，及时相遣归⑬。"

府吏得闻之，堂上启阿母⑭："儿已薄禄相⑮，幸复得此妇。结发同枕席⑯，黄泉共为友⑰。共事二三年，始尔未为久⑱。女行无偏斜⑲，何意致不厚⑳？"阿母谓府吏："何乃太区区㉑！此妇无礼节，举动自专由㉒。吾意久怀忿，汝岂得自由？东家有贤女，自名秦罗敷。可怜体无比㉓，阿母为汝求。便可速遣之，遣去慎莫留！"府吏长跪告，伏惟启阿母㉔："今若遣此妇，终老不复取㉕！"阿母得闻之，槌床便大怒㉖："小子无所畏，何敢助妇语！吾已失恩义㉗，会不相从许㉘！"

府吏默无声，再拜还入户。举言谓新妇㉙，哽咽不能语㉚："我自不驱卿㉛，逼迫有阿母。卿但暂还家，吾今且报府，不久当归还，还必相迎取㉝。以此下心意㉞，慎勿违吾语"。新妇谓府吏："勿复重纷纭㉟！往昔初阳岁㊱，谢家来贵门㊲。奉事循公姥㊳，进止敢自专㊴？昼夜勤作息㊵，伶俜萦苦辛㊶。谓言无罪过，供养卒大恩㊷。仍更被驱遣，何言复来还？妾有绣腰襦㊸，葳蕤自生光㊹。红罗复斗帐㊺，四角垂香囊㊻。箱帘六七十㊼，绿碧青丝绳㊽。物物各自异，种种在其中。人贱物亦鄙，不足迎后人㊾，留待作遗施㊿，于今无会因㾘，时时为安慰，久久莫相忘。"

鸡鸣外欲曙，新妇起严妆㾙。著我绣㾛尺裙㾜夹，事事四五通㾝：足下蹑丝履㾞，头上玳瑁光㾟。腰若流纨素㾠，耳著明月珰㾡。指如削葱根，口如含朱丹㾢。纤纤作细步㾣，精妙世无双。上堂谢阿母，母听去不止㾤。"昔作女儿时，生小出野里，本自无教训，兼愧贵家子。受母钱帛多㾥，不堪母驱使。今日还家去，念母劳家里。"却与小姑别㾦，泪落连珠子㾧："新妇初来时，小姑始扶床，今日被驱遣，小姑如我长。勤心养公姥，好自相扶将㾨。初七及下九㾩，嬉戏莫相忘"。出门登车去，涕落百余行。

府吏马在前，新妇车在后，隐隐何甸甸㾪，俱会大道口。下马入车中，低头共耳语："誓不相隔卿㾫，且暂还家去，吾今且赴府。不久当还归，誓天不相负。"新妇谓府吏："感君区区怀㾬！君既若见录㾭，不久望君来。君当作磐石㉛，妾当作蒲苇㉜。蒲苇纫如丝，磐石无转移㉝。我有亲父兄㉞，性行暴如雷，恐不任我意，逆以煎我怀㉟。"举手长劳劳㊱，二情同依依。

入门上家堂，进退无颜仪㊲。阿母大拊掌㊳："不图子自归㊴！十三教汝织，十四能裁衣，十五弹箜篌，十六知礼仪，十七遣汝嫁，谓言无誓违㊵。汝今无罪过，不迎而自归？""兰芝惭阿母㊶，儿实无罪过。"阿母大悲摧㊷。

还家十余日，县令遣媒来。云"有第三郎，窈窕世无双㊸，年始十八九，便言多令才㊹。"阿母谓阿女："汝可去应之。"阿女衔泪答㊺："兰芝初还时，府吏见丁宁㊻，结誓不别离。今日违情义，恐此事非奇㊼。自可断来信，徐徐更谓之㊽。"阿母白媒人："贫贱有此女㊾，始适还家门㊿；不堪吏人妇，岂合令郎君？幸可广问讯，不得便相许。"

媒人去数日，寻遣丞请还，说"有兰家女，承籍有宦官。"云"有第五郎，娇逸未有婚，遣丞为媒人，主簿通语言。"直说"太守家，有此令郎君，既欲结大义，故遣来贵门。"阿母谢媒人："女子先有誓，老姥岂敢言？"阿兄得闻之，怅然心中烦。举言谓阿妹："作计何不量！先嫁得府吏，后嫁得郎君，否泰如天地，足以荣汝身。不嫁义郎体，其往欲何云？"兰芝仰头答："理实如兄言。谢家事夫婿，中道还兄门，处分适兄意，那得自任专？虽与府吏要，渠会永无缘！登即相许和，便可作婚姻。"

媒人下床去，诺诺复尔尔。还部白府君："下官奉使命，言谈大有缘。"府君得闻之，心中大欢喜。视历复开书，便利此月内，六合正相应。"良吉三十日，今已二十七，卿可去成婚。"交语速装束，络绎如浮云。青雀白鹄舫，四角龙子幡，婀娜随风转；金车玉作轮，踯躅青骢马，流苏金镂鞍。赍钱三百万，皆用青丝穿。杂彩三百匹，交、广市鲑珍。从人四五百，郁郁登郡门。

阿母谓阿女："适得府君书，明日来迎汝。何不作衣裳？莫令事不举！"阿女默无声，手巾掩口啼，泪落便如泻。移我琉璃榻，出置前窗下。左手持刀尺，右手执绫罗，朝成绣裙，晚成单罗衫。晻晻日欲暝，愁思出门啼。

府吏闻此变，因求假暂归。未至二三里，摧藏马悲哀。新妇识马声，蹑履相逢迎，怅然遥相望，知是故人来。举手拍马鞍，嗟叹使心伤。"自君别我后，人事不可量，果不如先愿，又非君所详。我有亲父母，逼迫兼弟兄，

汉魏六朝诗

以我应他人，君还何所望<sup>⑫</sup>！"府吏谓新妇："贺卿得高迁<sup>㉘</sup>！磐石方且厚，可以卒千年<sup>⑫</sup>；蒲苇一时纫，便作旦夕间<sup>㉚</sup>。卿当日胜贵<sup>㉛</sup>，吾独向黄泉。"新妇谓府吏："何意出此言！同是被逼迫，君尔妾亦然。黄泉下相见，勿违今日言！"执手分道去，各各还家门。生人作死别，恨恨那可论！念与世间辞，千万不复全<sup>㉜</sup>。

府吏还家去，上堂拜阿母："今日大风寒，寒风摧树木，严霜结庭兰<sup>㉝</sup>。儿今日冥冥<sup>㉞</sup>，令母在后单。故作不良计，勿复怨鬼神<sup>㉟</sup>！命如南山石，四体康且直<sup>㊱</sup>。"阿母得闻之，零泪应声落。"汝是大家子，仕宦于台阁<sup>㊲</sup>。慎勿为妇死，贵贱情何薄<sup>㊳</sup>？东家有贤女，窈窕艳城郭<sup>㊴</sup>。阿母为汝求，便复在旦夕<sup>㊵</sup>。"府吏再拜还，长叹空房中，作计乃尔立<sup>㊶</sup>。转头向户里，渐见愁煎迫<sup>㊷</sup>。

其日牛马嘶<sup>㊸</sup>，新妇入青庐<sup>㊹</sup>。庵庵黄昏后<sup>㊺</sup>，寂寂人定初<sup>㊻</sup>。"我命绝今日，魂去尸长留<sup>㊼</sup>。"揽裙脱丝履<sup>㊽</sup>，举身赴清池<sup>㊾</sup>。府吏闻此事，心知长别离。徘徊庭树下，自挂东南枝。

两家求合葬，合葬华山傍<sup>㊿</sup>。东西植松柏，左右种梧桐。枝枝相覆盖，叶叶相交通<sup>(51)</sup>。中有双飞鸟，自名为鸳鸯，仰头相向鸣<sup>(52)</sup>，夜夜达五更。行人驻足听<sup>(53)</sup>，寡妇起彷徨。多谢后世人，戒之慎勿忘<sup>(54)</sup>。

## 【注释】

①建安：东汉献帝年号，公元196年至219年。建安中，即建安年间。

②庐江府：汉代郡名，郡治起初在今安徽省庐江县西，汉末徙今安徽省潜山县。府，指郡守的官府。

③这两句是以孔雀起兴，意思是说孔雀向东南飞去，但因留恋它的配偶而边飞边徘徊顾盼。

④素：白色的丝绢。这句是说兰芝十三岁就会织素。从这一句到"及时相遣归"句都是兰芝向仲卿说的话。

⑤箜篌（kōng hóu 空侯）：亦作"空侯"，古代的一种拨弦乐器，形状和筝、瑟相似。

⑥苦悲：痛苦悲伤。这四句是说兰芝自十七岁嫁到焦家后，因仲卿忠于职守，平时寄宿府中不常回家，兰芝受虐待无处倾诉，所以心中悲伤痛苦。

《玉台新咏》本在此句下有"贱妾留空房,相见常自稀,彼意常依依"三句。

⑦入机织:到织布机上去织布。

⑧断:把织成的布截断,从织机上取下来。匹:同"疋",据《汉书·食货志》记载,当时布帛幅宽二尺二寸、长四丈为一匹。

⑨大人:对长辈的尊称,这里是兰芝称呼其婆母。故:故意。

⑩妾:兰芝自称。不堪:不胜任,受不住。

⑪无所施:没有用处。

⑫白公姥(mǔ母):禀告婆母。公姥,公婆,从全诗看,仲卿父已不在,所以公姥在这里是偏义复词,指婆母。

⑬及时:趁早,赶快。遣归:打发回去,休弃。

⑭堂上:应作"上堂"。启:禀告。

⑮禄相:古人迷信认为一个人的富贵贫贱都是命中注定的,而且"骨法为禄相表"(王符《潜夫论·相列》),从骨相中就可以看出命运的好坏。这句是说:我的骨相已注定了我运乖命薄。

⑯结发:束发。古时男子二十岁束发加冠,女子十五岁束发而笄。就是把头发扎结起来,表示已经成年。

⑰黄泉:地下之泉。人死葬于地下,故黄泉是指人的死亡。

⑱尔:如此,这里是指二人婚后的共同生活。这二句是说:我们到一起才二三年,开始这样的生活还不久。

⑲偏斜:不正。

⑳何意:想不到。不厚:不厚遇,不喜爱。

㉑区区:指见识狭小、目光短浅。

㉒自专由:自专、自由,自作主张,不受管束。

㉓可怜:可爱。这句是说秦罗敷模样可爱,没人比得上。

㉔长跪:古人席地而坐,为表示恭敬就将上身伸直,成长跪的姿势。伏惟:古人说话时常用以表示谦卑的发语词。

㉕终老:直到死,一辈子。取:同"娶"。

㉖槌:同"捶",击。槌床,即敲打着床。

㉗失恩义:恩断义绝。

㉘会：将必定。从许：依从允许，答应。从这句以上是第一段，写兰芝嫁到焦家后，受婆母虐待和被驱遣的经过。

㉙举言：发言。新妇：媳妇。

㉚哽咽：因悲痛而声气阻塞。

㉛自：本。卿：古时君呼臣，或平辈间互称，这里是对妻子的昵称。

㉜报府：一作"赴府"，到郡府去。

㉝相迎取：去把你接回来。

㉞下心意：安下心，沉住气。

㉟重纷纭：再找麻烦。这句的意思是说不要再多事接我回来了。

㊱初阳岁：冬末春初的季节。

㊲谢家：辞家。

㊳奉事：侍奉。这句是说自己侍奉婆母总是顺着她的心意。

㊴进止：举止、行动。这句是说自己的举止行动那里敢自作主张？

㊵作息：操作和休息。在这里是偏义复词，即操作、劳动。

㊶伶俜(pīng 乒)：孤独的样子。萦(yíng 营)：缠绕。这句是说自己一直孤独而又辛苦。

㊷谓言：自以为。供养：侍奉。这二句是说：我本以为自己没有什么过错，只要好好侍奉婆母报答她的恩德就行了。

㊸绣腰襦(rú 如)：一种绣花的短袄。

㊹葳蕤：草木茂盛的样子。这里是形容刺绣的花样，花繁叶茂，闪闪发光。

㊺斗帐：一种上狭下宽的床帐，形如覆斗。红罗复斗帐，即红罗做的双层斗帐。

㊻香囊：装有香料的小口袋。

㊼箱帘：箱子和镜奁。帘，又作"奁"，镜奁，梳妆匣子。

㊽绿碧：形容青色。是说箱帘用青丝绳系着。

㊾后人：后来者，指仲卿将来再娶的妻子。

㊿做遗施：作为赠送人用的东西。遗(wèi 畏)，赠送。又作"遣"。

○51因：机会。无会因，没有见面的机会。

㊾严妆:郑重地梳妆打扮。

㊿绣裙:绣花的裙子。同"裙",今作"夹"。

54这二句是说:兰芝要尽量打扮得齐整,穿好绣裙后,需要做的事还有四五件。指下文的穿鞋、插簪、束腰、戴耳珰。关于这二句还有以下几种说法:一是"极意装束",尽量打扮得满意;二是"数数迟延,以捱晷刻",因不忍离去而有意地拖延时间;三,"或是心烦意乱,一遍两遍不能妥帖。"可参考。

55蹑(niè 聂):踩。这里当穿讲。

56玳瑁(dài mào 代帽):一种像龟似的爬行动物,其甲壳有光泽,可做妆饰品。玳瑁光,玳瑁簪在发光。

57若:或"著"之误。流:飘动。纨素:纨和素都是细绢。这句是说,腰上束着精致柔软的白绢带在飘动。

58珰(dāng 当):耳环一类的妆饰品。

59削葱根:削尖了的葱白。朱丹:一种红色的宝石。这二句是形容兰芝的手指白嫩而尖细,和嘴唇的红艳。

60纤纤:细小。这句是形容兰芝走路时迈着小碎步。

61母听去不止:婆母听任她去,并不留阻。此句一本作"阿母怒不止"。

62钱帛:指彩礼。这二句是说接受了您很多聘礼,却不能很好地受您使唤。

63却:还,再。

64泪落连珠子:眼泪像一串串珍珠似的不断流下来。

65这四句是说:兰芝初来时,小姑刚刚能扶床站立,而现在已经长得和自己一般高了,所以可以很好地侍奉老人。按前面曾说"共事二三年",兰芝嫁到焦家只有二三年,小姑不能这样快地长大。这四句诗均见于唐代顾况的《弃妇行》,所以前人每疑此四句非本篇原有,可能是后人所加。

66初七及下九:七月初七是七夕,古时妇女在这天晚上供祭织女,乞巧。每月的十九日是"下九",妇女们停止针黹集聚在一起游戏玩耍,叫"阳会"。

67隐:同"影"。甸:同"颠"。隐隐、甸甸都是车声。

68隔:犹"绝",断绝。

69区区怀:自己的真诚心意。

⑦见:被、蒙。录:记。见录,记着我。

⑦磐石:大石。磐石沉重不能移动,以喻忠诚不变。

⑦蒲苇:蒲草和苇子,皆水草,柔韧不可折断,以喻爱情的坚贞。

⑦纫(rèn认):当作"韧"。转移:移动。这二句是说:我要像蒲苇一样柔韧不折,你要像磐石一样牢固不移。

⑦亲父兄:从下文来看兰芝父已不在,此指亲兄。

⑦逆:违逆。这句是说:违背我的意愿,使我内心痛苦。

⑦劳劳:忧伤。这句是说,二人挥手告别,悲伤不已。以上是第二段,写兰芝被迫离开焦家时与仲卿分手的情况。

⑦进退:偏义复词,即进见。无颜仪:没脸,难为情。

⑦拊(fǔ府)掌:拍手,这里是一种表示惊讶的动作。

⑦不图:没想到。

⑧无誓违:无过失。另一说:誓违,即违誓。《说文》:"誓,约束也。"无违誓,即不违反婆家的约束(规矩)。二说皆可通。

⑧惭阿母:感到没有脸面见母亲。

⑧大悲摧:非常悲痛忧伤。摧,疑作"碓"(cuī崔),忧伤。

⑧窈窕:容貌美好。

⑧便(pián骈)言:善于辞令,有口才。便,同"辩"。令:美好。

⑧衔泪:含泪。衔,一作"含"。

⑧丁宁:嘱咐。今作"叮咛"。见叮咛,受到仲卿的叮嘱。

⑧奇:佳、好。这句是说:恐怕这样做很不好。

⑧来信:指县令派来的媒人。这二句是说:还是回绝了媒人,等以后慢慢地再说吧。

⑧贫贱:我家门第低贱,这是刘母自谦之词。

⑨适:出嫁。这句是说,刚刚出嫁就被休弃回了娘家。

⑨这二句是说:她连吏人妇都当不了,怎么能配得上贵公子呢!

⑨问讯:打听消息。这句是说,希望你去多打听一些别人家的姑娘。

⑨寻:不久。丞:县丞,官名。寻遣丞请还,是说不久,被派去向太守请示事情的县丞回来了。

㉔承籍:承继先辈的户籍、家世。有宦官:家中有做官为宦的人。这二句是县丞转述太守的话。兰家女,应作"刘家女",指兰芝。

㉕娇:娇美。逸:特出,超过一般。娇逸,即特别娇美。主簿:官名,府。邰希甚中掌管档案文书的官员。此处应是指郡府的主簿。以上四句还是县丞的话,意思是说:太守的第五个儿子娇美非凡,现在还没有结婚,太守派遣我当媒人,还让主簿去传达太守的话。

㉖直说:直截了当地说。结大义:做亲家,结成婚姻关系。以上四句是县丞到刘家说亲的话。

㉗老姥:刘母自称,即老妇。

㉘怅然:愤恨不满的样子。

㉙作计:作决定,打主意。不量:欠思考,不好好衡量。

⑩否(pǐ痞):恶运。泰:好运气。这句是说二次结婚,一好一坏,真有天渊之别。

⑪其往:一作"其住",可以。意思是说长这样下去又将怎么办呢?

⑫处分:决定,处理。

⑬要(yāo腰):同"约",约订。

⑭渠:他,指仲卿。渠会,即和他相会。无缘:没有缘分,没有机缘。

⑮登即:立即,马上。

⑯诺诺复尔尔:好了,好了,就这样办吧。

⑰还部:回到府衙。白:回报。府君:指太守。

⑱视历、开书:为互文,即为挑选吉日而查检历书。《隋书·经籍志》载有《六合婚嫁历》,大约就是古时结婚择吉所用的历书。开,一作阅。

⑲便:就。利:适宜。六合:古人迷信认为结婚必须选择六合相应的吉日。《南齐书·礼志》说:"五行说十二辰为六合,月建与日辰相合也"。即子与丑、寅与亥、卯与戌、辰与酉、巳与申、午与未相合,为六合。六合相应就吉利。

⑩良吉:良辰吉日。以上三句是太守吩咐县丞的话。

⑪交语速装束:向各处传话让赶快筹办婚事。交,让,打发。

⑫络绎:连续不绝。为娶亲作准备的人多得像浮云一样连续不断。

⑪⑬青雀白鹄(gù 固)舫:青雀舫和白鹄舫,是贵人乘坐的画舫。龙子幡(fān 帆):可能是一种画有龙形的幡旗。舫的四角插着幡。

⑭婀娜:飘拂动摇的样子。这里是指龙子幡。

⑮踯躅(zhí zhú 直竹):缓步前进。青骢(cōng 匆)马:青白杂毛的马。

⑯流苏:用五彩羽毛做成的穗子。金镂鞍:金雕鞍,用金属雕缕的马鞍。

⑰赍(jī 基):赠送。

⑱杂彩:各种颜色的缎料。

⑲交、广:交州和广州。交州,汉郡名,今广东、广西等地。广州,三国吴置,在今广东省。市:购买。鲑(guī 归)珍:珍贵的海味。这句是说:还有从交州、广州买来的珍贵海产。建安时还没有广州之称,所以此句可能是后人修改加添的。又,余冠英说:这句诗似可读成上一下四句,"交"同教,"广市鲑珍"就是广泛购买鲑珍。

⑳郁郁:盛多的样子。这里是形容人马物品之多。登郡门:登当作"发",发郡门,即从郡邑出发。又,登郡门,是说齐集在府门前面,亦可通。从这句以上是第三段,写兰芝回到娘家后的痛苦处境,和太守、阿兄逼嫁的经过。

㉑莫令事不举:不要让事情办得不周全。

㉒琉璃榻:琉璃,即玻璃。榻,一种矮而窄的小床。琉璃榻,即镶嵌着琉璃或玉石的榻。

㉓晻(àn 暗):日色昏暗无光的样子。暝:天黑,日落。

㉔求假:请假。

㉕摧藏:或即"凄怆"的假借字。又,藏同"脏",摧藏即摧挫肝肠。这句是说马亦悲哀而长鸣。

㉖嗟叹使心伤:是说兰芝的悲叹使人听了为之伤心。

㉗以上八句是兰芝对仲卿说的话。

㉘高迁:高升,这里指兰芝再嫁太守之子。

㉙卒:终。这两句是以磐石自喻说:我像磐石一样方正、厚实,可以保持千年不变。

⒀旦夕间：一朝一夕之间，极言其暂短。

⒀日胜贵：一天比一天富贵高升。

⒀这二句是说：决定与人世长辞，无论如何也不能再活下去了。

⒀严霜结庭兰：寒霜冻坏了庭兰。这三句是仲卿用自然现象来比喻他和兰芝所受到的迫害。

⒀日冥冥：黄昏日落。这是比喻自己生命即将结束。

⒀不良计：不好的主意。这两句是说：这都怪母亲自己打的主意不好，不要去埋怨鬼神。

⒀南山石：比喻寿命如山之高，如石之固。四体：四肢，指身体。直：舒坦、顺适。

⒀台阁：尚书台。这两句是说：你是大家的子弟，先辈在台阁做过官。

⒀贵贱情何薄：意思是说，你的身份比兰芝高贵，所以休弃了她并不算薄情。

⒀艳城郭：艳于城郭之人，比全城的人都美。

⒀便复在旦夕：很快就可以得到回信儿。

⒀作计乃尔立：自杀的主意就这样确定了。乃尔：如此，这样。

⒀愁煎迫：为忧愁所煎熬逼迫，极端痛苦。

⒀牛马嘶：牛马嘶叫，是说迎亲的牛车马骑之多。

⒀青庐：一种用青布搭成的帐篷，是古时举行婚礼的地方。据段成式《酉阳杂俎》记载："北朝婚礼，青布幔为屋，在内门外，谓之青庐，于此交拜迎妇。"

⒀庵庵：同"晻"。

⒀人定初：人们刚刚安息的时候。或"人定钟"初鸣时，即亥时初刻，相当于今之晚九点钟。

⒀我命绝今日：这二句是兰芝临死时的自语。

⒀揽裙：撩起裙子。

⒀举身：纵身。

⒀华山：应是庐江郡的一个小山。

⒀交通：连接在一起。

⒂相向鸣:相对而鸣。

⒂驻足:停下脚步。

⒂多谢:多多致意。戒之:记住,引以为戒。这是作者劝告世上做家长的话。

## 【简析】

这首诗最早见于徐陵的《玉台新咏》,未载作者姓名。《乐府诗集》把它收在"杂曲歌辞"中,题为《焦仲卿妻》。后来人们常取诗之首句,名之为《孔雀东南飞》。

《孔雀东南飞》是我国文学史上一首优秀的民间叙事诗,叙述的是汉代末年庐江郡小吏焦仲卿和妻子刘兰芝的婚姻悲剧。诗前小序说明事情发生在东汉建安年间。当时人们出于同情,把他们的悲剧编成故事诗传诵。后来经过文人的不断加工修润,在将近三百年后才被写定。

这首长达一千七百多字的长诗,通过焦仲卿夫妇的悲剧,反映了在封建势力压迫下青年男女的不幸遭遇,和他们宁死不屈的反抗精神,深刻有力地揭露了封建礼教、封建家长制的罪恶,具有很强的社会意义和思想意义。

这首叙事诗不但故事情节交代得清楚,场面景物描写得细致,而且通过生动、具体的行动和对话,成功地塑造了几个性格比较鲜明的人物形象。诗歌语言也自然、活泼,具有很强的表现力。在叙述和描写中往往充满抒情色彩,表现了作者强烈的爱憎。《孔雀东南飞》在思想和艺术方面都达到了很高的成就,一千多年来为广大读者所喜闻乐见,在文学史上占有重要的地位

## 上山采蘼芜

上山采蘼芜①,下山逢故夫②。长跪问故夫:"新人复何如③?""新人虽言好,未若故人姝④。颜色类相似⑤,手爪不相如⑥。""新人从门入,故人从阁去⑦。""新人工织缣⑧,故人工织素⑨。织缣日一匹⑩,织素五丈余。将缣来比素,新人不如故⑪。"

## 【注释】

①蘼芜:香草名,其叶风干后可作香料。

②故夫:前夫。

③新人:新妇。

④故人:前妻。姝:好。

⑤颜色:容貌。

⑥手爪:指纺织等女工技巧。这四句是故夫的话。

⑦阁:旁门。这两句是说,当日新妇从正门被迎进来,弃妇从旁门含泪离去。是弃妇追述令人心酸的往事。

⑧缣:黄绢。

⑩匹:汉制布帛长四丈为"匹"。

⑪以上六句是故夫从新妇的女工技巧不及前妻,怨"新人不如故"。

## 【简析】

《上山采蘼芜》,《乐府诗集》未收,《玉台新咏》作《古诗》,《太平御览》引作《古乐府》。通篇以问答成章,是乐府中常用的形式,《太平御览》的处理较妥。这是一篇弃妇与前夫在途中偶然相遇时问答之辞。作品通过弃妇的不幸遭遇,反映了在封建社会妇女受压迫受损害的悲惨地位,揭露了"故夫"喜新厌旧又怨新不如旧的市侩心理。

# 十五从军征

十五从军征,八十始来归。道逢乡里人①:"家中有阿谁?""遥望是君家,松柏冢累累②。"兔从狗窦入③,雉从梁上飞④,中庭生旅谷⑤,井上生旅葵⑥。舂谷持作饭,采葵持作羹。羹饭一时熟,不知饴阿谁⑦。出门东向看,泪落沾我衣!

## 【注释】

①乡里:家乡。

②冢:高坟。累累:连缀不绝貌,此指荒坟一个挨一个的情状。

③狗窦:狗出入的洞。

④雉:野鸡。

⑤中庭:院中。旅谷:野生的谷子。《后汉书·光武纪》李贤注:"旅,寄也,不因播种而生故曰旅。"

⑥葵:草名,一名"冬葵菜",其叶嫩时可食。

⑦饴(sì 饲):同"饲",拿食物给人吃。一作"贻"。

## 【简析】

本篇见《乐府诗集》的《横吹曲辞·梁鼓角横吹曲》,题为《紫骝马歌辞》。在本篇首句"十五从军征"的前面还有八句,据《乐府诗集》引《古今乐录》云:"从'十五从军征'以下是古诗。"这首诗描绘了一个家破人亡的老兵形象,控诉了汉代兵役制给人民带来的深重苦难。少小离家,垂老归来,看到的却是"松柏冢累累",院舍荒芜,连一个共话凄凉的人都没有了,他只好"出门东向望",老泪纵横。有多少血泪的控诉,多少人生的辛酸,都凝结在那默然眺望的身影中。诗歌正是选取了老兵重返故里这一片断,给他悲惨的一生打上一个句号。

这是一首叙事诗。诗歌依照人物回家的程序,由远而近,逐次描写,很有层次。人物的情感也随着场景的移换而变化,由起初的热望化为痛苦,陷入绝望之中。尽管诗中没有对老兵的心情作过多的正面描述,然而从场景的描绘中依然能感受到一种越来越深沉的哀痛。

这首诗通过对景物和动作的描写来刻画人物的悲剧命运。如作者选取了象征死亡的松柏、坟墓来暗示老兵亲友凋零;通过对兔雉栖身于家屋、谷葵丛生于庭院的景物描写,来说明老兵家园的残破。而采葵作羹、"不知贻阿谁"的动作,则表现出老兵的孤苦伶仃;尤其是"出门东向望"这一动作,更写出了老兵悲哀至甚,以至精神恍惚、表情呆滞的情态,催人泪下。

# 张衡

张衡(78—139 年),字平子。东汉南阳西鄂(今河南南阳城北鄂城寺)人。他历任南阳主簿、太史令、侍中、河间王相,后征拜尚书卒,年六十二。

张衡是伟大的科学家,他曾创制用壶漏带动的浑天仪和测定地震的地动仪。所著《灵宪论》和《浑天仪图注》,是天文学的重要文献。他在文学方面的代表作品,大赋有《二京赋》,是模仿班固《两都赋》之作;小赋《归田赋》,对后世抒情小赋的发展有重大影响;诗歌传有四言的《怨篇》,五言的《同声歌》和七言的《四愁诗》。有辑本《张河间集》。

## 四愁诗

我所思兮在太山①,欲往从之梁父艰②。侧身东望涕沾翰③。美人赠我金错刀④,何以报之英琼瑶⑤。路远莫致倚逍遥⑥,何为怀忧心烦劳⑦?

我所思兮在桂林⑧,欲往从之湘水深⑨。侧身南望涕沾襟。美人赠我金琅玕⑩,何以报之双玉盘。路远莫致倚惆怅,何为怀忧心烦伤?

我所思兮在汉阳⑪,欲往从之陇坂长⑫。侧身西望涕沾裳。美人赠我貂襜褕⑬,何以报之明月珠⑭。路远莫致倚踟蹰,何为怀忧心烦纡⑮?

我所思兮在雁门⑯,欲往从之雪纷纷。侧身北望涕沾巾。美人赠我锦绣段⑰,何以报之青玉案⑱。路远莫致倚增叹,何为怀忧心烦惋⑲?

## 【注释】

①所思:指所思念的人。太山:"泰山",在山东泰安县北。
②从:追随。梁父:又作"梁甫",是泰山南面的一座小山。

③翰：衣襟。

④金错刀：有两说：一说指用黄金镀过刀环或刀把的佩刀，一说指王莽铸的一种刀币，两说均见《文选》李善注。作为馈赠的珍物，前一说似较好。错，镀金。

⑤英琼瑶：发光的美玉。英，是"瑛"的假借字，玉的光泽。琼、瑶都是美玉。

⑥莫致：无法送达。倚："猗"的假借字，犹今口语"啊"。"倚惆怅"、"倚踟蹰"、"倚增叹"的"倚"字与此同。逍遥：彷徨不安。

⑦烦劳：烦恼。劳，忧。

⑧桂林：秦郡名，汉改置为郁林郡，治布山，即今广西贵县。

⑨湘水：源出广西兴安县海阳山西麓，东北流入湖南省境，至湘阴县注入洞庭湖。

⑩金琅玕：用金叶镶着的美玉，即所谓的"金镶玉"。金，一作"琴"。琅玕，似玉的美石。

⑪汉阳：东汉明帝改天水郡为汉阳郡，治冀县，在今甘肃甘谷县南。

⑫陇坂：陇山，在陕西陇县西北六十里。《三秦记》说："陇坂九回，不知高几许，欲上者七日乃越。"

⑬襜褕（chān yú 禅鱼）：直襟，代指直襟的衣服。

⑭明月珠：《后汉书·西域传》说，大秦国（罗马帝国）产明月珠。

⑮烦纡：烦闷。

⑯雁门：古郡名，东汉雁门郡治阴馆，在今山西代县西北。

⑰锦绣段：成匹的锦绣。段，与"端"同义。一说，段，是"缎"、"锻"的假借字，作"履后跟"解。

⑱案：古时放食物的小几，形如今日有短脚的托盘。

⑲惋：怨。


【简析】

本诗最早见于《文选》，诗前有短序，说这首诗乃张衡做河间王相时所作。因为感到天下渐弊，郁郁不得志，于是"依屈原以美人为君子，以珍宝为仁义,以水深雪雰为小人,思以道术为报,贻于时君,而惧谗邪不得以通",所以写了这首《四愁诗》。据近人考订,说这篇序文乃后世编集张衡诗文的人增损有关史料写成的,不是张衡自己所作,但可做为分析本诗寓意时的参考。

张衡在这篇作品里,借写怀人愁思而抒发了自己的伤时忧世之情。全诗分四章,各章结构相同,作者采用民歌重章叠咏的手法,反复咏叹,借以突出主题,加重抒情气氛。文辞婉丽,感情真切动人。

# 曹操

曹操(155—220 年),即魏武帝。字孟德,小名阿瞒,沛国谯县(今安徽亳州市)人。东汉末年政治家、军事家、诗人。初举孝廉,任洛阳北部尉,迁顿丘令。后在镇压黄巾起义和讨伐董卓的战争中,逐步扩充军事力量。初平三年(公元 192 年),为兖州牧,分化、诱降青州黄巾军的一部分,编为"青州兵"。建安元年(196 年),迎献帝都许(今河南许昌)。从此用其名义发号施令,先后削平吕布等割据势力。官渡之战大破河北割据势力袁绍后,逐渐统一了中国北部。建安十三年,进位为丞相,率军南下,被孙权和刘备的联军击败于赤壁。封魏王。子曹丕称帝,追尊为武帝。他在北方屯田,兴修水利,解决了军粮缺乏的问题,对农业生产的恢复有一定作用;用人惟才,罗致地主阶级中下层人物,抑制豪强,加强集权。所统治的地区社会经济得到恢复和发展。精兵法,著《孙子略解》、《兵书接要》等书。善诗歌,《蒿里行》、《观沧海》等篇,抒发自己的政治抱负,并反映汉末人民的苦难生活,气魄雄伟,慷慨悲凉。散文亦清峻整洁。著作有《魏武帝集》,已佚,有明人辑本。今有整理排印本《曹操集》。

## 短歌行

对酒当歌,人生几何?譬如朝露,去日苦多。慨当以慷,忧思难忘。何以解忧②?惟有杜康③。青青子衿,悠悠我心④。但为君故,沉吟至今⑤。呦呦鹿鸣⑥,食野之苹⑦。我有嘉宾,鼓瑟吹笙。明明如月,何时可掇⑧?忧从中来,不可断绝。越陌度阡⑨,枉用相存⑩。契阔谈宴⑪,心念旧恩⑫。月明星稀,乌鹊南飞。绕树三匝⑬,何枝可依?山不厌高,海不厌深⑭。周公吐哺,天下归心⑮。

【注释】

①这一篇似乎是用于宴会的歌辞,属《相和歌·平调曲》,其中有感伤乱离,怀念朋友,叹息时光消逝和希望得贤才帮助他建立功业的意思。

②何以:以谁。

③杜康:人名。相传他是开始造酒的人。一说这里用为酒的代称。

④衿:衣领。青衿是周代学子的服装。悠悠:长貌,形容思念之情。以上二句用《诗经·子衿》成句,表示对贤才的思慕。

⑤君:指所思慕的人。沉吟:犹言深念。

⑥呦呦:鹿鸣声。以下四句用《诗经·鹿鸣》成句。《鹿鸣》本是宴宾客的诗,这里指来表示招纳贤才的意思。

⑦蘋:艾蒿。

⑧掇:采拾。一作"辍",停止。明月是永不能拿掉的,它的运行也是永不能停止的,"不可掇"或"不可辍"都是比喻忧思不可断绝。

⑨陌、阡:田间的道路。古谚有"越陌度阡,更为客主"的话,这里用成语,言客人远道来访。

⑩存:省视。

⑪契阔:契是投合,阔是疏远,这里是偏义复词,偏用契字的意义。"契阔谈宴"就是说两情契合,在一处谈心宴饮。

⑫旧恩:往日的情谊。

⑬匝:周围。乌鹊无依似喻人民流亡。

⑭以上二句比喻贤才多多益善。

⑮吐哺:周公曾自谓:"一沐三捉发,一饭三吐哺,起以待士,犹恐失天下之贤人。"(《史记·鲁周公世家》)"哺",口中咀嚼的食物。篇末引周公自比,说明求贤建业的心思。

【简析】

这首诗是曹操的传世名篇之一。它气格高远,感情丰富,是诗人内心世界的真实写照。全诗本是由眼前的歌舞酒宴生发开来,却又抛开对空间场面的具体描绘,而转为对时间的悠长思索,发出"人生几何"的感慨,由此而引出对贤才的渴慕之情。凌空落墨，非如椽大笔不能如此。作者以貌似颓放的意态来表达及时进取的精神，以放纵歌酒的行为来表现对人生哲理的严肃思考，以觥筹交错之景来抒写心忧天下之情。貌似对立的二者被作者巧妙地融汇在一起，准确地表达了他独有的气质、个性，诗歌本身也因此而具有气韵沉雄、笔意恣肆的特点。此诗以一种高唱与低吟相互为用的形式来倾诉慷慨激烈的情怀。时而击节放歌，"慨当以慷"；时而沉吟不语，"忧思难忘"；时而因贤才不得而忧心忡忡；时而因贤才归附而喜不自胜。曲曲折折，一忧一喜，忽徐忽急，全是一片怜才思贤之意。

# 观沧海①

东临碣石②，以观沧海。水何澹澹③，山岛竦峙④。树木丛生，百草丰茂。秋风萧瑟，洪波涌起。日月之行，若出其中；星汉灿烂，若出其里⑤。幸甚至哉，歌以咏志⑥。

## 【注释】

①这是属《相和歌·瑟调曲》的《步出夏门行》篇中的第一章（《步出夏门行》分五个部分，最前面是"艳"，以下是《观沧海》、《冬十月》、《土不同》、《龟虽寿》四章），写登山望海，是描绘自然的名作。建安十二年（207年）夏五月曹操出兵征乌桓，七月出卢龙塞，九月胜利班师，经过碣石山。

②碣石：山名。碣石山有二，这时指《汉书·地理志》所载骊成（今河北省乐亭县西南）的大碣石山。一说即指今河北省昌黎县的碣石山。

③澹澹：水波摇荡貌。

④竦峙：耸立。

⑤星汉：银河。以上四句是写沧海包含之大。

⑥末二句是合乐时所加，不关正文。

## 【简析】

明人钟惺在《古诗归》是说："《观沧海》直写其胸中眼中，一段笔笼盖吞吐

中
国
古
典
名
著
精
华

气象",道出了此诗的特点。这首诗篇幅不长,但笔势富于变化,很恰当地表现了诗人登山临海时的激荡心情。比如"水何澹澹"四句写相对静止的景物,行笔轻快舒缓,画面生机勃发。接下去则陡然一转,"秋风萧瑟,洪波涌起",展示出一幅波涛浩渺的壮阔海景,笔势雄健。而接下去的"日月之行"数句,更是大笔挥洒,气势磅礴,透出一股叱咤风云、吞吐宇宙的豪情壮志,写画出一位政治家、军事家的胸襟气度。

# 蔡琰

　　蔡琰,字文姬,陈留圉(今河南杞县)人。建安时期的女诗人。她是蔡邕的女儿,博学有才,通音律。初嫁卫氏,夫亡无子,归宁于家。兵乱中被虏,被胡兵辗转掳入南匈奴。身陷南匈奴十二年,生二子。后曹操遣使将她赎还,重嫁同郡董祀。今传《悲愤诗》二篇,另有《胡笳十八拍》一篇(或被认为伪作)。

## 悲愤诗

汉季失权柄,董卓乱天常①。

志欲图篡弑②,先害诸贤良③。

逼迫迁旧邦④,拥主以自强。

海内兴义师⑤,欲共讨不祥⑥。

卓众来东下⑦,金甲耀日光。

平土人脆弱,来兵皆胡羌⑧。

猎野围城邑,所向悉破亡。

斩截无孑遗⑨,尸骸相撑拒⑩。

马边悬男头,马后载妇女。

长驱西入关⑪,迥路险且阻⑫。

还顾邈冥冥⑬,肝脾为烂腐。

所略有万计,不得令屯聚。

或有骨肉俱,欲言不敢语。

失意几微间,辄言弊降虏⑭。

要当以亭刃⑮,我曹不活汝⑯。

岂敢惜性命,不堪其詈骂。

中国古典名著精华

或便加棰杖，毒痛参并下⑰。
旦则号泣行，夜则悲吟坐。
欲死不能得，欲生无一可。
彼苍者何辜⑱，乃遭此厄祸。

边荒与华异⑲，人俗少义理⑳。
处所多霜雪，胡风春夏起。
翩翩吹我衣，肃肃入我耳。
感时念父母，哀叹无穷已。
有客从外来，闻之常欢喜。
迎问其消息，辄复非乡里。
邂逅徼时愿㉑，骨肉来迎己㉒。
己得自解免，当复弃儿子。
天属缀人心㉓，念别无会期。
存亡永乖隔，不忍与之辞。
儿前抱我颈，问母欲何之。
人言母当去，岂复有还时。
阿母常仁恻，今何更不慈。
我尚未成人，奈何不顾思。
见此崩五内㉔，恍惚生狂痴㉕。
号泣手抚摩，当发复回疑。
兼有同时辈，相送告离别。
慕我独得归，哀叫声摧裂。
马为立踟蹰，车为不转辙。
观者皆嘘唏，行路亦呜咽。

去去割情恋，遄征日遐迈㉖。
悠悠三千里，何时复交会。
念我出腹子，胸臆为摧败。

既至家人尽,又复无中外㉗。

城廓为山林,庭宇生荆艾。

白骨不知谁,纵横莫覆盖。

出门无人声,豺狼号且吠。

茕茕对孤景㉘,怛咤糜肝肺㉙。

登高远眺望,魂神忽飞逝。

奄若寿命尽,旁人相宽大㉚。

为复强视息㉛,虽生何聊赖㉜。

托命于新人㉝,竭心自勖励㉞。

流离成鄙贱,常恐复捐废㉟。

人生几何时,怀忧终年岁。


**【注释】**

①天常:天之常道。"乱天常",犹言悖天理。

②篡弑:言弑君夺位。董卓于189年以并州牧应袁绍召入都,废汉少帝(刘辩)为弘农王次,年杀弘农王。

③诸贤良:指被董卓杀害的丁原、周珌、任琼等。

④旧邦:指长安。190年,董卓焚烧洛阳,强迫君臣百姓西迁长安。

⑤兴义师:指起兵讨董卓。初平元年(190年)关东州郡皆起兵讨董,以袁绍为盟主。

⑥祥:善。"不祥",指董卓。

⑦卓众:指董卓部下李榷、郭汜等所带的军队。初平三年(192年)李、郭等出兵关东,大掠留、颍川诸县。蔡琰于此时被掳。

⑧胡羌:指董卓军中的羌胡。董卓所部本多羌、氐族人(见《后汉书·董卓传》)。李榷军中杂羌胡(见《后汉纪·献帝纪》记载)。

⑨截:斩断。孑:独。这句是说杀得不剩一个。

⑩相撑拒:互相支拄。这句是说尸体众多堆积杂乱。

⑪西入关:指入函谷关。卓众本从关内东下,大掠后还入关。

⑫迥:遥远。

⑬邈冥冥:渺远迷茫貌。

⑭弊:"毙",詈骂之词。"弊降虏",犹言"死囚"。

⑮亭:古通"停"。"停刃"犹言加刃。

⑯我曹:犹我辈,兵士自称。以上四句是说兵士对于被虏者不满意就说:"杀了你这死囚,你吃刀子,我们不养活你了。"

⑰毒:恨。参:兼。这句是说毒恨和痛苦交并。

⑱彼苍者:指天。这句是呼天而问,问这些被难者犯了什么罪。

⑲边荒:边远之地,指南匈奴,其地在河东平阳(今山西省临汾附近)。蔡琰如何入南匈奴人手,本诗略而不叙,史传也不曾明载。《后汉书》本传只言其时在兴平二年(195年)。是年十一月李榷、郭汜等军为南匈奴左贤王所破,疑蔡琰就在这次战争中由李、郭军转入南匈军。

⑳少义理:言其地风俗野蛮。这句隐括自己被踩蹋被侮辱的种种遭遇。

㉑邂逅:不期而遇。徼:侥幸。这句是说平时所觊望的事情意外地实现了。

㉒骨肉:喻至亲。作者苦念故乡,见使者来迎,如见亲人,所以称之为骨肉。或谓曹操遣使赎蔡琰或许假托其亲属的名义,所以诗中说"骨肉来迎"。

㉓天属:天然的亲属,如父母、子女、兄弟、姐妹。缀:联系。

㉔五内:五脏。

㉕恍惚:精神迷糊。生狂痴:发狂。

㉖遄征:疾行。

㉗中外:犹中表,"中"指舅父的子女,为内兄弟,"外"指姑母的子女,为外兄弟。以上二句说到家后才知道家属已死尽,又无中表近亲。

㉘茕茕:孤独的样子。景:同"影"。

㉙怛咤:惊痛而发声。

㉚相宽大:劝她宽心。

㉛息:呼息。这句是说又勉强活下去。

㉜何聊赖:言无聊赖,就是无依靠,无乐趣。

㉝新人:指作者重嫁的丈夫董祀。

㉞勖:勉励。

㉟捐废:弃置不顾。以上二句是说自己经过一番流离,成为被人轻视的女人,常常怕被新人抛弃。

## 【简析】

《后汉书·董祀妻传》说蔡琰"感伤乱离,追怀悲愤,作诗二章"。第二章是骚体,凡三十八句。第一章是五言诗,凡一百零八句,就是本篇。这诗开头四十句叙遭祸被虏的缘由和被虏入关途中的苦楚。次四十句叙在南匈奴的生活和听到被赎消息悲喜交集以及和"胡子"分别时的惨痛。最后二十八句叙归途和到家后所见所感。

# 胡笳十八拍

我生之初尚无为,我生之后汉祚衰。

天不仁兮降乱离,地不仁兮使我逢此时。

干戈日寻兮道路危,民卒流亡兮共哀悲。

烟尘蔽野兮胡虏盛,志意乖兮节义亏。

对殊俗兮非我宜,遭恶辱兮当告谁?

笳一会兮琴一拍,心愤怨兮无人知。

戎羯逼我兮为室家,将我行兮向天涯。

云山万重兮归路遐,疾风千里兮扬尘沙。

人多暴猛兮如虺蛇,控弦被甲兮为骄奢。

两拍张弦兮弦欲绝,志摧心折兮自悲嗟。

越汉国兮入胡城,亡家失身兮不如无生。

毡裘为裳兮骨肉震惊,羯膻为味兮枉遏我情。

鼙鼓喧兮从夜达明,胡风浩浩兮暗塞营。

伤今感昔兮三拍成,衔悲畜恨兮何时平。

无日无夜兮不思我乡土,禀气含生兮莫过我最苦。

天灾国乱兮人无主,惟我薄命兮没戎虏。

殊俗心异兮身难处,嗜欲不同兮谁可与语!

寻思涉历兮多艰阻,四拍成兮益凄楚。

雁南征兮欲寄边声,雁北归兮为得汉音。

雁飞高兮邈难寻,空断肠兮思暗暗。

攒眉向月兮抚雅琴,五拍泠泠兮意弥深。

冰霜凛凛兮身苦寒,饥对肉酪兮不能餐。

夜闻陇水兮声呜咽,朝见长城兮路杳漫。

追思往日兮行李难,六拍悲来兮欲罢弹。

日暮风悲兮边声四起,不知愁心兮说向谁是!

原野萧条兮烽戍万里,俗贱老弱兮少壮为美。

逐有水草兮安家葺垒,牛羊满野兮聚如蜂蚁。

草尽水竭兮羊马皆徒,七拍流恨兮恶居于此。

为天有眼兮何不见我独漂流?

为神有灵兮何事处我天南海北头?

我不负天兮天何配我殊匹?

我不负神兮神何殛我越荒州?

制兹八拍兮拟排忧,何知曲成兮心转愁。

天无涯兮地无边,我心愁兮亦复然。

人生倏忽兮如白驹之过隙,然不得欢乐兮当我之盛年。

怨兮欲问天,天苍苍兮上无缘。

举头仰望兮空云烟,九拍怀情兮谁与传?

城头烽火不曾灭,疆场征战何时歇?

杀气朝朝冲塞门,胡风夜夜吹边月。
故乡隔兮音尘绝,哭无声兮气将咽。
一生辛苦兮缘别离,十拍悲深兮泪成血。

我非贪生而恶死,不能捐身兮心有以。
生仍冀得兮归桑梓,死当埋骨兮长已矣。
日居月诸兮在戎垒,胡人宠我兮有二子。
鞠之育之兮不羞耻,愍之念之兮生长边鄙。
十有一拍兮因兹起,哀响缠绵兮彻心髓。

东风应律兮暖气多,知是汉家天子兮布阳和。
羌胡蹈舞兮共讴歌,两国交欢兮罢兵戈。
忽遇汉使兮称近诏,遗千金兮赎妾身。
喜得生还兮逢圣君,嗟别稚子兮会无因。
十有二拍兮哀乐均,去住两情兮难具陈。

不谓残生兮却得旋归,抚抱胡儿兮泣下沾衣。
汉使迎我兮四牡肥肥,胡儿号兮谁得知?
与我生死兮逢此时,愁为子兮日无光辉,焉得羽翼兮将汝归。
一步一远兮足难移,魂消影绝兮恩爱遗。
十有三拍兮弦急调悲,肝肠搅刺兮人莫我知。

身归国兮儿莫之随,心悬悬兮长如饥。
四时万物兮有盛衰,惟我愁苦兮不暂移。
山高地阔兮见汝无期,更深夜阑兮梦汝来斯。
梦中执手兮一喜一悲,觉后痛吾心兮无休歇时。
十有四拍兮涕泪交垂,河水东流兮心是思。

十五拍兮节调促,气填胸兮谁识曲?

处穹庐兮偶殊俗。愿得归来兮天从欲,再还汉国兮欢心足。

心有怀兮愁转深,日月无私兮曾不照临。

子母分离兮意难任,同天隔越兮如商参,生死不相知兮何处寻!

十六拍兮思茫茫,我与儿兮各一方。

日东月西兮徒相望,不得相随兮空断肠。

对萱草兮忧不忘,弹鸣琴兮情何伤!

今别子兮归故乡,旧怨平兮新怨长!

泣血仰头兮诉苍苍,胡为生兮独罹此殃!

十七拍兮心鼻酸,关山阻修兮独行路难。

去时怀土兮心无绪,来时别儿兮思漫漫。

塞上黄蒿兮枝枯叶干,沙场白骨兮刀痕箭瘢。

风霜凛凛兮春夏寒,人马饥荒兮筋力单。

岂知重得兮入长安,叹息欲绝兮泪阑干。

胡笳本自出胡中,缘琴翻出音律同。

十八拍兮曲虽终,响有余兮思无穷。

是知丝竹微妙兮均造化之功,哀乐各随人心兮有变则通。

胡与汉兮异域殊风,天与地隔兮子西母东。

苦我怨气兮浩于长空,六合虽广兮受之不容!

## 【简析】

此诗最早见于朱熹《楚辞集注·后语》,相传为蔡琰作。蔡琰,字文姬,陈留圉(今河南杞县人),为汉末著名学者蔡邕之女。博学有才辩,又妙于音律。战乱中,为胡骑所获,南匈奴左贤王纳为妃子,生二子。十二年后为曹操赎回。她将这一段经历写成《悲愤诗》五言与骚体各一篇,见于《后汉书·董祀妻传》。《胡笳十八拍》的内容与两篇《悲愤诗》大体相同。关于此诗的真伪问题,向有争论,欲知其详,可参看中华书局出版的《胡笳十八拍讨论集》。从诗歌体制来看,与东汉末年的作品有相当距离,且诗歌内容与蔡琰生平亦有若干抵触之处,托名蔡琰的可能性较大。这里姑从其旧,仍署蔡琰。《胡笳十八拍》是古乐府琴曲歌辞。胡笳是汉代流行于塞北和西域的一种管乐器,其音悲凉,后代形制为木管三孔。为什么"胡笳"又是"琴曲"呢?唐代诗人刘商在《胡笳曲序》中说:"胡人思慕文姬,乃卷芦叶为吹笳,奏哀怨之音,后董生以琴写胡笳声为十八拍。"此诗最后一拍也说:"胡笳本自出胡中,缘琴翻出音律同。"可知原为笳曲,后经董生之手翻成了琴曲。"十八拍",乐曲即十八乐章,在歌辞也就是十八段辞。第一拍中所谓"笳一会兮琴一拍",当是指胡笳吹到一个落响起合奏声时,正好是琴曲的一个乐章。此诗的形式,兼有骚体(句中用"兮"字)与柏梁体(用七字句且每句押韵)的特征,但并不纯粹,或可称之为准骚体与准柏梁体。全篇的结构可大别为开头、中腹、结尾三部分。第一拍为开头,总说时代动乱与个人所受的屈辱;中腹起自被掳西去的第二拍,止于放还东归的第十七拍,历时十二年,分为思乡与念儿前后两个时期;最后一拍为结尾,呼应篇首,结出怨情。欣赏此诗,不要作为一般的书面文学来阅读,而应想到是蔡琰这位不幸的女子在自弹自唱,琴声正随着她的意象在流走。随着琴声、歌声,我们似见她正行走在一条由屈辱与痛苦铺成的十二年的长路上……

她在时代大动乱的背景前开始露面。第一拍即点出"乱离"的背景:胡虏强盛,烽火遍野,民卒流亡(见"干戈日寻兮道路危"等三句)。汉末天下大乱,宦官、外戚、军阀相继把持朝政,农民起义、军阀混战、外族入侵,陆续不断。汉末诗歌中所写的"铠甲生虮虱,万姓以死亡。白骨露于野,千里无鸡鸣"(曹操《蒿里行》),"出门无所见,白骨蔽平原"(王粲《七哀诗》),等等,都是当时动乱现实的真实写照。诗中的女主人公蔡琰,即是在兵荒马乱之中被胡骑掳掠西去的。被掳,是她痛苦生涯的开端,也是她痛苦生涯的根源,因而诗中专用一拍(第二拍)写她被掳途中的情况,又在第十拍中用"一生辛苦兮缘别离"指明一生的不幸("辛苦")源于被掳(即所谓"别离")。

她在被强留在南匈奴的十二年间,在生活上与精神上承受着巨大的痛苦。胡地的大自然是严酷的:"胡风浩浩"(第三拍),"冰霜凛凛"(第六拍),"原野萧条"(第七拍),流水呜咽(第六拍"夜闻陇水兮声呜咽")。异方殊俗的生活是与她格格不入的：毛皮做的衣服,穿在身上心惊肉跳(第三拍"毡裘为裳兮骨肉震惊")；以肉奶为食,腥膻难闻,无法下咽(第三拍"羯膻为味兮枉遏我情",第六拍"饥对肉酪兮不能餐")；居无定处,逐水草而迁徙,住在临时用草筏、干牛羊粪垒成的窝棚里(第六拍"逐有水草兮安家葺垒……草尽水竭兮羊马皆徒")；兴奋激动时,击鼓狂欢,又唱又跳,喧声聒耳,通宵达旦(第三拍"鼙鼓喧兮从夜达明")。总之,她既无法适应胡地恶劣的自然环境,也不能忍受与汉族迥异的胡人的生活习惯,因而她唱出了"殊俗心异兮身难处,嗜欲不同兮谁可与语"的痛苦的心声。而令她最为不堪的,还是在精神方面。在精神上,她经受着双重的屈辱：作为汉人,她成了胡人的俘虏；作为女人,被迫嫁给了胡人。第一拍所谓"志意乖兮节义亏",其内涵应该正是指这双重屈辱而言的。在身心两顶都受到煎熬的情况下,思念故国、思返故乡,就成了支持她坚强地活下去的最重要的精神力量。

# 王粲

  王粲(177—217 年),字仲宣,山阳高平(今山东邹县西南)人。汉末文学家。建安七子之一。才思敏捷,年十七,授黄门侍郎。董卓余党李榷、郭汜混战,长安大乱,他去荆州投奔刘表。因其貌不扬、落拓不羁而不受重用。客居荆州十五年间,时抒思乡之情。《登楼赋》即作于此时。刘表死后,他劝刘表的儿子刘琮降曹,后任丞相掾、军谋祭酒、侍中等职。死于征讨孙吴的途中。在建安七子中,他的诗赋成就是较高的。因为他遭乱流离,所以诗文较能深刻地反映社会的动乱、人民的苦难,情调悲凉。《七哀诗》、《登楼赋》是他的代表作。有辑本《王侍中集》。

## 七哀诗①

西京乱无象②,豺虎方遘患③。复弃中国去,委身适荆蛮④。
亲戚对我悲,朋友相追攀⑤。出门无所见,白骨蔽平原。
路有饥妇人,抱子弃草间。顾闻号泣声,挥涕独不还,
未知身死处,何能两相完⑥?驱马弃之去,不忍听此言。
南登霸陵岸⑦,回首望长安。悟彼下泉人⑧,喟然伤心肝。

【注释】

  ①《乐府古题要解》说"七哀起于汉末",这是当时的乐府新题。曹植、阮瑀也各有《七哀诗》一首。王粲有《七哀诗》三首,不是同时所作。第一首写乱离中所见,是一幅难民图。大约作于初离长安的时候。

  ②西京:指长安。无象:犹言无道或无法。

  ③豺虎:指李榷、郭汜等人。初平三年(192 年)李、郭等在长安造乱。遘:同"构",造。

④委身：托身。荆蛮：指荆州。以上二句言离中原往荆州。当时荆州未遭兵祸，去避乱的人很多。荆州刺史刘表曾从王畅受学，和王氏是旧交，所以王粲全家去依投。

⑤攀：谓攀辕依恋。

⑥完：保全。以上二句是作者所闻妇人的话。

⑦霸陵：汉文帝的葬处，在长安东。岸，高地。

⑧下泉：《诗经》篇名。《毛诗序》："《下泉》思治也，曹人……思明王贤伯也。"末二句是说懂得作《下泉》的诗人为什么伤叹了，作者登临一代名主汉文帝的陵墓，遥望"豺虎"纷纷的长安，不免要像《下泉》的作者当乱世而思贤君。

## 【简析】

这首诗记录了诗人在汉末初平三年(192年)董卓部将李榷、郭汜纵兵攻陷长安时的一段经历。

诗歌的语言质朴，但又处处透出诗人高妙的修辞功夫。如"复弃中国去"中的"复"字，意味着诗人从眼前的动乱想到过去的流亡生涯，难以言状的伤痛和感慨都集中于一个"复"字之中了。又如"白骨蔽平原"，以一个"蔽"字将积尸盈路、白骨累累的惨景异常鲜明地呈示出来，给人的印象非常深刻。诗人抓住饥妇弃子这一典型事件深刻地揭露了汉末社会哀鸿遍野、民不聊生的景况及兵祸的惨毒。尤其是饥妇的申诉，字字血泪，令闻者惨然。这首诗在处理叙事与抒情的关系上很见功力。此诗以叙事为主，在叙述中处处透出惨淡之色，在叙完饥妇弃子后，即"驱马弃之去，不忍听此言"，转入感情的直接抒发，过渡自然。

# 陈琳

　　陈琳,字孔璋,广陵(今江苏江都县)人。曾为何进主簿,后依袁绍掌书记。绍败之后,又归附曹操,任司空军谋祭酒,管记室,草拟书檄公文,后为门下督。擅长撰写章表书檄,所作甚多,与阮瑀齐名。代表作如诗伐曹操的《为袁绍檄豫州》,运用骈偶句式,铺张扬厉。亦长于写诗,其诗仅存四首。其代表作为《饮马长城窟行》,以乐府旧题写人民劳役之痛苦,诗风朴实、生动,富有民歌特色,表达了诗人对人民的同情,为后世诗评家所称道。

## 饮马长城窟行

"饮马长城窟,水寒伤马骨。往谓长城吏,慎莫稽留太原卒①。"
"官作自有程,举筑谐汝声②!""男儿宁当格斗死,何能怫郁筑长城③?"
长城何连连,连连三千里。边城多健少,内舍多寡妇。
作书与内舍:"便嫁莫留住。善待新姑嫜,时时念我故夫子。"
报书往边地:"君今出语一何鄙!""身在祸难中,何为稽留他家子④?
生男慎莫举,生女哺用脯⑤。君独不见长城下,死人骸骨相撑拄!"
"结发行事君,慊慊心意关⑥。明知边地苦,贱妾何能久自全?"

**【注释】**
①稽留:滞留。太原,秦代郡名,在今山西中部。
②官作:官府的工程。程:期限。筑:筑墙捣土的工具。
③怫郁:心情不舒畅,愁闷。
④何为:为何。他家子:别人家的女儿。
⑤举:抚养。哺:喂养。脯:干肉。

⑥慊慊：怨恨不满的样子。

## 【简析】

秦王朝驱使千万名役卒修筑万里长城,残酷而无节制,使无数民众被折磨至死。这段历史,曾激起后代许多诗人的愤怒和感伤。而直接摹写长城造成民间痛苦的诗篇,陈琳这一首,就现存的作品来说,要算是最早的。

郦道元《水经注》说"余至长城,其下有泉窟,可饮马,古诗《饮马长城窟行》,信不虚也。"诗的首句着题,也可以说点出环境特征,第二句以"水寒伤马骨",渲染边地苦寒,则难以久留的思归之心已在言外。这个开头既简洁又含蓄。下文便是蕴含之意的坦露,一位役卒终于忍无可忍地对监管修筑长城的官吏说:到了服役期满,请千万不要延误我们太原役卒的归期。从这个请求中,可以看出其归心之切,也透露了"稽留"乃往日常有之事,甚至眼前已经看到又将"稽留"的迹象,若不如此,岂敢凭空道来。所以钟惺"怨甚"(《古诗归》)二字评这句话,是很能发掘这话中之话的。官吏回答说:官府的事自有期限,举起手中的夯和着号子快干吧!一派官腔,也是话中有话。只此两句,气焰、嘴脸,如在眼前。那役卒看此情景,听此言语,也愤愤地回敬了两句:男子汉宁可刀来剑去战死疆场,怎能这样窝窝囊囊,遥遥无期地做苦役呢!以上"三层往复之辞,第一层用明点,下二层皆用暗递,为久筑难归立案,文势一顿"(张荫嘉《古诗赏析》)。

"长城何连连,连连三千里"。如此"官作",何时竣工?再加上如此官吏,更是归期无望。也正因这样,才造成"边城多健少,内舍多寡妇"。古时凡妇人独居者,皆可称"寡妇"。两个"多"字,强调地概括了广大人民的苦难境遇。这四句诗,不脱不粘,似是剧中的"旁白",巧妙地将希望转至绝望,由个别推向一般,由"健少"而连及"内舍",从而大大地开拓了作品反映的生活面。这对于了解人物的思想活动,乃其所产生的现实基础,对于勾连上下内容,都是很重要的。

"作书与内舍",便是上述思想的延伸。"便嫁"三句,是那位役卒的寄书之辞。首先劝其"嫁",而后交代她好好侍奉新的公婆,这无疑是希望她能得到新的融洽的家庭生活,最后还恳求她能常常念起往日丈夫(即役卒自己)。第一句,明确果断;二三两句,又从另一个侧面显示出其善良的心地,与难忘的情爱。这矛盾的语言藏着归期无日、必死边地的绝望。藏而不露,亦是为了体贴对方。"书"中三句,第一句为主,后两句则是以此为前提而生发出来的。所以妻子"报书往边地",便抓住主旨,直指丈夫出言粗俗无理,"今"字暗示往日不曾如此。语嗔情坚,其心自见,一语道尽,余皆无须赘言。"身在"六句,上役卒再次寄书,就自己的"出语",与妻子的指责,作进一步解释。头两句说自己身在祸难之中,为什么还要留住别人家的子女(指其妻)受苦呢?接着四句是化用秦时民歌——"生男慎勿举(养育),生女哺(喂食)用脯(干肉)。不见长城下,尸骸相支拄"。其用意是以群体的命运,暗示自己的"祸难",自己的结局。因此,前言虽"鄙",亦出无奈,其情之苦,其心之善,孰不可察,何况其妻呢!妻子也确实理解了,感动了,这从再次报书中可以看出。她说:我自从与你成婚,随后你就服役边地,这种日子当然令人失望怨恨,但是,情愿相连,两地一心,这始终不变的。如今明知你在边地受苦,我又岂能久活于人间!虽已以死相许,但对丈夫的结局终不忍直言,只以"苦"字代之,既回肠九曲,又言辞得体。

　　本诗采取了点面结合、以点为主的手法,诗中既有广阔的图景,更有具体细腻的描绘,两者相互引发,概括而深刻地反映了"筑怨兴徭九千里",所酿成的社会的和家庭的悲剧,显示了作者驾驭题材的能力。诗中人物的思想活动,均以对话的手法逐步展开,而对话的形式又巧于变化,这一点是深得前人称赞的。谭元春说:"问答时藏时露,渡关不觉为妙"(《古诗归》)。沈德潜说:"无问答之痕,而神理井然"(《古诗源》)。不仅如此,语言也很有特色,役卒对差吏的刚毅、愤慨之词,和对妻子那种恩爱难断、又不得不断的寄语,都表现了感情的复杂性,和性格的丰富性;妻子那一番委婉缠绵而又斩钉截铁的话语,则写出了她纯洁坚贞的深情;就是那差吏不多的两句话,也活画出其可憎的面目。如此"奇作"的出现,除了作者的才华与技巧之外,似乎还应该指出,它与诗人对当时连年战乱、"人民死丧略尽"的现实的了解,对人民命运的同情与关注是密不可分的。如果可以这样说的话,那么本诗的现实意义,也是不可忽略的。

# 阮瑀

阮瑀,字元瑜,陈留尉氏(今河南省尉氏县)人。建安七子之一。曾为曹操司空军谋祭酒,管记室,仓曹椽属。阮瑀的作品今存不多,诗歌被钟嵘列为下品,评价只是个"平典不失古体"。阮瑀的文章,有誉于当时。章表书记与陈琳并称,曹丕曾赞美之曰"今之隽也"。然亦仅存《为曹公作书与孙权》一篇而已。其所作《文质论》,对当时文风的浮靡趋向有矫正之功。作品有辑本《阮元瑜集》。

## 驾出北郭门行

驾出北郭门,马樊不肯驰①。下车步踟蹰,仰折枯杨枝。顾闻丘林中,噭噭有悲啼②。借问啼者出,"何为乃如斯③"?"亲母舍我殁④,后母憎孤儿。饥寒无衣食,举动鞭捶施⑤。骨消肌肉尽,体若枯树皮。藏我空室中,父还不能知。上冢察故处,存亡永别离⑥。亲母何可见,泪下声正嘶⑦。弃我于此间,穷厄岂有资⑧?"传告后代人,以此为明规⑨。

**【注释】**

①樊:藩篱,引申为羁绊。这里即指马停步不前。

②噭噭(jiào 叫):哭声。

③如斯:如此。这句是作者问孤儿的话。

④殁(mò):死亡。

⑤捶(chuí):用棍子打。这句是说,动不动地就用鞭子抽,用棍子打。

⑥冢:指其生母的坟茔。察故处:寻找其母死后所埋之处。

⑦嘶:声破。

⑧穷厄:困苦。资:限量,限度。以上二句是孤儿对其生母的哭诉,意思

是说,你抛下我在这里,我的苦难哪里是个边呢?

⑨明规:明确的教训。

## 【简析】

这首诗见郭茂倩《乐府诗集·杂曲歌辞》,题下仅有阮瑀此作一首。大约是阮瑀学习汉代乐府而自制的新辞,取篇首的五字为题目。作品记述了一个受后母虐待的孤儿的悲惨遭遇,表现了作者对这一社会问题的关心,和对于受害者的无限同情。作品富有乐府民歌风味,可与汉乐府《孤儿行》前后辉映。

# 刘桢

　　刘桢，字公幹，东平(今属山东)人。汉魏间文学家。建安七子之一。父刘梁，以文学见贵。建安中，刘桢被曹操召为丞相掾属。与曹丕兄弟颇相亲爱。后因在曹丕席上平视丕妻甄氏，以不敬之罪服劳役，后又免罪署为小吏。建安二十二年(217年)，与陈琳、徐干、应玚等同染疾疫而亡。

　　刘桢的文学成就，主要表现在诗歌、特别是五言诗创作方面。曹丕就曾说他"其五言诗之善者，妙绝时人"(《又与吴质书》)。其作品气势激宕，意境峭拔，不假雕琢而格调颇高。他与王粲合称"刘王"。清代刘熙载说"公幹气胜，仲宣情胜"(《艺概·诗概》)，这是从对比中揭示了二人各自的长处。还有人把他同曹植合称"曹刘"，也是从气格方面着眼的。集中体现其风格的是《赠从弟》三首，抒写诗人的胸怀志节，具有悲凉慷慨、高风跨俗的气概。其中第二首："亭亭山上松，瑟瑟谷中风。风声一何盛，松枝一何劲。冰霜正惨怆，终岁常端正。岂不罹凝寒，松柏有本性。"尤为人所称道。刘桢创作的弱点是辞采不够丰富，所以钟嵘说他"气过其文，雕润恨少"(《诗品》上)。他与王粲各有一篇《大暑赋》，在文采上的差异是很明显的。

　　刘桢作品，《隋书·经籍志》著录有集四卷、《毛诗义问》十卷，皆已佚。明代张溥辑有《刘公幹集》，收入《汉魏六朝百三家集》中。

## 赠从弟①

亭亭山上松②，瑟瑟谷中风③。
风声一何盛，松枝一何劲。
冰霜正惨凄，终岁常端正。
岂不罹凝寒④，松柏有本性。

汉魏六朝诗

**【注释】**

①刘桢有《赠从弟》诗三首,都用比兴。这是第二首,作者一松柏为喻,勉励他的堂弟坚贞自守,不因外力压迫而改变本性。

②亭亭:高高的样子。

③瑟瑟:风声。

④罹:遭受。凝寒:严寒。

**【简析】**

这首诗以不畏风霜严寒的松树为比,勉励诗人的从弟要有独立的人格和坚贞不屈的操守。既是勉励别人,同时也是个人的自况,让我们看到了一个傲岸不屈、坚韧不拔的高大形象。

# 徐干

徐干(170—217 年),字伟长,北海剧(今山东省昌乐县)人。建安七子之一。曾为曹操司空军谋祭酒,五官中郎将文学。性恬淡,不慕荣利,以著述自娱。著有《中论》,这是一部原本经训,阐发儒家义理的著作。诗歌被钟嵘列为下品,流传下来的很少;其辞赋曾被曹丕所称赞,说是可以和张衡蔡邕相比,其实价值并不高。

## 情诗

高殿郁崇崇,广厦凄冷冷。微风起闺闼,落日照阶庭。
踟蹰云屋下,啸歌倚华楹。君行殊不返,我饰为谁容。
炉薰阖不用,镜匣上尘生。绮罗失常色,金翠暗无精。
嘉肴既忘御,旨酒亦常停。顾瞻空寂寂,惟闻燕雀声。
忧思连相属,中心如宿酲。

### 【简析】

此诗描写一位相思女子的情思动态。诗一开篇,"高殿郁崇崇,广厦凄冷冷。微风起闺闼,落日照阶庭。"描写出主人公所置身的典型环境。宋玉《高唐赋》曰:"宜高殿以广意兮。""高殿"、"广厦"即由此化出;古乐府《伤歌行》有"微风吹闺闼"句,这是"微风起闺闼"的来历。房舍高郁,环境凄清,微风吹拂,落日残照,在这番描写中,浸透了主人公强烈而独特的心理感受,"郁崇崇"、"凄冷冷"与其说是写景,不如说是表现主人公心灵的感受。四句描写,活生生地显示出其寂寞凄凉、了无意趣的心境。

接着,诗歌转而描写女主人公,展示她由特有的心态所引发的一系列形体动态。行为是心灵的一面镜子,复杂细腻的内心活动必然化为一连串相应的形体动作。诗歌从各个不同角度描写其行为状态,先写在云屋下"踟蹰"不定,是心中若有所失的表现;又于华楹中长声啸歌,是借此宣泄心中的郁积。"云屋"、"华楹"指高大华美的房舍。接着又铺写其懒于妆饰的慵态,古语曰:"士为知己者死,女为悦己者容。"(《战国策·赵策》)所爱之人远出不返,修饰装扮就显得毫无意义,所为,主人公的"炉薰"固然无心使用,平日照颜装扮的镜匣上也尘土厚积。而"绮罗失常色,金翠暗无精"的描写尤显精妙。绮罗、金翠等其实并未改变其原有的色泽,只是由于心理的改变,故过去曾熠熠生辉的东西在主人公眼中,现在全都黯然失色。继而又描写主人公因相思而不思饮食,嘉肴无心尝,美酒无心饮。诗歌从诸种角度描写主人公惆怅若失的思恋之情,又以其行为的变异来反照其心理的异变;由于人物心理发生了变异,又导致她观察事物的眼光也发生了相应的变化。人物动态、观察力的一系列反常,都是由起主导作用的心理反常所引起。诗歌借此充分展现了女主人公万种情思、百无聊赖的心境。

"顾瞻空寂寂,惟闻燕雀声"两句,将笔墨从专写主人公之"思"及其动态神情上略作伸展,主人公似从沉思中醒来,从对自己的情态追述回到现实场景中,看到"空寂寂"的院落,听到燕雀的唧啾叫声,更倍增空虚寂寞感,更感到"忧思连相属",无法了断;"中心如宿醒",难以清醒。"中心"意为心中,毛苌《诗传》曰:"酒病曰醒。"诗以酒醉为喻,表现主人公心中因相思而感到一片痴迷朦胧。主人公先"瞻"后"闻",所见所闻都是无可使人宽怀的东西,反而更加重了她的忧念和相思。

这首诗以主人公的内心感觉贯穿始终,开头的典型环境描写实也浸透着其主观感受。诗歌从起相思之念写起,渐加深入,从表层一直深入到主人公的内心深层,最后以"忧思连相属,中心如宿醒"的总括性描写作结。诗中描写了诸般景物、器具,诗人不仅仅是做到使主客观世界交融合一,而且始终将环境、客观事物作为表现人物心理的工具,使之始终处于从属的地位,这种描写人物心理的手法是值得称道的。

# 曹丕

曹丕,字子桓,曹操之子。建安十六年为五官中郎将,二十二年立为魏太子,二十五年代汉帝自立,做了七年皇帝。

曹丕生活的主要时期是在建安十三年赤壁之战奠定了天下三分的局势之后。他在相对安定的环境里,过着贵公子、王太子和帝王的生活,因此,他的文学创作反映的内容是远不及曹操丰富的。

曹丕的诗歌有两个比较明显的特点:一个是描写男女爱情和游子思妇题材的作品很多,而且写得比较好;一个是形式多种多样,四言、五言、六言、七言、杂言无所不有。但成就较高的是五言诗和七言诗。

七言诗是建安作家普遍采用的新形式,曹丕的五言诗,如《清河作》写对深厚的爱情的向往,《于清河见挽船士新婚与妻别》写新婚离别的痛苦,《杂诗》写游子思乡之情,都是较好的作。在曹丕以前,只有东汉张衡的《四愁诗》,但第一句夹有"兮"字,曹丕的《燕歌行》要算是现存最早的完整的七言诗,对七言诗的形成是有贡献的。《燕歌行》是汉乐府旧题,汉古辞已经不存,但从曹丕以后凡是写这个题目的也全是七言这一点看来,很可能这个曲调原来就是配七言的。从这里也可以看出七言诗的形成和乐府的关系。不过,曹丕所用的七言还是新起的形式,逐句押韵,音节不免单调。到了刘宋时代的鲍照,它才在艺术上趋于成熟。

曹丕也比较擅长散文。他著有《典论》一书,可惜大部分篇章都已散佚或残缺不全,较完整的只有《自叙》和《论文》两篇。《自叙》善于叙事,其中写到一些较量才艺的细事,都能真切地传达出当时的情景。《论文》则善于议论,其中无论是对当时文人的批评或对文学观点的表述,都简明中肯。此外,他的《与吴质书》、《又与吴质书》悼念亡友,凄楚感人,对后来短篇抒情散文的发展是有影响的。曹丕这些散文表现了建安散文通脱自然的共同倾向,但又具有自己清丽的特色。

# 艳歌行

秋风萧瑟天气凉,草木摇落露为霜。群燕辞归雁南翔,念君客游思断肠。慊慊思归恋故乡①,君何淹留②寄他方?贱妾茕茕③守空房,忧来思君不敢忘,不觉泪下沾衣裳。援琴鸣弦发清商④,短歌微吟不能长⑤。明月皎皎照我床,星汉西流夜未央⑥。牵牛织女遥相望⑦,尔独何辜限河梁⑧?

## 【注释】

①慊慊(qiàn 欠):不满、不平的样子。这句是写妻子想像其夫在外怀乡的情形。

②淹留:久留。

③茕茕(qióng 穷):孤独的样子。

④援:取。清商:东汉以来在民间曲调基础上形成的一种新乐调,以悲怆凄清为特色。

⑤微吟:低唱。不能长:意思是说由于内心悲凄,不可能弹唱平和迁徐的歌曲。

⑥星汉:天河。西流:西转。夜未央:夜未尽,通常指夜深,夜正长。

⑦牵牛织女:二星名。牵牛星是天鹰星座的主星,俗称扁担星。织女星是天琴星座的主星。二星在天河两侧,隔河相对。在我国古代神话传说中,这两颗星被传说成一对受迫害、不能团聚的夫妻的故事。

⑧何辜:有何罪过。辜,亦通故,所以作"何故"讲亦通。限:分隔。以上二句是说,牛郎织女隔河相望,你们究竟有什么罪过这样地被隔开呢?同牛郎织女,同时也就是对自己夫妻被分的怨叹。

## 【简析】

《燕歌行》属乐府《相和歌·平调曲》,与《齐讴行》《吴趋行》相类,本来都是反映各自地区的生活,具有各自地区音乐特点的曲调。西汉以来,今北京一带地区(古燕地)是汉族与北方民族接界之地,时常发生战争,所以当时和后来有些反映战争和徭役的作品常爱以燕地为背景。在这两首诗里,作者以一个役夫妻子的口气,抒发了对远方丈夫的怀念,表现了对当时无休止的战争徭役破坏人民幸福的无限哀怨。风格清丽宛转。第一首诗尤佳。这两首诗在七言诗的发展上占有重要地位,它是我们今天所能见到的最早最完整的七言诗。

## 杂诗

### 其一

漫漫秋夜长,烈烈北风凉。展转不能寐①,披衣起彷徨。彷徨忽已久,白露沾我裳。俯视清水波,仰看明月光。天汉回西流②,三五正纵横③。草虫鸣何悲,孤雁独南翔。郁郁多悲思,绵绵思故乡④。愿飞安得翼?欲渡河无梁。向风长叹息,断绝我中肠。

**【注释】**

①展转:翻来覆去,不能入睡的样子。

②天汉:天河。"天汉回西流"与《燕歌行》的"星汉西流夜未央"同意。

③三五:指天空疏稀的小星。纵横:指群星布列的样子。正纵横,言夜正深。夜深而觉星稀者,月明故也。

④绵绵:言思绪之多且长。

**【简析】**

"杂诗"这种名称最早见于《昭明文选》,是编集的人把一些失题的作品排在一起,统名之曰"杂诗"。内容庞杂,非一时一事之作。"漫漫秋夜长"这首诗描写了秋夜的凄清景色,抒发了漂泊游子的寂寞怀乡之情。

### 其二

西北有浮云,亭亭如车盖①。惜哉时不遇②,适与飘风会③。吹我东南行,行行至吴会④。吴会非吾乡,安得久留滞。弃置勿复陈⑤,客子常畏人。

## 【注释】

①亭亭:孤高的样子。车盖:古代的车篷,形如大伞。

②时不遇:未遇上好时机。

③适:恰好。飘风:大旋风。

④吴会:指当时的吴郡(郡治在今江苏省苏州市)和会稽郡(郡治在今浙江绍兴)。吴会当时都属于东吴,乃异国之地,这样说乃是用以比喻漂泊周流之远。

⑤弃置句:这是汉魏时诗中常见的套语,见汉乐府《孤儿行》、曹植《赠白马王彪》等。

## 【简析】

《文选》李善注曾题此诗曰"于黎阳作",不知有何根据。黄初三年(222年),曹丕南征孙权,曾到过黎阳(今河南濬县)。从诗中有"吹我东南行"诸语看来,此说有一定道理。但黄初六年(225年)曹丕还有一次南征。这次南征曾达广陵故城,军队开到了长江边上,似与诗意更切合。作品以浮云的随风飘荡,比喻了客子征夫的周流之苦,流露了对当时战乱的厌倦情绪。

汉魏六朝诗

# 曹植

　　曹植,字子建,曹操的儿子,曹丕的弟弟,是建安时期最有才华的诗人。早期很受其父的宠爱,几乎被立为太子,因而受到其兄曹丕的嫉恨。曹丕即位后,曹植遭到了严重的打击与迫害,几次被贬爵移封。曹丕死,曹叡即位后,曹植曾多次上书,希望能有报效国家的机会,但都未能如愿。最后在困顿苦闷中死去,年仅四十一岁。

　　曹植的生活和创作,以曹丕即位为界分为前后两期。前期作品表现了他的政治抱负和对于建功立业的热烈向往,同时也写了一些反映社会动乱和表现人民疾苦的诗篇。后期作品则较多地反映了封建统治集团的内部矛盾,表现了自己受压抑,有志不得伸的悲愤情绪,对我们认识曹魏王朝,认识被"忠孝仁义"纱幕遮盖着的统治阶级内部的冷酷凶残,有一定的价值。

　　曹植的诗歌艺术成就较高,《诗品》说它"骨气奇高,词采华茂,情兼雅怨,体被文质"。同时,曹植又是最早的注意声律的人,他的作品多声调和谐,韵节响亮。清代沈德潜曾说:"子建诗五色相宣,八音朗畅",对五言诗的发展有重要贡献。他的章表辞赋也很著名,都洋溢着非凡的才气。

　　作品有《曹子建集》。诗歌注本以黄节的《曹子建诗注》较为详备。

## 送应氏

　　步登北邙坂①,遥望洛阳山②。洛阳何寂寞,宫室尽烧焚。垣墙皆顿擗③,荆棘上参天。不见旧耆老④,但睹新少年。侧足无行径,荒畴不复田⑤。游子久不归⑥,不识陌与阡。中野何萧条,千里无人烟。念我平常居⑦,气结不能言。

## 【注释】

①北邙坂:北邙山的山坡。北邙山在洛阳城北,是汉代王公贵族们的陵墓群集之地,也是汉代以后历代文人最爱对之感慨兴衰的地方。

②洛阳山:洛阳周围的山。这句话的意思实际是指眺望洛阳一带地区。

③顿擗(pǐ 匹):倒塌、崩裂。擗,剖,裂。

④耆(qí 其)老:老人。耆,老。

⑤荒畴:荒芜了的土地。田:耕种,用作动词。以上二句是说,(到处是一片荒芜,)连个可以走人的小道都没有,土地也无人耕种了。

⑥游子:指应氏。

⑦我:代应氏设词。平常居:平时一道生活的人。有本作"平生亲",义同,都是指应氏的亲属而言。最后二句是说,想到自己的亲属荡然无存,不由得伤心哽咽,说不出话来。

## 【简析】

应氏指应场,字德琏,建安时期的诗人,名入"七子"之列。建安十六年(211 年)春,曹植被封为平原侯,应场被任命为平原侯庶子(属官名)。同年七月,曹操西征马超,曹植、阮瑀等也一道随行,《送应氏》大致即作于道经洛阳的时候。作品共两首,这里选的是第一首。内容是描写了董卓之乱以来洛阳的残破凄凉景象,反映了军阀混战给社会造成的惨重破坏和给人民带来的深重灾难。

# 泰山梁甫行

八方各异气①,千里殊风雨②。剧哉边海民③,寄身于草野④。妻子象禽兽,行止依林阻⑤。柴门何萧条,狐兔翔我宇⑥。

## 【注释】

①异气:气候不同。

②殊风雨：风雨阴晴不同。

③剧：甚，厉害。这里指艰难困苦之甚。

④寄身：存身。

⑤依林阻：依托于山林险阻之地。

⑥翔：极言其奔逐跳跃的轻捷自得之状。宇：屋檐，这里即指房子四周。

## 【简析】

梁甫，泰山旁边的小山名，和泰山一样都是古代统治者常去祭祀的地方。《泰山梁甫行》是汉乐府曲调名，属《相和歌·瑟调曲》。这里是曹植按旧题写作的新辞。因为这是依古题写作，所以内容不一定与题目有关系。作品反映了汉末以来军阀混战给劳动人民带来的痛苦，反映了边海农村的残破荒凉景象，表现了诗人对人民苦难的深切同情。这大约是曹植早年的作品。

# 赠徐干

惊风飘白日，忽然归西山①。园景光未满②，众星粲以繁③。志士营世业，小人亦不闲④。聊且夜行游，游彼双阙间⑤。文昌郁云兴⑥，迎风高中天⑦。春鸠鸣飞栋⑧，流猋激棂轩⑨。顾念蓬室士⑩，贫贱诚足怜。薇藿弗充虚⑪，皮褐犹不全⑫。慷慨有悲心，兴文自成篇⑬。宝弃怨何人，和氏有其愆⑭。弹冠俟知己，知己谁不然⑮？良田无晚岁⑯，膏泽多丰年⑰。亮怀璠玙美⑱，积久德愈宣⑲。亲交义在敦，申章复何言⑳。

## 【注释】

①惊风：急风。以上二句是说，傍晚的时候急风大作，太阳很快地落下去了。这里有慨叹时光飞逝人生短暂之意。

②园景：古代用以称太阳和月亮。景，明也，天地间园而且明者无过于日月，故云。此处指月亮。光未满：指月尚未圆。

③粲以繁:明亮而且众多。以,同而。

④志士:有志于干事业的人。小人:指那些饱食终日,无所用心,但以裘马游乐为事的人。以上二句是说,志士仁人们都积极地为国家建立功业,而那些小人们倒也并不闲着,即如下文所说的从事"闲游"。这里暗中表现了一种有志不得施展的苦闷无聊之情。

⑤双阙:指皇宫正门两侧的望楼。

⑥文昌:许都魏宫的正殿名。郁云兴:郁郁然如云之起,形容文昌殿的巍峨高大。郁,盛貌;兴,起也。

⑦迎风:迎风观,在许都。高中天:高耸入云。中天,半空,当空。

⑧飞栋:高殿的檐宇。

⑨流焱(biāo 标):旋风。楣轩:阑干。以上文昌迎风二句极言殿堂之高,春鸠流焱二句比喻一班流俗之辈的居位掌权。

⑩蓬室士:指徐干。蓬室,草房。

⑪弗充虚:不能填满空肚子。

⑫皮褐:毛皮与短褐,指一般人的冬季之服。

⑬兴文:著文,即写作《中论》。

⑭宝:指璧玉,这里比喻徐干。和氏:指卞和,古代能识宝玉的人,曾得荆山之璞以献楚王,事见《韩非子·和氏》。这里比喻自己。二句的意思是说,徐干有如此之才得不到朝廷重用,这是自己的罪过,自己没有像卞和那样以定是宝玉就不怕一切危险地向当权者进献。愆(qián 前):罪过。

⑮弹冠:《汉书·王吉传》:"吉与贡禹为友,时称'王阳(王吉字子阳)在位,贡公弹冠'"。意思是,好朋友一当权,自己就可弹掉帽子上的灰尘,做好做官的准备了。俟,等待。这两句是说,等待好朋友的推荐,(这是大家共有的心情),而好朋友想推荐知己者心情,谁又不是如此呢? 言外之意是自己眼前难以办到。

⑯晚岁:晚收成。

⑰膏泽:指肥沃的土地。

⑱亮:诚然,果然。璠玙:美玉,这里比喻道德才干。

⑲宣:显著。

⑳敦:厚。最后两句是说,知己之间重要的是在于交情深厚,除此赠诗之外,何必再说别的呢?

## 【简析】

《赠徐干》是曹植前期的一篇作品,内容是对徐干有德行、有才干但却过着贫贱生活的现实,表现了极大的同情,并以朋友的身份对他提出了恳切的希望和慰勉。

# 野田黄雀行

高树多悲风,海水扬其波①。利剑不在掌,结交何须多!不见篱间雀,见鹞自投罗②。罗家见雀喜,少年见雀悲。拔剑捎罗网③,黄雀得飞飞。飞飞摩苍天,来下谢少年。

## 【注释】

①树高易摇,海水易起波涛,比喻有权势的人易于成事。

②鹞(yào 要):似鹰而小的一种猛禽。这句的意思是,黄雀为了躲避鹞子而未提防落在了罗网里。

③捎:削除,挑破。

## 【简析】

《野田黄雀行》在《乐府诗集》中被归入《相和歌·瑟调曲》,这是曹植自命新题的抒情之作,大约写于黄初元年(220 年)。曹植与曹丕在争夺王位继承权方面的矛盾由来已久,两个人各自都有一批党羽和亲信。后来由于曹植在曹操面前失宠,因而曹植的亲信也开始遭到打击和杀戮。首先是杨修被曹操所杀。曹丕即位后,又寻找借口杀掉了丁仪、丁讫。《野田黄雀行》就反映了作者对自己朋友被残害的同情,和自己眼看着但却无力救援的内心苦痛。所谓"拔剑捎罗网,黄雀得飞飞",只不过是一种幻想而已。这篇作品的意义仍在于反映了曹魏统治集团的内部矛盾。

曹植的作品每以鸷鹰比喻强暴,以黄雀比喻弱小,如《鹞雀赋》即是。这种比喻疑是来自民间。

# 白马篇

白马饰金羁①,连翩西北驰②。借问谁家子?幽并游侠儿③。少小去乡邑,扬声沙漠垂④。宿昔秉良弓⑤,楛矢何参差⑥。控弦破左的⑦,右发摧月支⑧。仰手接飞猱⑨,俯身散马蹄⑩。狡捷过猴猿,勇剽若豹螭⑪。边城多警急,虏骑数迁移⑫。羽檄从北来⑬,厉马登高堤⑭。长驱蹈匈奴⑮,左顾凌鲜卑⑯。弃身锋刃端,性命安可怀?父母且不顾,何言子与妻!名编壮士籍⑰,不得中顾私⑱。捐躯赴国难,视死忽如归。

## 【注释】

①金羁:金饰的马笼头。

②连翩:轻捷矫健的样子。

③幽并:幽州、并州,古代二州名。幽州相当于今河北北部和北京市一带地区;并州相当于今山西中部、北部一带地区。游侠:汉代闯荡江湖的人。

④垂:同陲,边地。以上二句是说,这些青年勇士都是从小离开家乡,扬威名于边地的。

⑤宿昔:同"夙夕",早晨、晚上,言每日皆如此。

⑥楛矢:楛(hù户)木做的箭。参差:本意是长短不齐的样子,这里实际是指多。以上二句是说,他们的良弓日夜不离手,身边还佩带着许多的箭。

⑦控弦:开弓。的:箭靶。

⑧月支:箭靶名。

⑨仰手:指仰身而射。接:迎面而射。猱(náo挠):猿类,攀缘林木,轻捷如飞,故曰飞猱。按:从"的"、"月支"、"飞猱"、"马蹄"一贯而下来看,此处的"飞猱"恐亦系指箭靶而言。

中国古典名著精华

⑩马蹄:箭靶名,邯郸淳《艺经》云:"马射,左边为月氏三枚,马蹄二枚。"以上四句是写勇士的射艺之精,左射右射,仰射俯射都能中靶。

⑪剽:轻捷。螭(chī),传说中的一种龙属动物。

⑫迁移:移动,指进兵入侵。

⑬羽檄:插有羽毛的军中征调文书。军书插羽,以示紧急。《说文》:"檄,以木简为书,长尺二寸,用征召也。"

⑭厉马:策马。堤:高坡。以上二句是说,边方的紧急征调文书下来了,勇士们闻命策马,登高堤以觇视敌情。

⑮蹈:践踏,此处即指冲击。匈奴:秦汉时期活动于今内蒙和蒙古人民共和国一带的少数民族名,直到魏晋时期还有一定的力量,常构成北部边患。

⑯凌:冲击。鲜卑:汉末以来活动于辽西一带的少数民族名。后来到东晋时期,曾在黄河流域建立了北魏政权,统治北方达一百五十余年。

⑰籍:名册。

⑱顾私:怀念个人或家庭的私事。曹植的《求自试表》有云:"昔汉武为霍去病治第,辞曰:'匈奴未灭,臣无以家为'!夫忧国忘家捐躯济难,忠臣之志也。"可与此诗的最后六句互相参证。

## 【简析】

这是曹植仿照汉代乐府的形式,抛开乐府古题而独立创作的一篇作品,以开头的两个字为题目。朱乾《乐府正义》有云:"此寓意于幽并游侠,实自况也。篇中所云捐躯赴难,视死如归,亦子建素志,非泛述矣。"这段话说得很好。曹植的确是一向以立德立功为宏愿,而不甘心只是做一个卑弱文人的。其《与杨德祖书》有云:"吾虽德薄,位为藩侯,犹庶几戮力上国,流惠下民,建永世之业,留金石之功,岂徒以翰墨为勋绩,辞颂为君子哉!"这篇作品就正是借着歌颂一个北方少年勇士的英雄行为,而抒发了自己为解救国难,为建功立业而不惜抛弃一切的勇敢豪迈精神。

# 名都篇

　　名都多妖女<sup>①</sup>，京洛出少年<sup>②</sup>。宝剑直千金<sup>③</sup>，被服丽且鲜<sup>④</sup>。斗鸡东郊道<sup>⑤</sup>，走马长楸间<sup>⑥</sup>。驰骋未能半，双兔过我前。揽弓捷鸣镝<sup>⑦</sup>，长驱上南山<sup>⑧</sup>。左挽因右发<sup>⑨</sup>，一纵两禽连<sup>⑩</sup>。余巧未及展，仰手接飞鸢<sup>⑪</sup>。观者咸称善，众工归我妍<sup>⑫</sup>。归来宴平乐<sup>⑬</sup>，美酒斗十千<sup>⑭</sup>。脍鲤臇胎虾<sup>⑮</sup>，寒鳖炙熊蹯<sup>⑯</sup>。鸣俦啸匹侣<sup>⑰</sup>，列坐竟长筵<sup>⑱</sup>。连翩击鞠壤<sup>⑲</sup>，巧捷惟万端<sup>⑳</sup>。白日西南驰，光景不可攀<sup>㉑</sup>。云散还城邑<sup>㉒</sup>，清晨复来还。

## 【注释】

①名都：著名的都会，如当时的临淄、邯郸等。妖女：艳丽的女子，这里指娼妓。

②京洛：指东京洛阳。少年：指贵游执袴子弟。洛阳是东汉的国都、是贵族麋集之地，从东汉的乐府和文人诗中就常有写洛阳纨绔生活的作品了。本篇中心是写少年，上句写妖女是为本句作陪衬。

③直：同值。

④被服：指衣着。被，同披。服，穿。

⑤斗鸡：看两鸡相斗以为博戏，这是汉魏以来直到唐代盛行的一种习俗。

⑥长楸间：指两旁种着高楸的大道。楸，落叶乔木，也叫大樟。

⑦捷：抽取。鸣镝：响箭。

⑧南山：指洛阳之南山。

⑨左挽右发：左手拉弓向右射去。一般都用右手拉弓，这里故意用左手，以卖弄巧技，与下文之"余巧未及展"相应。

⑩一纵：一发。两禽连，两禽同时被射中。两禽，即指上文所说的双兔，古代对飞鸟和走兽都可以称禽，后来才分开，专以禽指飞鸟。

⑪接：迎射对面飞来的东西。《白马篇》有"仰手接飞猱"，与此句式相

同。鸢(yuān 冤),鹞子。

⑫众工:许多善射者。工,巧。归我研:称道我的射艺高。研,美善。

⑬平乐:宫观名,东汉时明帝所建,在洛阳西门外。

⑭斗十千:一斗酒价值万钱,极言其宴饮之豪奢。

⑮脍鲤:把鲤鱼做成肉丝。脍(kuài),切肉成丝。臇胎细,把胎做成肉羹。臇(juàn),动词,做成肉羹。胎,有籽的肥鱼。也有人认为胎是鲐的误字。鲐是一种海鱼。

⑯寒鳖:酱腌甲鱼。炙熊蹯(fán 凡):烤熊掌。

⑰鸣、啸:都指招呼。俦、匹、侣:都是同类同伴的意思。

⑱竟:终。毕:尽。以上二句是说,这些贵族少年呼朋唤友,排列着坐满了大筵席的座位。

⑲连翩:动作轻捷的样子。击鞠壤:踢球和击壤。击壤是一种古老的游戏,用两个一头大一头小的木块,把一块放在几十步外,持另一块投击,击中者为胜。

⑳惟:语词,无义。巧捷万端,灵巧变化层出不穷。

㉑光景:日光。攀:挽留。

㉒云散:如云之散,言众少年宴罢散归。以上四句是说,转眼白日西沉,时光无法拦阻,今晚只好各自回家了,但是大家约好了明天一早还来这样游玩。极言其空虚无聊之情状。

## 【简析】

《名都篇》在《乐府诗集》中被收入《杂曲歌·齐瑟行》,是曹植自制的新题乐府,以篇首二字为题目。作品以第一人称、为京洛少年立言的形式,讽刺了一群贵族子弟饱食终日无所用心,但以骑马游猎、宴乐挥霍为业的空虚庸俗生活。朱嘉征《乐府广序》云:"刺俗也,负才之士驱驰声伎,而坐与时去焉。"此言近之。有人认为这篇作品是曹植在以欣赏的态度夸耀自己的豪华生活,如李白诗云:"陈王昔时宴平乐,斗酒十千恣欢谑"(《将进酒》)。但结合曹植的生平思想来考察,这种理解是不合适的。试与《白马篇》、《求自试表》等篇参照,当一目了然。

# 美女篇

美女妖且闲①，采桑歧路间。柔条纷冉冉②，叶落何翩翩！攘袖见索手③，皓腕约金环④。头上金爵钗⑤，腰佩翠琅玕⑥。明珠交玉体⑦，珊瑚间木难⑧。罗衣何飘飘，轻裾随风还⑨。顾盼遗光彩⑩，长啸气若兰。行徒用息驾，休者以忘餐⑪。借问女安居？乃在城南端。青楼临大路⑫，高门结重关⑬。容华耀朝日⑭，谁不希令颜⑮，媒氏何所营⑯？玉帛不时安⑰。佳人慕高义，求贤良独难。众人徒嗷嗷，安知彼所观⑱。盛年处房室⑲，中夜起长叹。

## 【注释】

①美女：以比君子。用"美人"、"美女"比喻君子，是屈原以来文人诗赋中常用的手法。妖且闲：艳丽而且文静。

②冉冉：轻轻摇动的样子。

③攘袖：捋起袖子。

④约金环：戴着金制的手镯。约，围，套着。

⑤金爵钗：一端饰有雀形的金钗。爵，同雀。

⑥翠：碧绿色。琅玕(láng gān 郎干)，一种似玉的美石。

⑦交：佩带。

⑧间：夹杂。木难：珠名，《文选》李善注引《南越志》云："木难，金翅鸟沫所成碧色珠也。"以上二句是说，身上佩带着珊瑚和木难珠。

⑨裾：衣襟。还：通旋，摆动的样子。

⑩遗：流动。

⑪用：因。息驾：停车。汉乐府《陌上桑》："行者见罗敷，下担捋髭须；少年见罗敷，脱帽著帩头；耕者忘其犁，锄者忘其锄，来归相怨怒，但坐观罗敷。"曹植这两句是酌用其意。

⑫青楼：以青漆为饰的楼，是富贵之家的闺阁。宋元以后始用青楼代指娼家。

⑬重关：两道门栓，极言门户之严紧。

⑭容华：容颜。

⑮希：仰望。令：美，以上两句是说，美女的容颜光彩耀日，人们谁不敬仰钦美呢？

⑯媒氏：媒人。营：经营，做事情。

⑰玉帛：珪璋和束索。《仪礼·士婚礼》贾公彦疏："士大夫乃以玄纁束帛，天子加以谷圭，诸侯加以大璋。"这里即泛指定婚的彩礼。安：定。以上两句是说，媒人们都干什么了，(对于这么好的女子)，为什么订婚的彩礼还没有人及时地来下？

⑱观：着眼点，指标准、条件。以上四句是说，美人所敬慕的是有崇高道德和远大理想的人，而这样的贤良之士是实在难找的。一般人光知道嗷嗷乱叫，谁能知道美人自己的着眼点是什么呢？

⑲盛年：正当年；含义是已经不小了。处房室：指未出嫁。古代称未嫁女子曰"处女"、"室女"。以上二句是用美女已到年龄而仍未出嫁，半夜不眠徘徊叹息，以比喻诗人的有抱负而不能施展之情。

**【简析】**

《美女篇》在《乐府诗集》中被收入于《杂曲歌·齐瑟行》，这也是曹植自己取篇首二字为题的托喻抒情之作。作品以美女不嫁为喻，表现了诗人以才德自负的心理，和抱负不得施展的哀怨之情。朱乾《乐府正义》曾说："余读子建《求自试表》，未尝不悲其志。其言曰：'微才弗试，没世无闻，荣其躯而丰其体，生无益于事，死无损于数，虚荷上位而忝重禄，禽见鸟视，终于白首，此徒圈牢之物，非臣之志也。'以子建之才而君不见用，此诗所谓'盛年处屋室，中夜起长叹'者也。"作品在写法上多模仿汉乐府《陌上桑》，而语言略觉板滞，有堆砌之感。

## 薤露篇

天地无穷极，阴阳转相因①。人居一世间，忽若风吹尘。愿得展功勤②，输力于明君。怀此王佐才③,慷慨独不群。鳞介尊神龙④,走兽宗麒麟⑤。虫兽犹知德,何况于士人?孔氏删诗书⑥,王业粲已分⑦。骋我径寸翰⑧,流藻垂华芬⑨。

## 【注释】

①转相因:互为因果,互相转化。

②功勤:功劳。

③王佐才:辅佐圣王的才干。佐,扶助,辅佐。

④鳞介:同鳞甲,这里指生有鳞甲的动物。介,甲。尊神龙:以神龙为尊长。

⑤宗麒麟:以麒麟为宗主。麒麟,古代传说中的一种象征祥瑞的兽。

⑥孔氏:指孔子,名丘,字仲尼。春秋末期鲁国人,儒家学派的创始者。删诗书:指孔子整理儒家的经典。据说孔子原来求得虞夏商周四代之典三千多篇,从中选出了一百另二篇,编为《尚书》。又从古代的三千多篇诗歌中选出三百另五篇,编为一集,即后来所说的《诗经》。

⑦王业:圣王的事业,即指虞、夏、商、周各圣帝圣王的功业。粲已分:粲烂地分别表现于各篇诗书之中。以上二句盛赞孔子删述诗书的意义之大。

⑧径寸翰:不大的笔,这里是谦词。径寸,即指一寸。翰,毛笔。

⑨流藻:写文章,著书立说。藻,有花纹的水草,后用为词藻,这里指文章。华芬:花的颜色与香气。以上二句是说,我要(像孔子一样)用笔写文章,流传光彩于后世。

## 【简析】

《薤露》是汉代乐府古题名,属《相和歌·相和曲》。这里是曹植借用乐府旧题写作的新辞。作品表现了诗人希望能在有限的生命里积极地做出贡献,即使不能立德、立功,至少也要立一家之言的慷慨壮志。

# 七步诗

煮豆燃豆萁①,漉豉以为汁。萁在釜下燃②,豆在釜中泣。本是同根生,相煎何太急!

**【注释】**

①萁:豆梗。

②漉(lù 鹿):过滤。豉(chǐ 耻):豆豉,一种豆制食品。有的本子没有"漉豉以为汁。萁在釜下燃"二句。

**【简析】**

作品以萁豆相煎为比喻,控诉了其兄曹丕对自己和其他众兄弟们的残酷迫害。《世说新语·文学》云:"文帝尝令东阿王(即曹植)七步中作诗,不成者行大法(杀),应声便为诗……帝深有惭色。"这段记载近乎传说,不一定可信;诗的本身是否真为曹植所作,也在疑似之间,但是这首诗反映曹魏统治集团内部的矛盾非常形象真切,是有名的好诗。我们姑且仍系于曹植名下。

# 赠白马王彪(并序)

黄初四年五月①,白马王、任城王与余俱朝京师②,会节气③。到洛阳,任城王薨④。至七月,与白马王还国⑤。后有司以二王归藩⑥,道路宜异宿止⑦,意毒恨之②。盖以大别在数日,是用自剖⑨,与王辞焉,愤而成篇。

谒帝承明庐⑩,逝将归旧疆⑪。清晨发皇邑⑫,日夕过首阳⑬。伊洛广且深⑭,欲济川无梁⑮。泛舟越洪涛,怨彼东路长。顾瞻恋城阙⑯,引领情内伤⑰。

太谷何廖廓⑱，山树郁苍苍。霖雨泥我涂⑲，流潦浩纵横⑳。中逵绝无轨，改辙登高冈㉑。修坂造云日㉒，我马玄以黄㉓。

玄黄犹能进，我思郁以纾㉔。郁纾将何念？亲爱在离居㉕。本图相与偕，中更不克俱㉖。鸱枭鸣衡轭㉗，豺狼当路衢。苍蝇间黑白㉘，谗巧令亲疏㉙。欲还绝无蹊㉚，揽辔止踟蹰㉛。

踟蹰亦何留？相思无终极。秋风发微凉，寒蝉鸣我侧。原野何萧条，白日忽西匿㉜。归鸟赴乔林㉝，翩翩厉羽翼㉞。孤兽走索群㉟，衔草不遑食㊱。感物伤我怀，抚心长太息。

太息将何为？天命与我违㊲。奈何念同生㊳，一往形不归㊴。孤魂翔故域㊵，灵柩寄京师。存者忽复过㊶，亡殁身自衰㊷。人生处一世，去若朝露晞。年在桑榆间㊸，影响不能追㊹。自顾非金石，咄唶令心悲㊺。

心悲动我神，弃置莫复陈。丈夫志四海，万里犹比邻㊻。恩爱苟不亏，在远分日亲㊼。何必同衾帱㊽，然后展殷勤；忧思成疾疢㊾，无乃儿女仁㊿！仓卒骨肉情㉛，能不怀苦辛。

苦辛何虑思？天命信可疑㊾。虚无求到仙，松子久吾欺㊽。变故在斯须㊼，百年谁能持？离别永无会，执手将何时？王其爱玉体，俱享黄发期㊿。收泪即长路，援笔从此辞㉕。

## 【注释】

①黄初：魏文帝的年号。黄初四年为223年。

②任城王：曹彰，曹操的第二子，曹植的胞兄。他作战英勇，屡建大功，常受曹操的赞扬。有一次曹操竟至摸着曹彰的小胡须说："黄须儿竟大奇也！"任城，今山东省济宁市。

③会节气：魏代制度规定，每年在立春、立夏、立秋、立冬四个节气之前的第十八天，各诸侯藩王都要到京师来和皇帝一同行"迎气"之礼，并举行一定的朝会仪式，这叫作会节气。黄初四年六月二十四日立秋，故曹植等须提前在五月出发赴洛阳。

④薨(hōng 烘)：称诸侯死。关于曹彰的死，《世说新语·尤悔》记载说："魏文帝忌弟任城王骁壮，因在卞太后阁共围棋，并啖枣。文帝以毒置诸枣

蒂中,自选可食者而进;王弗悟,杂进之……须臾遂薨。"

⑤还国:回封地。与下句之"归藩"义同。

⑥有司:指主管该项事务的官吏,职有所司,故称有司。这里指监国使者灌均。

⑦异宿止:不得同行同宿。当时曹植为鄄(juān 捐)城王,鄄城在今山东省,与白马同属兖州,二王本可结伴同行,但由于曹丕嫉恨兄弟,不准他们一道走。

⑧毒恨:痛恨。

⑨剖:剖白,表白心迹。

⑩承明庐:汉代的宫殿名,在长安。这里是用以代指魏文帝的宫殿。

⑪逝:语助词,无义。旧疆:指自己的封地,当时曹植被封在鄄城。以上二句是说,拜见过皇帝之后,现在又将返回自己的封地去了。

⑫皇邑:皇城,指洛阳。

⑬首阳:山名,在洛阳东北。

⑭伊洛:二水名,伊水发源于河南的熊耳山,到偃师县入洛水;洛水发源于陕西的洛南县冢岭山,到河南巩县入黄河。

⑮济:渡水。

⑯顾瞻:回头眺望。城阙:指京城洛阳。

⑰引领:伸长脖子,形容远望时的急切情态。以上二句是说,回头眺望宫城,内心悲伤。

⑱太谷:山谷名,亦名通谷,在洛阳东南五十里。谷口有关,名太谷关。寥廓:空阔广远的样子。

⑲泥:此处用作动词,使道路泥泞阻滞不通。

⑳潦:积留的雨水。

㉑中逵:道上。逵(kuí 奎),九达之道,这里即指道路。以上四句是说,由于下雨,使得道路上成为一片积水和泥泞。道上无法行走,只好引车走上高冈。

㉒修坂:高远的斜坡。造:至,达。

㉓玄以黄:《诗经·卷耳》:"陟(zhì 至)彼高冈,我马玄黄。"毛传云:"玄

马而黄,病极变色也。"以上二句是说,山路又高又长,我的马都已经累病了。

㉔郁纡:忧愁委屈。

㉕亲爱句:指自己与白马王的离别。在,这里是"将要"的意思。

㉖中更句:吴淇《六朝选诗定论》说:二王初出都时,尚无不准同行之命;出都后,中途令下,始不许二王同行。

㉗鸱枭(chí xiāo 池消):猫头鹰。衡:车辕前端的横木。轭:衡两端用以扼住马颈的曲木。这里的鸱枭和下句的豺狼都是比喻朝廷里和朝廷派在自己身边的小人。

㉘苍蝇:比喻搬弄是非的小人。间:离间,挑拨。《诗经·青蝇》:"营营青蝇,止于樊。"郑玄注:"蝇之为虫,汗白使黑,汗黑使白。"

㉙谗巧:谗言巧语。以上二句是说,小人颠倒黑白,挑拨得亲近者都变得疏远了。

㉚蹊:路径。

㉛揽辔(pèi 佩):拉着马缰绳。以上二句是说,想回去质诉是不可能的,自己勒马踟蹰,无计可施。

㉜匿:隐藏,这里指太阳落下。

㉝乔林:乔木林,这里即指树林。

㉞厉:奋、振。

㉟索群:寻找伙伴。索,寻找。作者这里是用归鸟孤兽的归林索群来反照自己兄弟之间的不能团聚。

㊱不遑:无暇,顾不上。

㊲天命:上帝的意旨,指曹彰暴死事。

㊳同生:同胞。曹丕、曹彰、曹植都是卞太后所生,故彼此称同生。

㊴一往:指去洛阳。形:指身体。以上二句是说,想到自己的骨肉兄弟为什么一到京城就回不来了。

㊵故城:指曹彰自己的封地任城。

㊶存者:指自己和白马王曹彪。

㊷亡殁:亡殁者,指曹彰。自衰:自行腐烂毁灭。

㊸桑榆:天空西方的两颗星名,古时候人们常用"日在桑榆"来比喻人的

年老。

㊹影:日影。响:声音。这句是极言年命消逝之快,无法追阻。

㊺咄唶(duō jié 夺劫):叹息声。

㊻比邻:犹言近邻。比,邻也。古代五家为比,也叫邻。

㊼分:情分,情谊。

㊽同衾帱:同睡在一个帐子里,同盖一条被子。极言其亲密之状。《后汉书·姜肱传》曾记载姜肱与其弟仲海、季江相友爱,常同被而眠。

㊾疢(chèn 趁):热病。

㊿无乃:岂不是。儿女仁:小孩子一般的情性。仁,爱,这里指情性。

(51)仓卒:突然的变故,指曹彰的死。骨肉情:兄弟之间的情谊。

(52)信:的确,实在。

(53)松子:赤松子,古时传说中的神仙。《古诗十九首》中有"服食求神仙,多为药所误";"仙人王子乔,难可与等期",曹植的"松子久吾欺"就从这里变化而来。

(54)斯须:顷刻之间。

(55)黄发期:指老年高寿。人老发黄,故称老人曰黄发。

(56)援笔:指提笔作诗。

【简析】

白马,地名,在今河南省滑县东。白马王彪,即曹植的异母弟曹彪,被封为白马王。作品写于魏文帝黄初四年(223年)七月,这是曹氏诸兄弟朝京师后回封邑时曹植写给曹彪的一首诗。作品集中地抒发了作者对曹丕迫害弟兄的满腔悲愤,反映了曹魏统治集团内部的尖锐矛盾。据历史记载,曹丕即位后,对其兄弟们进行了百般的压抑迫害和监视防范,使得他们一个个都如坐牢狱,连想当一个自由的老百姓都不能。兄弟之间不准来往,不准通信。正是由于这种原因,再加上这次任城王的暴死,所以诗人才在兄弟们的离别问题上表现出了如此巨大的愤慨与悲痛。由此可以看出,为了争权夺利,统治阶级是怎样的残酷无情,是怎样地撕去了一切所谓"孝悌"的美丽外衣。为了深入理解这首诗的思想感情,曹植还作有一篇《求通亲亲表》,可以参看。

# 杂诗

## 其一

转蓬离本根①,飘飘随长风。何意回飙举②,吹我入云中。高高上无极,天路安可穷③? 类此游客子,捐躯远从戎④。毛褐不掩形⑤,薇藿常不充⑥。去去莫复道⑦,沉忧令人老。

**【注释】**

①转蓬:也叫飞蓬,菊科植物,末大于本,秋后干枯,通风辄拔,随地飞转,故称转蓬。

②何意:怎能料到。回飙(biāo 标),大旋风。

③无极:没头、没边。穷:尽,到头。以上二句是说,天空高远无边,飞到何时是个尽头呢?

④游客子:漂泊在外的人,即所谓游子、客子。这两句的意思是,转蓬的飘飞,正如同从军在外的游子一样凄苦无依。

⑤毛褐:粗毛布的衣服,贫者所服。形,身体。

⑥薇藿:泛指野菜。薇,羊齿类植物,野生,可食。藿,豆叶。

⑦"去去"句:丢开这些不要谈了吧。"去去莫复道"、"弃置莫复道"、"弃置莫复陈",这种套语似的句子在汉魏以及稍后的乐府和文人诗中经常出现。

**【简析】**

曹植的《杂诗六首》见于《昭明文选》,这些诗并非一时一事之作,这是其中第二首。作品以转蓬为喻,抒发了自己屡被移封的漂泊之苦,表现了对其兄曹丕、其侄曹叡打击压抑自己的愤怨之情,反映了曹魏统治集团的尖锐内部矛盾。曹植的《迁都赋序》曾说:"余初封平原,转出临淄,中命鄄城,遂徙雍丘,改邑浚仪,而末将适于东阿。号则六易,居实三迁。连遇瘠土,衣食不继。"曹植的乐府诗有《吁嗟篇》,也同样是以转蓬为喻,抒发了同样的思想感情,可以比较参照。

## 其二

南国有佳人,容华若桃李①。朝游江北岸,日夕宿湘沚②。时俗薄朱颜③,谁为发皓齿④?俛仰岁将暮⑤,荣耀难久恃⑥。

【注释】

①南国:古代泛指江南一带。容华:容貌。

②湘沚:湘水中的小洲。湘水在湖南,入洞庭湖。沚,水中小洲。朝游北岸,夕宿湘沚,是以湘水女神自喻,应取意于屈原《九歌》。

③薄朱颜:不重视美貌的人,这里指不重视有才德的人。

④发皓齿:指唱歌或说话,这里是指推荐、介绍。

⑤俛仰:低头扬头之间,极言时间之短。

⑥荣耀:花开绚艳的样子,这里指人的青春盛颜。久恃:久留,久待。

【简析】

这是《杂诗六首》的第四首。内容大体是以佳人自喻,慨叹自己的才德不为当时所重,愤怨年华易逝而功业无成。也有人认为这是为曹彪所发,曹彪曾为吴王,故有南国字样,说法似稍穿凿。

## 其三

仆夫早严驾①,吾行将远游②。远游将何之?吴国为我仇。将骋万里涂③,东路安足由④!江介多悲风⑤,淮泗驰急流⑥。愿欲一轻济⑦,惜哉无方舟⑧。闲居非吾志,甘心赴国忧⑨。

【注释】

①严驾:整顿车驾。

②行：且也，与下面的"将"字义同。

③涂：同途。

④东路：东行归藩之路。由：行也。以上二句是说，自己希望奔向遥远的战场，回东方的封地有什么意思呢？

⑤江介：江间、江上。长江中下游当时是吴国的北境，邻近魏国。

⑥淮泗：淮河与泗水。淮河、泗水流经今河南南部、安徽北部，当时是魏国的南境，邻近吴国。

⑦济：渡水，这里指从军击吴，深入吴境。

⑧方舟：指舟船，古代并舟叫方。欲渡无舟比喻自己的受压抑，报国无路。

⑨国忧：国家的忧患，指吴、蜀的存在。赴国忧指投入灭吴灭蜀的军事行动。

## 【简析】

这是《杂诗》六首的第五首，大致作于黄初四年(223年)七月，与《赠白马王彪》相近。主题是表现了自己不甘寂寞，愿为国家干一番事业的思想。据《三国志·文帝纪》记载，黄初三年十月，魏国与吴国发生了战事，战争断断续续直打到次年的八月才停下来。曹植的"愿欲一轻济"、"甘心赴国忧"，就是针对当时的这种形势而言。

## 其四

飞观百余尺①，临牖御棂轩②。远望周千里，朝夕见平原。烈士多悲心③，小人偷自闲④。国仇亮不塞⑤，甘心思丧元⑥。拊剑西南望⑦，思欲赴泰山⑧。弦急悲风发⑨，聆我慷慨言⑩。

## 【注释】

①飞观：凌空而起的望楼，指宫门两边的阙。阙也称观。

②临牖：从窗口俯视。临，下视；牖(yòu)，窗户。御棂轩：凭阑干。御，凭；棂，阑干；轩，这里指阑干上的板。

③烈士：有功业心，胸怀激烈的人。悲心：忧国忧世之心和有才不获骋的愤慨。

④偷自闲：苟且地贪图安乐。偷，苟且；闲，安闲，安乐。

⑤亮：实在，果真。不塞：未弥补，未报偿。

⑥丧元：抛头颅。元，头颅。

⑦拊剑：按剑。这一句的意思是说自己愿意从军讨蜀。

⑧赴泰山：指欲从军讨吴，泰山地近吴境，故云"赴泰山"。曹植《责躬诗》有所谓"愿蒙（冒）矢石，建旗东岳。"东岳即泰山，两处的意思相同。

⑨弦急：指琴声急促。悲风：指慷慨的音声。

⑩聆：听。慷慨言，即指本篇诗歌的慷慨言辞。余冠英说："从这两句看来，这首诗可能原是乐府歌辞。"

## 【简析】

这是《杂诗》六首的第六首，大约写于建安十九年（214 年）七月，当时曹操南征孙权，令曹植留守邺都。作品抒发了诗人志欲为国效力的慷慨精神。

# 七哀

明月照高楼，流光正徘徊①。上有愁思妇，悲叹有余哀。借问叹者谁？自云宕子妻②。君行逾十年，孤妾常独栖。君若清路尘③，妾若浊水泥④。浮沉各异势，会合何时谐？愿为西南风，长逝入君怀⑤。君怀良不开⑥，贱妾当何依？

## 【注释】

①流光：明澈如水、恍然如流的月光。徘徊：晃动而不前的样子。

②宕子：同荡子，指飘荡在外的丈夫。与"游子"义同。不是指通常所说"轻薄荡子"。

③清路尘：路上飞起的轻尘。

④浊水泥:水底沉积的淤泥。六朝时人常爱以尘和泥来比喻不同的身份和地位。曹植《九愁赋》有云:"宁作清水之沉泥,不为浊路之飞尘。"清浊二字的用法虽与此不同,但立意都是肯定"泥"的稳重一心,而不满"尘"的飘荡虚浮。

⑤长逝:长驱、长飞。

⑥良:诚然、硬是。

## 【简析】

《七哀》作为一个乐府题目始于王粲,在《乐府诗集》里被归入《相和歌·楚调曲》。《七哀》的名称来源不详,余冠英认为可能与音乐有关系,晋乐的《怨歌行》用这首诗做歌辞时,就分成了七段。这首诗是曹植后期的作品,他表面上是以一个思妇的口吻抒发对丈夫的思念与哀怨之情,而实际上乃是表现对其兄曹丕打击迫害兄弟们的愤怨与不平。曹植的《九愁赋》有云:"恨时王之谬听,受奸枉之虚辞……愿接翼于归鸿,嗟高飞而莫攀;因流景而寄言,响一绝而不还。"感情、用语都与此诗相似。

# 鰕䱇篇

鰕䱇游潢潦①,不知江海流。燕雀戏藩柴②,安识鸿鹄游?世士此诚明③,大德固无俦④。驾言登五岳,然后小陵丘⑤。俯观上路人,势利惟是谋⑥。高念翼皇家⑦,远怀柔九州⑧。抚剑而雷音⑨,猛气纵横浮。泛泊徒嗷嗷⑩,谁知壮士忧⑪!

## 【注释】

①鰕䱇:同虾;同鳝。潢潦:泛指小水坑。潢,小水坑。潦(lǎo 老),道上的雨后积水。

②藩柴:篱笆上的柴荆。藩,篱笆。

③世士:世人。此诚明:诚明乎此,真的懂得这个道理。

④固:必定。无俦:无比,无双。以上两句是说,世上的人如果真能明白

燕雀黄鹄的本领志向不同,那么他就必然会(不断地进修德业而)达到举世无双了。

⑤驾言二句:驾,驾车。言,语气词。五岳,东岳泰山,西岳华山,南岳衡山,北岳恒山,中岳嵩山。《孟子·尽心上》:"孔子登东山而小鲁,登泰山而小天下。"《法言·吾子》:"升东岳而知众山之逦迤(lǐ yǐ力以,山卑长貌)也。"曹植的诗句即从这里化出。

⑥俯视二句:上路人,指掌握重要权力的达官贵人。二句是说,低头看到那些达官贵人们,都是只知道谋求个人的权势利益。

⑦高念:崇高的信念。翼:辅佐。此句有本作"仇高念皇家"。

⑧柔九州:指统一全国而言。柔:安抚。九州:古代分中国为冀、兖、青、徐、扬、荆、豫、梁、雍九州,一般即泛指华夏。以上二句是说,壮士的崇高信念是想为辅佐皇帝而尽力,壮士的远大理想是想为统一中国而献身。

⑨抚剑:按剑。雷音:宝剑发出如雷霆一般的声音。《庄子·说剑》云:"诸侯之剑,以智勇士为锋,以清廉士为锷,以贤良士为脊……此剑一用,如雷霆之震也,四封之内无不宾服而听君命者矣。"作者这里是借以比喻个人的报国壮志。

⑩泛泊:纷泊,纷纷,形容琐细平庸的小人。徒嗷嗷:徒劳无益地嗷嗷乱叫。

⑪壮士忧:指对国家大事的关心忧虑。壮士:作者自指。

## 【简析】

《鰕䱇篇》在《乐府诗集》中被收入《相和歌·平调曲》。这是曹植自制的新题乐府,以篇首之字为题目。内容是抒发个人的报国壮志,和自己受压抑、抱负不得施展的满腔愤懑。风格悲慨沉郁,思想情绪大致与《求自试表》同,是曹植后期的作品。


# 吁嗟篇

吁嗟此转蓬①,居世何独然!长去本根逝②,宿夜无休闲③。东西经七陌,南北越九阡。卒遇回风起④,吹我入云间。自谓终天路⑤,忽然下沉泉⑥。惊飙接我出⑦,故归彼中田⑧。当南而更北,谓东而反西。宕宕当何依⑨,忽亡而复存。飘飘周八泽⑩,连翩历五山⑪。流转无恒处,谁知吾苦艰?愿为中林草⑫,秋随野火燔。糜灭岂不痛⑬?愿与根荄连⑭。

**【注释】**

①吁嗟:叹息声。以上二句是说,可怜的飞蓬啊,生长在世界上的东西为什么单单你这样可怜。

②长去:永远离开。逝:往、去。

③宿夜:同风夜,犹言日夜。

④卒:同猝,突然。回风:旋风。

⑤终天路:飞到天尽头。终,用作动词。

⑥沉泉:沉渊。唐人避高祖(李渊)讳而改,《三国志》引此诗正作渊。以上四句是说,忽然遇上了旋风,被吹上天空,心想这回恐怕要吹到天尽头了吧,结果忽然又落在了深水里。

⑦惊:自下而上的暴风。

⑧故:同顾,反也。中田,田中,田野上。以上二句是说,暴风又把我从水中揭起,重又使我回到了田野上。

⑨宕宕:无所依据的样子。

⑩周:遍。八泽:泛指各地。泽,低湿有水草之地。

⑪五山:说法不一,有人说即指五岳,这里仍是用以泛指各地。

⑫中林:林中。

⑬糜灭:指被烧尽。

⑭荄:草根。最后两句的意思是,死难道不痛苦吗?但宁愿和自己的骨肉至亲们死在一起。

**【简析】**

《吁嗟篇》在《乐府诗集》里被收入《相和歌·清调曲》。其实这也是曹植的直抒胸臆之作,以开头二字为题。《三国志》裴松之注曰此诗作于魏明帝太和三年(229 年),曹植被徒封东阿之后,是曹植后期的作品,作品以转蓬自喻,抒发了长离本根,漂泊不定的痛苦,表现了对其兄文帝曹丕,对其侄明帝曹叡迫害宗室的无比怨愤,反映了曹魏统治集团内部的尖锐矛盾。曹植曾多次上表,请求得到一个为国效力的机会,也要求放宽一些对宗室的限制迫害,但都得不到回答。十几年内,自己的封地多次变换,先后曾被指派到鄄城、雍丘、浚仪、东阿、陈等地。《吁嗟篇》就是诗人从自己的切身遭遇出发,对当时现实极其愤怨不满的一篇抒情之作。

## 当墙欲高行

龙欲升天须浮云①,人之仕进待中人②。众口可以铄金③,谗言三至,慈母不亲④。愤愤俗间,不辨伪真。愿欲披心自说陈,君门以九重⑤,道远河无津⑥。

### 【注释】

①龙欲升天句:《周易·文言》:"云从龙,风从虎。"古人一向认为龙是一种驾云飞行的动物。

②仕进:做官。中人:宫廷里的人,靠近皇帝的人。

③众口铄金:铄(shuò),销,融化。"众口铄金,积毁销骨"是先秦就有的成语,意思是说,众口一辞,即使是坚硬的金子也要被融化。

④以上二句的意思是说,坏话听得多了,连慈母都会对儿子改变态度。《史记·甘茂列传》讲述一个故事说,有个和曾参同名的人杀了人,一个人跑去告诉曾参的母亲说:"你儿子杀人了。"曾参的母亲说:"我儿子不可能杀人。"照常织布不止。过了一会儿,又有一个人来说:"你儿子杀人了。"曾参的母亲仍是不信。又过了一会儿,又有一个人跑来告诉说:"你儿子杀人了。"曾母吓得扔下手中的梭子就跑。

⑤九重:九层,九道。君门九重,极言其与臣民相距之远,隔绝之深。《楚辞·九辩》:"岂不郁陶而思君兮,君之门以九重。"

⑥津:渡口,这里借指渡船或桥梁。以上三句是说,想要到皇帝面前去陈述衷情,但是宫门重叠,道路远阻,没法得见。

## 【简析】

《墙欲高行》是乐府旧题名,在《乐府诗集》中被列入《杂曲歌辞》,古辞已亡,这是曹植模拟旧题写作的新辞。当,是拟的意思。作品对朝廷里的奸佞小人,对那些专门迎合曹丕,挑拨离间,帮着曹丕打击迫害宗室弟兄们的坏蛋表示了极大的愤慨。这首诗大约作于黄初年间,它表面上不指向曹丕,但其中那种无限的委屈悲怨自在言外。

## 怨歌行

为君既不易,为臣良独难①。忠信事不显,乃有见疑患②。周公佐成王③,金縢功不刊④。推心辅王室,二叔反流言⑤。待罪居东国⑥,泫涕常流连⑦。皇灵大动变⑧,震雷风且寒。拔树偃秋稼⑨,天威不可干⑩。素服开金縢⑪,感悟求其端⑫。公旦事既显,成王乃哀叹⑬。吾欲竟此曲,此曲悲且长。今日乐相乐,别后莫相忘⑭。

## 【注释】

①为君二句:《论语·子路》:"为君难,为臣不易。"曹植的诗句即由此化出。

②乃有:竟然有。见疑:被君王猜疑。

③周公:名姬旦,周武王的弟弟,周成王的叔叔。曾辅佐武王灭纣建立了周朝,又辅佐年幼的周成王治理了国家。在漫长的封建社会里始终是被称为"圣人"的政治家。

④金縢:被金属缄封的柜子。不刊:不可磨灭。刊,是削除的意思。

⑤二叔:指管叔姬鲜和蔡叔姬度。姬鲜是周公的哥哥,姬度是周公的弟弟。流言,说周公想要篡取成王的王位。

⑥待罪:等候处罚。东国:指东都洛阳。

汉魏六朝诗

⑦泫涕：流泪。泫，水滴下垂的样子。涕，泪。流连：连续不断。

⑧皇灵：指上帝。

⑨偃：倒伏。

⑩不可干：不可犯，不可抗拒。

⑪素服：穿着不带纹绣的衣服。这是表示请罪或内心悲悼警觉的样子。

⑫求其端：寻查事情的原因。端，头绪，原因。

⑬哀叹：觉悟感动的样子。以上十四句的故事见《尚书·金縢》，大意是说：周武王得了重病，周公向祖先、上帝祈祷，发誓愿以自己之死换得武王病愈。祈祷后，把这篇祷文暗暗地锁在了柜子（金縢）里，并未声扬。若干年后，周武王死了，年幼的成王在周公辅佐下登上了王位。这时管叔蔡叔对周公不满，散布流言，说周公想要篡位，成王也有了疑心。周公见事如此，只好离开周朝，到东都洛阳去了。这时，上帝显示了变化，大雷大风，秋稼倒伏。成王大恐，素服祈祷，寻求原因，结果从金縢中找到了周公若干年前的祈祷文告，周成王这才明白了周公的耿耿忠心，于是大为感动。《史记·鲁周公世家》中也有类似的记载。

⑭吾欲四句：这是乐府歌辞中的套语，后两句完全是送别宴会上的口气，疑是合乐时乐工所加。

## 【简析】

《怨歌行》在《乐府诗集》中被收入《相和歌·楚调曲》。作品以周公赤心为国，尽力辅佐武王成王，结果仍遭流言毁谤，并被成王所疑的历史故事，抒发了自己尽心王室，志欲为国立功，心愿未遂，反而遭受种种打击迫害的无比怨愤。客观地吟咏历史，而万千感慨自在其中。这首诗大约作于魏明帝太和五年曹植上《求通亲亲表》的前后。

# 嵇康

　　嵇康,字叔夜,谯郡铚(今安徽省宿县西)人,是三国后期曹魏的著名才学之士。曾做过中散大夫,故后人又常称之为嵇中散。为人刚直简傲,精通乐理,崇尚老庄,好言服食养生之事。他对当时司马氏倾夺曹氏政权,易代在即的形势,愤激不平,义形于色。他蔑视司马氏所提倡的虚伪礼教,而与以纵酒颓放为名的阮籍、刘伶等七人为友,时人谓之"竹林七贤"。嵇康这种言论和表现是司马氏所不能容的,故终于被诬陷而死。

　　关于嵇康的诗文,刘解说他"兴高而采烈";钟嵘说他"讦直露才,伤渊雅之致",意思大约是锋芒太露,不合温柔敦厚之道,但同时又说他"托喻清远,未失高流。"总的看来,嵇康诗的成就不如文章。

　　作品有《嵇中散集》。注本以戴名扬的《嵇康集校注》较为详备。

## 赠秀才入军

### 其一

　　良马既闲①,丽服有晕②。左揽繁弱③,右接忘归④。风驰电逝,蹑景追飞⑤。凌厉中原⑥,顾眄生姿⑦。

**【注释】**

①闲:同娴,熟习,驯练有素。

②丽服:指美丽的戎装。

③繁弱:良弓名。《荀子·性恶》:"繁弱、巨黍,古之良弓也。"

④接:搭上。忘归:箭名。《文选》李善注引《新序》云:"楚王载繁弱之弓,忘归之矢,以射兕于云梦。"应松《驰射赋》:"左揽繁弱,右接淇卫"。

⑤蹑景:追得上一掠即逝的影子。景,同影。追飞:能追赶飞鸟。崔豹

《古今注》：“秦始皇有名马，曰追飞、蹑景。”

⑥凌厉：飞腾、超越。中原：原野。

⑦顾眄(miǎn 免)：都是看、视的意思。顾，回视；眄，斜视。生姿：生色，生光。

**【简析】**

《嵇康集》里《赠秀才入军》共有诗十九首，第一首为五言，其余十八首皆为四言。这里面有的是写送别，有的是写别离前的兄弟友好相处。这个组诗的写作时间，可能是在魏高贵乡公正元二年(255 年)，时司马氏废掉了齐王曹芳，毌丘俭、文钦举兵讨伐司马师，这是曹魏系统与司马氏集团之间的一次大较量。在这种时候，嵇喜去参军以助司马氏，嵇康是从心里反对的，这是整个组诗的总倾向。嵇喜是个庸俗的人，所以遭到阮籍的白眼；但嵇康又是由他抚养成人的，他们兄弟之间的确又存在着一种良好的感情，所以这就决定了《赠秀才入军》思想感情的复杂性。“良马既闲”一首想像了其兄日后在军中的戎马骑射生活，表面上像是赞颂敬佩，其实是在委婉地说反话。清代陈祚明曾说：“激昂有气，然似嘲之”(《古诗选》)。秀才，汉代也叫茂才，是当时地方向中央推举人才的科目之一。这里是指嵇康的哥哥嵇喜。嵇喜，字公穆，曹魏时曾举秀才，为卫军司马。入晋后，曾为太仆、宗正、徐州刺史。

# 其二

浩浩洪流①，带我邦畿②。萋萋绿林③，奋荣扬晖④。鱼龙瀺灂⑤，山鸟群飞。驾言出游⑥，日夕忘归。思我良朋⑦，如渴如饥。愿言不获⑧，伦矣其悲⑨。

**【注释】**

①洪流：亦称洪河，即黄河。

②带：用如动词，围绕。邦畿：国都的近郊，这里是指洛阳近郊。

③萋萋：草木茂盛的样子。

④奋荣：犹言发花。荣，花。

⑤瀺灂(chán zhúo 蝉卓)：水声，这里指鱼龙在水中出没的样子。

⑥驾：驾车。言：语气词。

⑦良明：《文选》六臣注张铣曰："良明，谓秀才也"。

⑧愿言不获：犹如说愿望不能达到。言，语气词。

⑨怆(chuàng 创)：悲伤。怆矣其悲，犹如说伦然悲矣。

## 【简析】

"浩浩洪流"一首表现了对其兄的怀念和个人的孤单寂寞之情。清人刘履对于此诗曾有一段解释说："此叔夜自叙其与秀才别后之情，言见洪流尚萦带而相依，绿林且荣耀而悦人，鱼龙亦共聚而游，山鸟有群飞之乐，是以览物兴怀，思得同趣之人，相与游娱，以忘晨夕，今乃不获所愿，使我思之不已，至于伤悲也"(《选诗补注》)。可供参考。

## 其三

息徒兰圃①，秣马华山②。流磻平皋③，垂纶长川④。目送归鸿，手挥五弦⑤。俯仰自得⑥，游心太玄⑦。嘉彼钓叟⑧，得鱼忘筌⑨。郢人逝矣，谁可尽言⑩。

## 【注释】

①息徒：让跟从的人众休息。兰圃：长满香草的田野。

②秣马：喂马。华山：开满鲜花的山坡。华，古同花。

③流磻：指射箭。磻(bò)，拴在箭后长丝绳儿下面的石块，以防箭被禽兽带走。平皋：平旷的低地。

④垂纶：垂钓。纶，钓竿上系的小丝线。

⑤五弦：五弦琴。

⑥俯仰：指一举一动，随意的动作。自得：自得其乐。

⑦太玄：道家所称的大道，或叫自然。游心太玄，谓心神合于大道。

⑧嘉：称赞。

⑨得鱼忘筌：筌，捕鱼的竹笼。《庄子·外物》："筌者，所以在鱼也，得鱼

而忘筌;蹄(捕兔的绳套)者,所以在兔也,得兔而忘蹄;言者,所以在意也,得意而忘言。"意思是只要精神,只重精理,而不重形迹。

⑩《庄子·徐无鬼》有云:庄子路过惠施的墓时,对他的从者讲了一个故事。说楚国(郢)有个人,鼻子上落了一点白灰,他让一个工匠给他用斧子砍。工匠挥斧一砍,正好砍掉了白灰,而丝毫不伤鼻子,而那个被砍的人也面不改色。宋元君听到此事后,就对这个工匠说:"你也给我砍一下试试。"这个工匠说:"我的确是给别人砍过,但是那个可以让我砍的人却已经不在了。"最后庄子叹息说,"自从惠施死后,已经没有人可以和我说话了。"这两句是嵇康慨叹嵇喜走后,自己再也找不到可以谈话的人了。

### 【简析】

"息徒兰圃"一首想像了其兄在行军休息时游猎弹琴、悠游自得、神气自然的高超境界,表现了自己的寂寞怀念之情。语言自然天成,而形象极为传神。"目送归鸿,手挥五弦"是向来被人称道的妙句。

汉魏六朝诗

# 阮籍

阮籍,字嗣宗,陈留尉氏(今河南省尉氏县)人。其父阮瑀是"建安七子"之一。阮籍与嵇康、山涛等七人被称为"竹林七贤"。因为阮籍曾任步兵校尉,所以人们也称他为阮步兵。

《晋书·阮籍传》云:"籍本有济世志,属魏晋之际,天下多故,名士少有全者,籍由是不与世事,遂酣饮为常。"这种纵酒颓放,一方面是表现了对当时政治的不满,同时也是一种躲事避祸的手段。

阮籍的代表性文章有《大人先生传》、《达庄论》等,大抵都是非毁名教,推衍庄周的"齐物"、"逍遥"之旨,表现了一种消极的出世之情。阮籍的诗歌主要有《咏怀》82首,内容多是隐晦曲折地抒发了个人内心的苦闷和对当时政治的不满,同时也表现了严重的消极没落情绪。

作品有辑本《阮步兵集》,诗歌注本以黄节的《阮步兵咏怀诗注》较为详备。

## 夜中不能寐

夜中不能寐,起坐弹鸣琴。薄帷鉴明月[①],清风吹我襟。孤鸿号外野,翔鸟鸣北林[②]。徘徊将何见,忧思独伤心。

【注释】

①这句是说,明月照着薄薄的帷帐。鉴,照。

②北林:《诗经·晨风》:"郁(yù,疾飞貌)彼晨风(鸟名),郁彼北林。未见君子,忧心钦钦。"后世的文人在使用"北林"一语时,往往并带有心神忧郁的意思。

【简析】

这是阮籍《咏怀诗》的第一首,内容是总括地抒发了自己处在当时那种社会条件下的内心苦闷,是八十二首咏怀诗的总开端。阮籍的咏怀诗,前后按次序排列,本来没有标题,现在的标题是选注者所加。

## 昔闻东陵瓜

昔闻东陵瓜①,近在青门外②。连畛距阡陌③,子母相钩带④。五色耀朝日⑤,嘉宾四面会⑥。膏火自煎熬,多财为患害⑦。布衣可终身⑧,宠禄岂足赖⑨。

【注释】

①东陵瓜:汉初人邵平所种的瓜。《史记·肖相国世家》云:"邵平者,故秦东陵侯。秦破,为布衣,贫,种瓜于长安城东。瓜美,故时俗谓之东陵瓜。"

②青门:霸城门。《三辅黄图》:"长安城东出南头第一门曰霸城门,民见门色青,因曰青门。"

③畛:田间的埂界。距:至,达。阡陌:田间小路。这句是说,瓜种得很多,一块地连着一块地。

④子母:比喻小瓜大瓜。钩带:互相串连着。

⑤五色:指各种颜色的瓜。

⑥嘉宾:指买瓜吃瓜的人们。

⑦《庄子·人间世》:"山木自寇也,膏火自煎也。"意思是说,树木生得太好(成材料),就会招致工匠来砍伐;油类由于自己能燃烧,所以才招致人们来点火。同样的道理,一个人如果钱财太多,或者才德出众,也同样会招来祸害。这是消极颓废的庄子哲学的一个重要观点。

⑧布衣:指老百姓。因为古代一般平民不许穿丝绸。

⑨宠禄:指朝廷给予的恩荣与俸禄。以上二句是说,当个普通百姓是容易平安无事的,如果有了高官厚禄,那就不好办了。

【简析】

这是阮籍《咏怀诗》的第六首,作品称道了邵平于易代之后甘为布衣,以种瓜为乐的处世态度,表现了自己对当时魏晋易代之际仕途风险的忧虑,和希慕隐退、向往田园的心情。

# 湛湛长江水

湛湛长江水<sup>①</sup>,上有枫树林。皋兰被径路<sup>②</sup>,青骊逝骎骎<sup>③</sup>。远望令人悲,春气感我心<sup>④</sup>。三楚多秀士<sup>⑤</sup>,朝云进荒淫<sup>⑥</sup>。朱华振芬芳<sup>⑦</sup>,高蔡相追寻<sup>⑧</sup>。一为黄雀哀<sup>⑨</sup>,泪下谁能禁!

## 【注释】

①湛湛(zhàn 站):水清深的样子。楚辞《招魂》:"湛湛江水兮上有枫。"阮籍诗的开头二句就由此化出。

②皋兰:泽边的兰草。被径路:长满了路径。《招魂》有"皋兰被径兮斯路渐。"此用其意。

③青骊:黑马。骎骎:马疾驰的样子。《招魂》有"青骊结驷兮齐千乘"。此用其语。

④《招魂》有"目极千里兮伤春心",这二句是袭用其意。以上六句皆化用《招魂》的旧句,构成了一个动人哀愁的境界。

⑤三楚:旧称江陵为南楚,吴为东楚,彭城为西楚。这里即指楚地。多秀士:盛出文人,指宋玉等而言。

⑥宋玉《高唐赋》写了一个楚襄王做梦与巫山神女相会的故事。神女有云:"妾在巫山之阳,高丘之岨,旦为朝云,暮为行雨,朝朝暮暮,阳台之下。"以上二句是说,古代楚国倒也出过不少有才华的人,但他们专门写些朝云暮雨一类的荒淫故事进献给国王。

⑦朱华:红花。振芬芳:散播着香气。

⑧高蔡:地名,古代属蔡国,今河南上蔡县。追寻:犹言追逐。以上二句是说,在红花散播着香气的日子里,蔡灵侯追逐游乐于高蔡之野。

⑨黄雀哀:《战国策·楚策》记庄辛劝楚襄王注意后患时,曾说过一个故

事:大王没见过蜻蜓吗?它自由自在地生活着,没想到后面正有一个小孩子用长竿来粘它;黄雀也如此,自己正在树上无忧无虑,没想到下面正有公子王孙用弹弓来打它;大王您只管打猎游乐,不注意防备,秦国也正在那里准备打你呢!后世遂常以蜻蜓黄雀来比喻只顾眼前欢乐而不虑后患的人。

## 【简析】

这是阮籍《咏怀诗》的第十一首,作品表现了诗人对魏晋易代的感慨,流露了对曹氏的同情和对司马氏的不满情绪。刘履《选诗补注》有云:"正元元年(254 年),魏主(曹)芳幸平乐观,大将军司马师以其荒淫无度,亵近倡优,乃废为齐王,迁之河内。群臣送者皆流涕。嗣宗此诗其亦哀齐王之废乎?"此说可供参考。

# 昔年十四五

昔年十四五,志尚好书诗①。被褐怀珠玉②,颜闵相与期③。开轩临四野,登高望所思④。丘墓蔽山冈⑤,万代同一时⑥。千秋万岁后,荣名安所之。乃悟羡门子⑦,噭噭今自嗤⑧。

## 【注释】

①书诗:《诗经》、《尚书》,这里泛指儒家经典。

②被褐怀珠玉:指贫困而有道德才能。《老子》:"圣人被褐怀玉"。这里是借用其句。褐,粗布衣,贫者所服。珠玉,比喻道德才能。

③这句的意思是,以颜渊闵子骞做为自己的理想目标。颜渊、闵子骞都是孔子的高足,以德行高出名。期,期望,引仲为目标、目的。

④所思:指颜闵一类的人。

⑤蔽:遮掩,布满,极言其多。

⑥这句的意思是,过去无论哪一个时代的英雄圣贤,在今天看来同样都是坟墓一个。同一时,指今天看来相同。

⑦羡门子：古代传说中的神仙。

⑧嘦嘦(jiào 教)：哭号声。指为了某种事业而积极地奔走呼号。嗤：笑声。以上二句是说，现在我才悟出了羡门子所以要求仙的道理，我也才感到了那种栖栖遑遑地为某种事情奔走呼号是多么可笑。

## 【简析】

这是阮籍《咏怀诗》的第十五首，写了作者自己由少年崇重儒学，向往功业，到后来看破世事，转向隐逸求仙的过程。思想比较消极。

# 驾言发魏都

驾言发魏都①，南向望吹台②。箫管有遗音③，梁王安在哉④！战士食糟糠，贤者处蒿莱⑤。歌舞未终曲，秦兵已复来⑥。夹林非吾有⑦，朱宫生尘埃⑧。军败华阳下⑨，身竟为土灰⑩。

## 【注释】

①驾：驾车。言：语气词。魏都：战国时魏都大梁，即今河南开封市。

②吹台：战国时魏王宴乐之地，亦名范台、繁台。在今开封市东南。

③有遗音：指当时魏王宴乐听吹奏的音乐，今时尚有存者。

④梁王：魏王，因魏都大梁，故亦称魏王曰梁王。《战国策·魏策》："梁王魏婴觞诸侯于范台"。这里的梁王或即指魏婴。

⑤战士二句：张玉谷《古诗赏析》曰："战士二句，乃推原(魏国)所以致败之由。"

⑥《史记·魏世家》："景湣王元年，秦拔我二十城，以为秦东郡；二年秦拔我朝歌；三年，秦拔我汲；五年，秦拔我垣、蒲阳、衍；王假三年，秦灌大梁，虏王假，遂灭魏。"以上四句说的是古事，同时也有对魏明帝现时政治的影射，时诸葛亮屡次出师，给魏国造成了很大威胁。

⑦夹林：台观名，在吹台之南。《战国策·魏策》记范台之宴，鲁君有云：

"左白台而右闾须,南威之美也;前夹林而后兰台,强台之乐也。"

⑧朱宫:指吹台一带的宫殿。

⑨华阳:地名,在今河南新郑东。《史记·白起列传》:"昭王三十四年(前二七三),白起攻魏,拔华阳,走芒卯、而虏三晋将,斩首十三万。"这是秦灭魏过程中的重要战役之一。

⑩身竟:身死。竟,终、尽。以上四句说的是战国时期魏国的灭亡,言外也有讽讥魏明帝现时政治的意义。

## 【简析】

这是阮籍《咏怀诗》的第三十一首,是一篇借吟咏古事而慨叹时政的作品,表现了作者对曹魏政权的惋惜与忧虑之情。陈沆《诗比兴笺》有云:"此借古以喻今也,明帝末年,歌舞荒淫,而不求贤讲武,不亡于敌国,则亡于权奸,岂非百世殷鉴哉!"可以参考。

# 一日复一夕

一日复一夕,一夕复一朝。颜色改平常,精神自损消。胸中怀汤火,变化故相招①。万事无穷极,智谋苦不饶②。但恐须臾间,魂气随风飘。终身履薄冰③,谁知我心焦。

## 【注释】

①这二句的意思是说,由于胸中像是揣着开水和烈火一样难受,所以才引起了自己上述的颜色和精神的变化。

②这二句的意思是说,人间万事变化无穷,自己的智谋不多,无法应付。饶,富,多。

③履薄冰:在薄冰上行走,极言处境之危险。《诗经·小旻》:"战战兢兢,如临深渊,如履薄冰。""临深履薄"后来已成为成语。

## 【简析】

这是阮籍《咏怀诗》的第三十三首,表现了作者处于当时政治环境中的惶惶不可终日之情。由此更可以知道阮籍的"发言玄远"、"行为放达",以及饮酒求仙等,纯粹是出于不得已,是为了躲避祸难。

# 炎光延万里

炎光延万里①,洪川荡湍濑②。弯弓挂扶桑③,长剑倚天外④。泰山成砥砺,黄河为裳带⑤。视彼庄周子⑥,荣枯何足赖⑦?捐身弃中野,乌鸢作患害⑧。岂若雄杰士⑨,功名从此大⑩。

## 【注释】

①炎光:日光。

②湍濑(tuán lài 团赖):水流沙石之上叫作湍,也叫濑。这句话的实际意思即指大水在沙石的河滩上流着。

③扶桑:传说中的神树名,据说太阳每早就从这棵树上升起。说法详见《山海经》、《十洲记》。

④长剑句:宋玉《大言赋》:"长剑邪邰倪葩倚天外。"以上二句是用弓挂扶桑,剑倚天外来衬托本篇所写的"雄杰士"的形象高大。

⑤砥砺,磨刀石。二句是说,和"雄杰士"的形象比较起来,泰山小得如同一块磨刀石,黄河窄得像一条带子。《史记·高祖功臣侯者表》:"使河如带,泰山若砺,国以永宁,爰及苗裔。"这里袭用其句。

⑥庄周:战国时期的惟心主义哲学家,道家学派的代表人物之一,主张虚无随化,是没落阶级的代言人。著有《庄子》。

⑦荣枯:本意是开花和枯萎,一般引申为生死、兴衰等含义。

⑧《庄子·列御寇》云:庄子临死时,嘱咐门人们待他死后把他的尸体丢在旷野上,不必埋葬。门人说,怕让乌鸢啄食。庄子说,埋下去叫蝼蚁食,抛在上面叫乌鸢食,为什么要偏待蝼蚁呢?以上四句是说,庄子虽然达观,但

中国古典名著精华

也不能长生不死；死后抛于旷野，也不能逃避乌鸢的啄食。

⑨雄杰士：阮籍所幻想的能摆脱人世、超然于天地之外的人物。他的《大人先生传》就是描绘的这样一个形象。

⑩功名：这里指道德名声。从此大：指一直响亮地传下去。

## 【简析】

这是阮籍《咏怀诗》的第三十八首，作品表现了一种企图摆脱世俗、超脱于天地之外的出世思想。这是阮籍对当时政治不满的一种反映形式，但其思想情绪是消极的。

# 壮士何慷慨

壮士何慷慨，志欲吞八荒①。驱车远行役，受命念自忘②。良弓挟乌号③，明甲有精光④。临难不顾生，身死魂飞扬。岂为全躯士⑤，效命争战场⑥。忠为百世荣，义使令名彰⑦。垂声谢后世⑧，气节故有常⑨。

## 【注释】

①八荒：八方的荒远之地。《说苑·辨物》："八荒之内有四海，四海之内有九州，天子处中州而制八方。"八荒与四海对举，通常即指天下。

②受命：受到国家的任命。通常指武将接到统军征伐的任命。自忘：忘掉个人的一切。

③乌号：良弓名。

④明甲：明光铠，一种良甲。

⑤全躯士：苟且保全自己的人。

⑥争战场：在战场上与敌人争夺胜负。二句是说，岂肯学那苟活保命的人，自己宁愿死在与敌人争胜负的战场上去。

⑦令名：美名。

⑧垂声：留名。谢：告。

⑨这句的意思是说,崇高的气节自应万古长存。

## 【简析】

这是阮籍《咏怀诗》的第三十九首,作品歌颂了一个受命不顾私、志欲为国效力的将领,表现了一种积极奋发、勇敢豪迈的精神。作品的格调慷慨激昂,是阮籍作品中少有的。有人认为这可能是阮籍为王陵、母丘俭、诸葛诞等忠于曹氏王室,因起兵反对司马氏而被杀的将领所作,可备一说。

# 天网弥四野

天网弥四野,六翮掩不舒①。随波纷纶客②,泛泛若凫鹥③。生命无期度④,朝夕有不虞⑤。列仙停修龄⑥,养志在冲虚⑦。飘飘云日间,邈与世路殊⑧。荣名非己宝⑨,声色焉足娱⑩?采药无旋返⑪,神仙志不符⑫。逼此良可感,令我久踌躇。

## 【注释】

①六翮:指健鸟的翅膀。翮(hé),羽茎。掩:收敛。

②纷纶:犹纷纷,众多貌。

③泛泛:水鸟浮游的样子。凫(fú):野鸭。鹥(yī):鸥。楚辞《卜居》:"将泛泛若水中之凫乎?与波上下,偷以全躯乎?"以上两句是写那些无气节的官场人物们的庸俗卑鄙、随波逐流。

④无期度:犹言无期无度,即无定准。

⑤不虞:意外,指突然死亡。以上写的是一种人。

⑥停修龄:年岁停住不动,指长生不老。修,长也。

⑦养志:养心、养神。冲虚:指淡泊寡欲。以上两句是说,列仙们都追求长生不死,以淡泊寡欲静养心神。

⑧邈:远。世路:人间。以上二句是说,列仙们都幻想遨游天上,远离人间。

⑨荣名：尊荣，名声。《古诗十九首》有云："人生非金石，岂能常寿考。奄忽随物化，荣名以为宝。"这里是反用其意。

⑩声色：指音乐、舞蹈等。

⑪采药：这是指古代神仙家为希求个人长生，或为欺骗别人而从事的一种勾当。

⑫志不符：指成仙的愿望总也不能兑现。符，符合，兑现。《古诗十九首》有云："浩浩阴阳移，年命如朝露。人生忽如寄，寿无金石固。万岁更相送，圣贤莫能度。服食求神仙，多为药所误。"意思与此诗相同。以上说的又是一种人。

## 【简析】

这是阮籍《咏怀诗》的第四十一首，诗人在这里蔑视了在当时黑暗统治下那种随波逐流的庸俗无耻之辈，同时也否定了那种高蹈寻仙的自欺欺人，表现了诗人自己苦恼而无可解脱的情绪。

# 王业须良辅

王业须良辅①，建功俟英雄②。元凯康哉美③，多士颂声隆④。阴阳有舛错⑤，日月不常融⑥。天时有否泰⑦，人事多盈冲⑧。园绮遁南岳⑨，伯阳隐西戎⑩。保身念道真⑪，宠耀焉足崇？人谁不善始，尟能刬厥终⑫。休哉上世士⑬，万载垂清风⑭。

## 【注释】

①王业：圣王的事业。

②俟(sì)：等待。

③元凯：指富有才德的良臣。据《左传·文公十八年》云，高辛氏（古代的帝王）有才子八人，天下之民称之为"八元"；高阳氏有才子八人，天下之民称之为"八凯"。康哉美：指国家社会太平美好。《尚书·益稷》："元首明

哉,股肱良哉,庶事康哉!"这是皋陶赞美虞舜的政治时所作的诗。

④多士:人才众多。《诗经·文王》:"济济多士,文王以宁。"这是赞美周文王的诗,说由于他那里人才众多,所以国家康宁。以上四句赞美了虞舜和文王的圣世,指出了圣世之所以能造成,关键在于有良辅、有英雄。

⑤舛(chuān 喘)错:岔错,悖谬。阴阳舛错指风雨不时、寒暑错节等。

⑥融:光明。日月不常融指日食月蚀。

⑦否(pǐ 匹)泰:天地之间互相交通叫泰,彼此阻绝滞塞叫否。这是古代阴阳占卜家们的说法。后来人们也一般地用指社会的太平与艰难。

⑧盈:完满;冲:虚亏。人事盈冲指幸福与灾难,寿长与命短等情事。以上四句表面多是说的自然界的变化,但这种感觉是由政治上的风云变化、祸福莫测所引起并强化起来的。这也正是作者人生观变化原因的自白。

⑨园绮:指东园公与绮里季。秦末汉初人,曾与夏黄公、角(lù 路)里先生一同隐于终南山,合称"商山四皓"。是历史上有名的隐士。南岳:指终南山,以其在长安南,故云。不是指通常所谓的南岳衡山。

⑩伯阳:老子。姓李名耳,字伯阳,春秋末期人。见周政日衰,遂西出函谷关而去,不知所终。老子的名称与时代,说法不一,详见《史记·老庄申韩列传》。西戎:指周朝时居住于今陕西西部和甘肃东部一带地区的少数民族。

⑪念道真:指通习道家的精理。

⑫人谁二句:《诗经·荡》:"靡不有初,鲜克有终。"这里是化用其句。意思是说,好的开头,一般人都能有,但能够善始善终的却很少。尟(xiǎn 险),同鲜,少。剋,同克,胜,能。

⑭清风:清高的风操。

## 【简析】

这是阮籍《咏怀诗》的第四十二首,作品赞美了圣世的辅弼良臣和乱世的隐者,表现了自己对隐逸的企慕之情。由此诗可知阮籍本来并不是没有用世之志,只因世道艰难,所以才转为放达隐逸,实出不得已。

# 幽兰不可佩

幽兰不可佩①,朱草为谁荣②? 修竹隐山阴③,射干临增城④。葛藟延幽谷⑤,绵绵瓜瓞生⑥。乐极消灵神⑦,哀深伤人情。竟知忧无益⑧,岂若归太清⑨。

## 【注释】

①幽兰句:《离骚》:"户服艾以盈要(腰)兮,谓幽兰其不可佩。"意思是指国君亲近坏人,不任贤人。阮籍这里酌用其句以写现实。

②朱草:传说中的一种异草,据说圣王以德化天下,就有朱草产生。为谁荣:为谁开花。意思是说,现在不是圣世,是乱世,朱草你为什么开花呢?如同孔子哭泣一样。

③修竹:高竹,以比贤才。隐山阴:生长在阴山背后,无人得见。

④射干:传说中的一种小矮树,以比庸人佞倖。增城:层城,高大的城墙。增,同层。《荀子·劝学》:"西方有木焉,名曰射干,茎长四寸,生于高山之上,而临百仞之渊,木茎非能长也,所立者然也。"阮籍这里酌用其意。以上二句与本书后面左思《咏史》的"郁郁涧底松,离离山上苗,以彼径寸茎,荫此百尺条"同意。

⑤葛藟:相似的两种蔓草名。

⑥绵绵:一个接一个的样子。瓞(dié 蝶),小瓜。葛藟延谷、瓜瓞绵绵比喻庸才小人的布满朝廷。

⑦灵神:精神。"乐极消灵神"是虚衬,下句"哀深伤人情"才是正句。

⑧竟:既然。

⑨归太清:指学神仙。道家把上天神仙的境界分为玉清、上清、太清三层,合称为三清。

## 【简析】

这是阮籍《咏怀诗》的第四十五首,抒发了作者对当时英俊贤才不被任用,奸佞庸才占据高位的哀伤愤慨。最后二句道出了自己所以要隐逸求仙的原因。

## 洪生资制度

洪生资制度①,被服正有常②。尊卑设次序,事物齐纪纲③。容饰整颜色④,磬折执圭璋⑤。堂上置玄酒⑥,室中盛稻粱⑦。外厉贞素谈⑧,户内灭芬芳②。放口从衷出⑩,复说道义方⑪。委曲周旋仪⑫,姿态愁我肠。

【注释】

①洪生:如同说"鸿儒",有"学问"的大儒生。资:凭借。制度:指古代的各种礼法章程。

②被服:同"披服",穿戴。

③齐:一律。这里指一律遵照。纪纲:指封建社会所规定的那些礼法纲常。

④容饰:仪容服饰。整:端庄、严肃。

⑤碧折:形容鞠躬弯腰的样子。磬,古代的打击乐器,形曲折。圭璋:两种玉制礼器名。《礼记·礼器》孔疏云:"诸侯朝王以圭,朝后执璋。"

⑥玄酒:古代祭祀用的水。

⑦稻粱:意同膏粱,泛指丰美食品。以上二句是形容这个儒生在厅堂上用白水待客以示俭,内室盛排鱼肉稻粱,以穷奢极欲。

⑧外厉:外表上讲究。厉,修炼。贞素谈:冠冕堂皇的谈吐。贞,同正。素,纯。

⑨芬芳:指德行高尚。

⑩放口:随口乱说。衷:内心。

⑪复说:改口又说。以上两句的意思是:有时随口乱说,倒是说出了几句发自内心的话;但过后觉得走嘴了,于是就又立刻改口发起仁义道德的高论来。

⑫委曲周旋:矫揉造作,装模作样的样子。仪:情态,仪容。

【简析】

这是阮籍《咏怀诗》的第六十七首。作品描绘了一个道貌岸然，口谈仁义而内心极端龌龊的可鄙形象，表现了作者对那种口头宣扬礼教而实际猪狗不如的儒生，以及对那些虚伪礼教的鼓吹者们的极端厌恶与愤慨。鲁迅先生曾说："魏晋时所谓崇奉礼教是用以自利……于是老实人以为如此利用，(是)亵渎了礼教，不平之极，无计可施，激而变成不谈礼教，甚至反对礼教"（《魏晋风度及文章与药及酒之关系》）。这段话有助于我们理解这首诗。

# 陆　机

陆机，字士衡，吴郡吴(今江苏省苏州)人。西晋文学家。曾任平原内史，世称"陆平原"。与其弟陆云合称"二陆"。祖陆逊是东吴丞相，父陆抗是东吴大司马。陆抗去世时，陆机十四岁，即与其弟兄分领父兵，为牙门将。二十岁时，吴灭，与其弟陆云退居旧里，闭门勤读。太康十年(289年)，陆机与陆云来到洛阳，拜访太常张华。张华大为爱重，说："伐吴之役，利获二俊。"广为称扬，使陆氏兄弟享誉京师，有"二陆入洛，三张减价"之说。当时贾谧当权，开阁延宾，一时文士辐凑其门，其中著名的有二十四人，号"二十四友"，陆氏兄弟亦入其列。历任国子祭酒、太子洗马、著作郎等职。永康元年(300年)，赵王伦专擅朝政，以陆机为相国参军。次年，赵王伦阴谋篡位，以陆机为中书郎。伦败，陆机涉嫌，收付廷尉，赖成都王颖、吴王晏等救理，得减死，徙边，遇赦而止。后入成都王幕，参大将军军事，又表为平原内史。太安二年(303年)，成都王举兵伐长沙王，以陆机为前将军前锋都督。兵败，为怨家所谮，被杀，夷三族。陆机是西晋太康、元康间最著声誉的文学家，被后人誉为"太康之英"。就其创作实践而言，他的诗歌"才高词赡，举体华美"(钟嵘《诗品》)，注重艺术形式技巧，代表了太康文学的主要倾向；就其文学理论而言，他的《文赋》是中国文学理论发展史上第一篇系统的创作论，对后世的文学创作和理论发展，产生了重要影响。陆机的才能是多方面的。文学创作而外，他在史学、艺术方面也多所建树。在史学上，曾著《晋纪》四卷、

《吴书》(未完成)、《洛阳记》一卷等,多已佚。他还是著名的书法家,所写的章草《平复帖》流传至今,是书法中的珍品。另外,据唐代张彦远《历代名画记》,陆机还著有画论。据《晋书·陆机传》载,陆机所作诗、赋、文章,共三百多篇,今存诗一百零七首,文一百二十七篇(包括残篇)。原集久佚。南宋徐民瞻得遗文十卷,与陆云集合刻为《晋二俊文集》,明代陆元大据以翻刻,即今通行之《陆士衡集》。明代人张溥所辑《汉魏六朝百三家集》有《陆平原集》。

# 拟明月何皎皎

安寝北堂上①,明月入我牖②。照之有余晖,揽之不盈手③。凉风绕曲房④,寒蝉鸣高柳。踟蹰感节物,我行永已久⑤。游宦会无成⑥,离思难常守⑦。

## 【注释】

①寝:卧。北堂:向北的正室。

②牖:窗。

③照之:指月光照到窗户。揽:采。盈:满。这两句是说月亮照到窗户之中光晖有余,用手揽之则不盈把。以喻丈夫空有其名而不得见。

④凉风:指北风。《尔雅》:"北风谓之凉风。"曲房:有曲廊的屋子。指思妇所居。凉风、寒蝉:写秋天的季候。

⑤踟蹰:踟躇,徘徊的样子。我行:应是离开我而行。这两句是说由于季节的变化,而引起自己满心踟躇地怀念久行不归的丈夫。

⑥游宦:远游仕宦。会:当。无成:不能成名。这句是说丈夫远游仕宦不会成功。

⑦离思:离别的愁思。这句是说自己怀此离别之思难以长守。

## 【简析】

陆机《拟古》十二首,都是模拟《古诗十九首》而作。这是其中的第六首,拟《古诗十九首》的最末一首"明月何皎皎"。其内容是写一个女子看见月光而思念丈夫,因季节的变化而感到独抱离别之恨,痛苦无穷。

# 潘岳

潘岳,字安仁。祖籍荥阳中牟(今属河南)。西晋文学家。但有人认为,从他父亲一辈起,他家实际居住在巩县。潘岳的祖父名瑾,曾为安平太守。他的父亲名芘,曾为琅邪内史。他的从父潘勖在汉献帝时为右丞,《册魏公九锡文》即出自其手笔。潘岳从小受到很好的文学熏陶,"总角辩惠,词藻清艳",被乡里称为"奇童"(《文选·籍田赋》李善注引),长大以后更是高步一时。司马炎建晋后,潘岳被司空荀召授司空掾。后因作《籍田赋》,招致忌恨,滞官不迁达十年之久。咸宁四年(278 年),贾充召潘岳为太尉掾。后出为河阳县令,四年后迁怀县令。后调补尚书度支郎,迁廷尉评,不久被免职。永熙元年(290 年),杨骏辅政,召潘岳为太傅府主簿。杨骏被诛后,他被免职,不久又选为长安令。元康六年(296 年)前后,回到洛阳。历任著作郎、给事黄门侍郎等职。在这一时间,他经常参与依附贾谧的文人集团"二十四友"之游,是其中的首要人物。永康元年,赵王伦擅政,中书令孙秀诬潘岳、石崇、欧阳建等阴谋奉淮南王允、齐王乱,被杀,夷三族。《隋书·经籍志》录有《晋黄门郎潘岳集》10 卷,已佚。明人张溥辑有《潘黄门集》,收入《汉魏六朝百三家集》中。

# 悼亡诗

荏苒冬春谢,寒暑忽流易①。之子归穷泉,重壤永幽隔②。私怀谁克从③?淹留亦何益④。僶俛恭朝命,回心反初役⑤。望庐思其人⑥,入室想所历⑦。帏屏无髣髴⑧,翰墨有余迹⑨。流芳未及歇⑩,遗挂犹在壁⑪。怅恍如或存⑫,回惶忡惊惕⑬。如彼翰林鸟,双栖一朝只;如彼游川鱼,比目中路析⑭。春风缘隙来,晨霤承檐滴⑮。寝息何时忘⑯,沉忧日盈积⑰。庶几有时衰,庄缶犹可击⑱。

汉魏六朝诗

## 【注释】

①荏苒(rěn rǎn 忍染)：逐渐。谢：去。流易，消逝、变换。冬春寒暑节序变易，说明时间已过去一年。古代礼制，妻子死了，丈夫服丧一年。这首诗应作于其妻死后一周年。

②之子：那个人，指妻子。穷泉：深泉，指地下。重壤：层层土壤。永：长。幽隔：被幽冥之道阻隔。这两句是说妻子死了，埋在地下，永久和生人隔绝了。

③私怀：私心，指悼念亡妻的心情。克：能。从：随。谁克从：克从谁，能跟谁说？

④淹留：久留，指滞留在家不赴任。亦何益：又有什么好处。

⑤黾俛(mǐn miǎn 闽免)：勉力。朝命：朝廷的命令。回心：转念。初役：原任官职。这两句是说勉力恭从朝廷的命令，扭转心意返回原来任所。

⑥庐：房屋。其人：那个人，指亡妻。

⑦室：里屋。历：经过。所历：指亡妻过去的生活。

⑧帏屏：帐帏和屏风。髣髴：相似的形影。无髣髴：帏屏之间连亡妻的仿佛形影也见不到。

⑨翰墨：笔墨。这句是说只有生前的墨迹尚存。

⑩这句是说衣服上至今还散发着余香。

⑪这句是说生平玩用之物还挂在壁上。

⑫怅恍：恍惚。如或存：好像还活着。

⑬回惶：惶恐。忡(chōng 充)：忧。惕：惧。这一句五个字，表现他怀念亡妻的四种情绪。

⑭翰林：鸟栖之林，与下句"游川"相对。比目：鱼名，成双即行，单只不行。析，一本作拆，分开。这四句是说妻子死后自己的处境就像双栖鸟成了单只，比目鱼被分离开一样。

⑮缘：循。隙：隙字，门窗的缝。霤(liù 溜)：屋上流下来的水。承檐滴：顺着屋檐流。这两句是说春风循着门缝吹来，屋檐上的水早晨就开始往下滴沥。

⑯寝息：睡觉休息。这句是说睡眠也不能忘怀。

⑰盈积：众多的样子。这句是说忧伤越积越多。

⑱庶几：但愿。表示希望。衰：减。庄：指庄周。缶：瓦盆，古时一种打击乐器。《庄子·至乐》："庄子妻死，惠子吊之，庄子则方箕踞鼓盆而歌。"认为死亡是自然变化，何必悲伤！这两句是说但愿自己的哀伤有所减退，能像庄周那样达观才好。

## 【简析】

　　《悼亡诗》共三首，内容都是伤悼亡妻的。这是原诗的第一首，写妻子死后葬毕，自己将要赴任时的哀伤心情。人已经死了，但遗物还在，触目惊心，引起自己沉痛的哀思，情感真切动人。后人写"悼亡"诗，都受他的影响。

# 左思

在形式主义诗风盛行的太康时期,能继承和发扬"建安风骨"的传统,写出了有充实内容的作品的作家,是杰出的诗人左思。思字太冲,齐国临淄(今山东临淄附近)人。大约生于魏废帝时代,卒于西晋末年。左思出身寒微,晋武帝时,妹棻以才名被选入宫,全家迁居京师。思官秘书郎,以《三都赋》显名当时。惠帝时,预贾谧二十四友之列,并曾为贾谧讲《汉书》。永康元年,谧被诛,乃退居宜春里。后齐王裔命为记室,辞不就。太安中,张方纵暴京师,遂全家去冀州,数岁而死。左思现存诗十四首。《文心雕龙》说他"尽锐于《三都》,拔萃于《咏史》"。《咏史》八首是他的代表作。这些诗并非一时写的,它反映了诗人由积极而消极的过程。

从东汉班固以来的《咏史》诗大抵是"隐括本传,不加藻饰",一诗咏一事,在史事的客观复述中略见作者的意旨。左思的咏史"或先述己意,而以史事证之。或先述史事,而以己意断之。或止述己意,而史事暗合。或止述史事,而己意默寓"(张玉谷《古诗赏析》),又往往错综史实,连类引喻,名为咏史,实是咏时。

这是对咏史诗的创造性的发展,对后代产生了良好的影响。

左思志高才雄,胸怀旷迈,富有反抗精神,所以他的咏史诗笔力矫健,情调高亢,气势充沛,具有积极浪漫主义的特色。《诗品》称之为"左思风力",这显然是"建安风骨"的继承与发扬。《诗品》又说他"文典以怨",很清楚也是指咏史诗而言。这些诗里多引史事,所以"典";他用史事发泄对现实的不满,所以"怨"。从他的诗里还可以看到建安以来文学技巧的发展。诗中使用对偶,也用词藻,但由于剪裁得当,严格地为表现内容服务,使得风力内充,一点没有冗沓平弱的毛病。他的诗不只丰富了五言诗的风格,艺术表现也更为圆熟了。

此外,他的《娇女诗》以现实主义的描写手法,使用俚语,生动地描绘了两个小女孩的天真情态,后来陶渊明的《责子》诗,杜甫《北征》中的片断,李商隐的《骄儿诗》都显然受了它的影响。他的《三都赋》虽是精心覃思之作,并曾名动一时,但基本上是走汉代大赋的老路,只是更求实一些,文学价值不大。

# 咏史

## 其一

弱冠弄柔翰①,卓荦观群书②。著论准《过秦》,作赋拟《子虚》③。边城苦鸣镝④,羽檄飞京都⑤。虽非甲胄士⑥,畴昔览穰苴⑦。长啸激清风,志若无东吴⑧。铅刀贵一割⑨,梦想骋良图⑩;左眄澄江湘,右盼定羌胡⑪。功成不受爵,长揖归田庐⑫。

【注释】

①弱冠:古代的男子二十岁行冠礼,表示成人,但体犹未壮,所以叫"弱冠"。柔翰:毛笔。这句是说二十岁就擅长写文章。

②荦:同跞。卓跞:才能卓越。这句是说博览群书,才能卓异。

③过秦:《过秦论》,汉贾谊所作。子虚:《子虚赋》,汉司马相如所作。准、拟:以为法则。这两句是说写论文以《过秦论》为准则,作赋以《子虚赋》为典范。

④鸣镝(dí敌):响箭,本是匈奴所制造,古时发射它作为战斗的信号。这句是说边疆苦于敌人的侵犯。

⑤檄(xì系):檄文,用来征召的文书,写在一尺二寸长的木简上,上插羽毛,以示紧急,所以叫"羽檄"。这句是说告急的文书驰传到京师。

⑥胄:头盔。甲胄士:战士。这句是说自己虽不是战士。

⑦畴昔:往时。穰苴(ráng jū):春秋时齐国人,善治军。齐景公因为他抵抗燕、晋有功,尊为大司马,所以叫"司马穰苴",曾著《兵法》若干卷。这句

是说从前也读过司马穰苴兵法。

⑧这两句是说放声长啸,其声激扬着清风,心中没有把东吴放在眼里。

⑨铅刀一割:用汉班超上疏中的成语。李善注引《东观汉记》:"班超上疏曰:臣乘圣汉威神,冀傚铅刀一割之用。"铅质的刀迟钝,一割之后再难使用。用来比喻自己才能低劣。这句是说自己的才能虽然如铅刀那样迟钝,但仍有一割之用。

⑩骋:施。良图:好的计划。这句是说还希望施展一下自己的抱负。

⑪眄(miǎn):看。澄:清。江湘:长江。江湘,是东吴所在,地处东南,所以说"左眄"。羌胡:少数民族的羌族,在甘肃、青海一带,地在西北,所以说"右盼"。

⑫爵:禄位。田庐:家园。这两句是说要学习鲁仲连那样,为平原君却秦兵,功成身退。

## 【简析】

左思《咏史》共八首,它不像一般咏史诗之专咏古人、古事,而是借咏古人、古事以抒写自己的怀抱,犹如阮籍的《咏怀》、陶渊明的《饮酒》,是抒情、述志之作。这一首从"左眄澄江湘"看,应是晋武帝咸宁六年(280 年)平吴以前所作。它是《咏史》的总序。一方面叙述自己文学才能的卓异,一方面抒写自己深通兵略,有志于保卫边疆,为国立功,功成身退,不受赏赐。

## 其二

郁郁涧底松①,离离山上苗②,以彼径寸茎③,荫此百尺条④。世胄蹑高位⑤,英俊沉下僚⑥。地势使之然,由来非一朝⑦。金张藉旧业,七叶珥汉貂⑧。冯公岂不伟,白首不见招⑨。

## 【注释】

①郁郁:严密浓绿的样子。涧,两山之间。涧底松:比喻才高位卑的寒士。

②离离:下垂的样子。苗:初生的草木。山上苗,山上小树。

③彼:指山上苗。径:直径。径寸:直径一寸。径寸茎:一寸粗的茎。

④荫:遮蔽。此:指涧底松。条:树枝,这里指树木。

⑤胄:长子。世胄:世家子弟。蹑:履、登。

⑥下僚:下级官员,即属员。沉下僚:沉没于下级的官职。

⑦这两句是说这种情况恰如涧底松和山上苗一样,是地势造成的,其所从来久矣。

⑧金:指汉金日,他家自汉武帝到汉平帝,七代为内侍。(见《汉书·金日传》)张:指汉张汤,他家自汉宣帝以后,有十余人为侍中、中常侍。《汉书·张汤传赞》云:"功臣之世,唯有金氏、张氏亲近贵宠,比于外戚。"七叶:七代。珥(ěr耳),插。珥汉貂:汉代侍中、中常侍的帽子上,皆插貂尾。这两句是说金张两家的子弟凭借祖先的世业,七代做汉朝的贵官。

⑨冯公:指汉冯唐,他曾指责汉文帝不会用人,年老了还做中郎署长的小官。伟:奇。招:招见。不见招:不被进用。这两句是说冯唐难道不奇伟,年老了还不被重用。以上四句引证史实说明"世胄蹑高位,英俊沉下僚"的情况,是由来已久。

## 【简析】

这首诗反映了曹丕颁行九品中正制之后,所形成的"上品无寒门,下品无世族"的不平等现象,揭露了这种为巩固士族门阀利益的制度的阶级本质,抒发了自己的愤慨和不平。

## 其三

吾希段干木①,偃息藩魏君②。吾慕鲁仲连③,谈笑却秦军④。当世贵不羁,遭难能解纷⑤。功成耻受赏,高节卓不群⑥。临组不肯緤⑦,对珪宁肯分⑧?连玺耀前庭,比之犹浮云⑨。

## 【注释】

①希:向慕。段干木:战国魏人,隐居穷巷,不愿做官,是当时的贤者,魏文侯对他很恭敬。

②偃息:退隐而高卧。藩魏君:保卫魏国国君。据《吕氏春秋·期贤》篇记载,秦国兴兵要攻打魏国,司马唐谏秦国君说:段干木是位贤人,魏国以礼待他,天下没有不知道的,不可以加兵。秦国君以为然,终于不敢攻打。

③慕:仰慕。鲁仲连:战国齐人,好奇伟俶傥之策,而不肯做官(见《史记·鲁仲连列传》)。

④却秦军:退秦军,据《史记·鲁仲连列传》记载,秦使白起围赵,赵国正计划尊秦为帝,以求罢兵。当时鲁仲连正在赵国,说服了赵人,放弃了这个计划。秦军知道后,退兵五十里。鲁仲连退秦军是用舌辩,所以说"谈笑"。

⑤不羁:不受笼络。贵不羁:以不被笼络为高贵。遭难:遇到患难。解纷:解除纷扰。据《史记·鲁仲连列传》记载,鲁仲连却秦军之后,平原君要给他高封厚赏,他再三辞让说:"所贵于天下之士者,为人排患释难解纷乱而无取也。即有取者,是商贾之事也,而连不忍为也。"这两句是说世上所贵者是那些能为人排难解纷的不羁之士。

⑥卓:高的样子。高节:高尚的节操。《史记·鲁仲连列传》说他"好持高节"。

⑦组:丝织的绶带。古代做官的人用来系印玺以结在腰间。蝶(xiè卸),系。不肯蝶:不肯结挂印玺。

⑧珪:瑞玉板,上圆下方。古代诸侯,不同的爵位,分颁不同的珪。分:指分别颁发。宁肯分:指不接受官爵。

⑨连玺:成串的印。耀前庭:光照前庭。比之浮云:把高官厚禄看作像浮云一样轻。

## 【简析】

这首诗是歌颂段干木和鲁仲连那种有功于国,而不受爵禄的高尚节操。作者一则把这两个历史人物作为自己行为的准则,用以批判那些尸位素餐、一心希望高官厚禄的官僚们。歌颂古人,目的在于讽今。

### 其四

济济京城内,赫赫王侯居①。冠盖荫四术②,朱轮竟长街③。朝集金张馆,暮宿许史庐④。南邻击钟磬,北里吹笙竽⑤。寂寂扬子宅⑥,门无卿相舆⑦。寥寥空宇中,所讲在玄虚⑧。言论准宣尼,辞赋拟相如⑨,悠悠百世后,英名擅八区⑩。

## 【注释】

①济济:美盛的样子。京城:指长安。赫赫,显盛的样子。这两句是说长安城内王侯的住宅很多,而且富丽堂皇。

②冠盖:冠冕和车盖,指贵人的穿戴和车乘。术:道路。荫四术:遮蔽了要道。这句是说冠盖如云。

③朱轮:用朱色涂的车轮。汉代列侯和二千石以上的官得乘朱轮。竟:终。衢:四通的道路。这句是说朱轮来往不绝。

④金张:指金日和张安世,都是汉宣帝时的大官僚。见前第二首注。许史:指许广汉和史高,都是汉宣帝时的外戚。宣帝许皇后父许广汉被封为平恩侯,广汉的两个弟弟也被封侯。宣帝祖母史良娣的侄史高等三人都被封侯。(见《汉书·外戚列传》)这两句是说豪贵之家,日夕相聚,奔走应酬。

⑤南邻、北里:都指金张许史之家。击钟磬、吹笙竽:描写他们朝欢暮乐。

⑥寂寂:无人声。扬子:指扬雄。扬雄宅在成都少城西南角,一名草玄堂。

⑦舆:车。无卿相舆:不与卿相来往。

⑧寥寥:幽深,寂静。空宇中:空廓的屋子里。玄虚:玄远虚无之理。指扬雄著《太玄经》。这两句是说扬雄深居简出,作《太玄经》十卷,讲论虚无玄妙的道理。

⑨宣尼:指孔子,汉平帝时追谥孔子为"褒城宣尼公"。相如:指汉司马相如。准、拟:以为法则、标准。这两句是说扬雄仿《论语》著《法言》十三卷,拟司马相如《子虚》、《上林》而作赋。

⑩悠悠:长久。擅:专、据有。八区:八方之域。这两句是说扬雄的英名百代之后流传天下。

**【简析】**

这首诗是赞扬扬雄穷困著书的生活,而以王侯贵族的荒淫奢侈生活作对比。一半写王侯贵族享尽当世的荣华富贵,死后与草木同腐;一半写扬雄受尽人生的艰苦困难,死后却流芳百世。作者以扬雄自比,也以扬雄自慰。

# 其五

皓天舒白日①,灵景耀神州②。列宅紫宫里,飞宇若云浮③。峨峨高门内④,蔼蔼皆王侯⑤。自非攀龙客⑥,何为欻来游⑦?被褐出阊阖⑧,高步追许由⑨。振衣千仞冈,濯足万里流⑩。

**【注释】**

①皓:明。舒:行。

②灵景:日光。神州:赤县神州的简称,指中国。

③紫宫:原是星垣名,即紫微宫,这里借喻皇都。飞宇:房屋的飞檐。这两句是说京城里王侯的第宅飞檐如浮云。

④峨峨:高峻的样子。

⑤蔼蔼:盛多的样子。

⑥攀龙客:追随王侯以求仕进的人。这句是说自己并非攀龙附凤之人。

⑦何为:为什么。欻:忽。这句是说为什么忽然到这里来了呢?

⑧被褐:穿着布衣。阊阖:宫门。

⑨高步:犹高蹈,指隐居。许由:传说尧时隐士。尧要把天下让给他,他不肯接受,便逃到箕山之下,隐居躬耕。

⑩仞:度名,七尺为一仞。濯足:洗脚,指去世俗之污垢。这两句是说在高山上抖衣,在长河里洗脚。

**【简析】**

这首诗是抒发自己和那些攀龙附凤者不同的出尘高蹈的思想。其中关于京都官室的壮丽、侯门的豪华的描写,都是用来反衬自己胸襟的高洁。

# 刘琨

　　刘琨,字越石,中山魏昌(今河北省无极县东北)人。他出身于大官僚家庭,少年时即以雄豪著名,好老庄之学。晋怀帝永嘉元年他出任并州刺史,愍帝建兴二年拜大将军,建兴三年又官至司空。曾多次和刘聪、石勒作战,失败后投奔幽州刺史段匹,谋划讨伐石勒共扶晋室,不料竟被段匹弹所杀,年四十八。他是一个贵族阶级的爱国者,他的理想是匡扶晋室。在外族入侵的情况下,辗转于北方抗敌。但由于他"素豪奢,嗜声色",并且"善于怀抚,而短于控御。"(《晋书·刘琨传》)所以在功业上没有什么建树。现在仅存的三首诗:《扶风歌》、《答卢谌》、《重赠卢谌》都是在北方抗敌时写的。笔调清拔,风格悲壮,在晋诗中独具特色。

## 重赠卢谌

　　握中有悬璧,本自荆山璆①。惟彼太公望,昔在渭滨叟②。邓生何感激,千里来相求③。白登幸曲逆④,鸿门赖留侯⑤。重耳任五贤⑥,小白相射钩⑦。苟能隆二伯,安问党与雠⑧?中夜抚枕叹,想与数子游⑨。吾衰久矣夫,何其不梦周⑩?谁云圣达节,知命故不忧⑪?宣尼悲获麟,西狩泣孔丘⑫。功业未及建,夕阳忽西流⑬。时哉不我与,去乎若云浮⑭。朱实陨劲风,繁英落素秋⑮。狭路倾华盖,骇驷摧双辀⑯。何意百炼钢,化为绕指柔⑰!

### 【注释】

　　①握:《晋书·刘琨传》解作幄。悬璧:用悬黎制作的璧。悬黎,或作悬藜,也作县藜,一种美玉。荆山:在今湖北省南漳县西。楚国卞和曾在这里得到璞玉,被称为"和氏璧"。璧:美玉。这两句是说手中的悬璧是采自荆山的美玉制成的。用来比喻卢谌才质之美。

②惟：思。太公望：姜尚，因封于吕，也称吕尚。他年老隐于渭水之滨，周文王出猎遇见他，谈得很投契，大悦曰："吾太公望子久矣"，因号"太公望"（见《史记·齐太公世家》）。在：《晋书·刘琨传》作"是"。这两句是说想那太公吕望从前是渭水边上一个老翁。

③邓生：东汉邓禹。感激：感动奋发。千里相求：指邓禹自南阳到邺城投奔汉光武帝刘秀。据李善注引《东观汉记》说，邓禹，字仲华，南阳人。他曾从南阳出发北渡黄河，追到邺城，投奔刘秀。这两句是说邓禹何其奋发感激，不辞千里投奔汉光武刘秀。借喻卢谌前时来投奔自己。

④白登：山名，在山西大同市东。曲逆：指汉陈平，他曾被封曲逆侯。汉高祖刘邦曾被匈奴围困在白登山上，用陈平奇计，侥幸得以解围脱险（见《史记·陈丞相世家》）。所以说"幸曲逆"。

⑤鸿门：地名，在今陕西临潼县东。留侯：指汉张良，张良被封留侯。项羽在鸿门宴请刘邦，范增使项庄舞剑，图谋乘机杀刘邦，幸赖张良的计策，刘邦得以脱险（见《史记·项羽本纪》）。所以说"赖留侯"。

⑥重耳：春秋时晋文公名，晋献公之子。晋献公嬖骊姬，杀太子申生，重耳逃奔到狄，又周游数国，后来在秦穆公的帮助下，得以回晋，立为晋侯。他任用五个贤臣：狐偃、赵衰、颠颉、魏武子、司空季子，使自己成就霸业。

⑦小白：春秋时齐桓公名。射钩：指射钩者管仲。管仲初事齐公子纠，公子纠和小白争夺君位，管仲用箭射中小白的衣带钩，后来小白即君位，不记前仇，任管仲为相。相射钩：以射钩者为相。

⑧隆：兴盛。二伯：指重耳和小白两个霸主。党：指五贤，是重耳的旧属。雠：指管仲，是小白的仇人。这两句是说如果能够帮助二人成就霸业，何必管他是同党和仇敌呢？

⑨中夜：半夜。数子：指太公望以下至管仲诸人。这两句是说半夜抚枕长叹，想与太公望等人交游。借喻自己希望和卢谌合作，共同谋划复兴晋室。

⑩这两句是用《论语》中典故。《论语·述而》："甚矣吾衰也，久矣，吾不复梦见周公。"孔子壮年常梦见周公，欲行周公之道，现在已好久不再梦见周公，可知是衰老甚矣。这里是自喻年老力衰，不能建立功业。

⑪圣达节：用《左传》成公十五年中的成语。节：分。达节：犹知分。知命：用《周易·系辞传上》的成语："乐天知命，故不忧。"这两句是说谁说孔子识分知命，没有忧愁呢？

⑫宣尼：孔子。汉平帝追謚孔子为褒成宣尼公。获麟：获得麒麟。狩：冬猎。西狩：在鲁国西面狩猎。涕孔丘：指孔子悲泣。《公羊传》记载，鲁哀公十四年在鲁国西面狩猎，获得麒麟，孔子听到这件事便"反袂拭面，涕泣沾袍"，悲伤麒麟出现的不是时候，并且感叹说："吾道穷矣！"这两句是说孔子听到获麟而悲，得知西狩而泣，是具体写孔子的忧愁，借以抒发对自己遭遇的感慨。

⑬夕阳西流：比喻自己年岁已老。

⑭与：待。若云浮：形容时光流逝之快。这两句是说时光不等待我，像飞云一样流逝过去了。

⑮朱实：红色的果实。陨：落。英：花。素秋：古代阴阳家以白色配秋天，故称素秋。这两句是说朱实繁花为素秋的劲风所摧落。比喻自己年老，功业未成的处境。

⑯华盖：华美的车盖。驷：一车四马。辀（zhōu 周）：车辕。这两句是说在狭路上惊动了马，翻了车子，把车辕摧折。比喻人生的艰难险阻。

⑰这两句是说没有想到经过千锤百炼的钢，如今却变成能绕在手指上那样柔软。比喻自己经历破败之后，从坚强变成柔弱。

## 【简析】

卢湛（chén），字子谅，范阳人。他是刘琨的僚属，曾做刘琨的主簿，转从事中郎，和刘琨常有诗歌赠答。题曰"重赠"，说明在此之前已有诗赠卢。诗的内容是抒发自己扶助晋室的怀抱和功业未成的感慨，同时也暗寓激励卢谌能追步先贤，匡扶国难的意思。

# 郭璞

郭璞,字景纯,河东闻喜(今山西闻喜县)人。他好经术,博学有高才,通古文奇字,长于阴阳历算卜筮之术。西晋流亡,他随晋室南渡,是南渡之际的重要作家。他的著作很多,曾注释过《尔雅》、《方言》、《穆天子传》、《山海经》等书,辞赋是东晋之冠,诗留传下来二十二首。《游仙诗》十四首是他的代表作。这种《游仙诗》并非写想像中的神仙境界,而近似阮籍的《咏怀》。《诗品》所谓"乃是坎咏怀,非列仙之趣也"。他的《游仙诗》文采华茂,善于抒情,比当时"平淡寡味"的玄言诗在艺术上要高得多。有《郭弘农集》二卷。

## 游仙诗

京华游侠窟①,山林隐遁栖②。朱门何足荣③?未若托蓬莱④。临源挹清波,陵冈掇丹荑⑤。灵溪可潜盘,安事登云梯⑥。漆园有傲吏⑦,莱氏有逸妻⑧。进则保龙见,退为触蕃羝⑨。高蹈风尘外,长揖谢夷齐⑩。

## 【注释】

①京华:京师。游侠窟:游侠活动的处所。这句是说京城是游侠出没的地方。

②遁:退。隐遁:指隐居的人。栖:在山林居住。这句是说山林是隐者居住的处所。

③朱门:豪贵之家。何足荣:有什么值得荣耀的?

④未若:不如。蓬莱:海中仙山。托蓬莱:托身仙山,指归隐。

⑤源:水之源。挹:斟。冈:山。掇:拾。丹:指丹芝,又叫赤芝。荑:凡草之初生通名荑。丹荑:初生的赤芝。据《本草》,芝是灵草,吃了可以长寿。这两句是说渴了到水源掬饮清波,饿了登山采食灵芝。

⑥灵溪：水名。李善注引庚仲雍《荆州记》："大城西九里有灵溪水。"潜盘：隐居盘桓。登云梯：指登仙。仙人升天因云而上，所以叫云梯。这两句是说灵溪完全可以隐居，何必升天求仙呢？作者本来是借游仙来抒发隐逸的怀抱，所以这里说潜隐也就是游仙。

⑦漆园吏：指庄周。《史记·老庄申韩列传》："庄子尝为漆园吏，楚威王闻庄周贤，使使厚币迎之，许以为相。周笑谓楚使者曰：子亟去，无污我。"即所谓"傲吏"。

⑧莱氏：指老莱子。《列女传》记载，老莱子逃世，耕于蒙山之阳。楚王坐着车至老莱之门，请他出来做官，他许诺。"妻曰：今先生食人酒肉，受人官禄，为人所制也。能免于患乎？妄不能为人所制。投其畚而去。老莱乃随而隐。"即所谓"逸妻"。逸：节行高超。

⑨进：指仕进。保：保持。龙见：《周易》："初九，潜龙勿用。"又《史记·老庄申韩列传》："老子犹龙"。这句兼用二者的意思，只有潜龙才能表现出龙的品德。退：指避世。藩：篱笆。羝：壮羊。触藩羝：《周易》："上六，抵羊触藩。"这两句是说只有安心作潜龙的人，在行动上才能保持作"见龙"的自由，否则只知仕进，结果必然像"羝羊触藩"那样，碰得头破血流。细审诗意，"进退"二字，应当上下互倒，因为作者原意是主张归隐而厌恶仕进。

⑩高蹈：远行。风尘：人间、尘世。谢：辞。夷齐：伯夷、叔齐。商朝孤竹君之子，曾互相推让王位，逃到西伯昌（周文王）那里，当武王伐纣时，又义不食周粟，逃到首阳山，采薇而食，结果饿死在山上。这两句是说辞别伯夷、叔齐而去，完全超乎尘世之外。意思是自己的隐逸更高于伯夷、叔齐。

## 【简析】

《游仙诗》共十四首，这里选一首。这一首名义是游仙，实际是咏隐逸，是用避世高蹈来否定仕宦求荣。在咏叹之中流露出愤世嫉俗之情。

# 陶渊明

陶渊明,字元亮,别号五柳先生,晚年更名潜,卒后亲友私谥靖节。东晋浔阳柴桑人(今九江市)人。

陶渊明出身于破落仕宦家庭。曾祖父陶侃,是东晋开国元勋,军功显著,官至大司马,都督八州军事,荆、江二州刺史、封长沙郡公。祖父陶茂、父亲陶逸都作过太守。

年幼时,家庭衰微,八岁丧父,十二岁母病逝,与母妹三人度日。孤儿寡母,多在外祖父孟嘉家里生活。孟嘉是当代名士,"行不苟合,年无夸矜,未尝有喜愠之容。好酣酒,逾多不乱;至于忘怀得意,傍若无人。"(《晋故征西大将军长史孟府君传》)渊明"存心处世,颇多追仿其外祖辈者。"(逯钦立语)日后,他的个性、修养,都很有外祖父的遗风。外祖父家里藏书多,给他提供了阅读古籍和了解历史的条件,在学者以《庄》《老》为宗而黜《六经》的两晋时代,他不仅像一般的士大夫那样学了《老子》《庄子》,而且还学了儒家的《六经》和文、史以及神话之类的"异书"。时代思潮和家庭环境的影响,使他接受了儒家和道家两种不同的思想,培养了"猛志逸四海"和"性本爱丘山"的两种不同的志趣。

陶渊明少有"猛志逸四海,骞翮思远翥"(《杂诗》)的大志,孝武帝太元十八年(393年),他怀着"大济苍生"的愿望,任江州祭酒。当时门阀制度森严,他出身庶族,受人轻视,感到不堪吏职,少日自解归"。(《晋书陶潜传》)他辞职回家后,州里又来召他作主簿,他也辞谢了。安帝隆安四年(400年),他到荆州,投入桓玄门下作属吏。这时,桓玄正控制着长江中上游,窥伺着篡夺东晋政权的时机,他当然不肯与桓玄同流,做这个野心家的心腹。他在诗中写道:"如何舍此去,遥遥至西荆。"(《辛丑岁七月赴假还江陵夜行涂口》)对仕桓玄有悔恨之意。"久游恋所生,如何淹在滋?"(《庚子岁五月中从都还阻风于规林二首》)对俯仰由人的宦途生活,发出了深长的叹息。隆安五年冬天,他因母丧辞职回家。元兴元年(402年)正月,桓玄举兵与朝廷对抗,攻入建康,夺取东晋军政大权。元兴二年,桓玄在建康公开篡夺了帝位,改国为楚,把安帝幽禁在浔阳。他在家乡躬耕自资,闭户高吟:"寝迹衡门下,邈与世相绝。顾盼莫谁知,荆扉昼常闭。"表示对桓玄称帝之事,不屑一谈。元兴三年,建军武将军、下邳太守刘裕联合刘毅、何无忌等官吏,自京口(今江苏镇江)起兵讨桓平叛。桓玄兵败西走,把幽禁在浔阳的安帝带到江陵。他离家投入刘裕幕下任镇军参军(一说陶渊明是在刘裕攻下建康后投入其幕下)。当刘裕讨伐桓玄率兵东下时,他仿效田畴效忠东汉王朝乔装驰驱的故事,乔装私行,冒险到达建康,把桓玄挟持安帝到江陵的始末,回报刘裕,实现了他对篡夺者抚争的意愿。他高兴极了,写诗明志:"四十无闻,斯不足畏,脂我名车,策我名骥。千里虽遥,孰敢不至!"(《荣木》第四章)刘裕打入建康后,作风也颇有不平凡的地方,东晋王朝的政治长期以来存在"百司废弛"的积重难返的腐化现象。经过刘裕的"以身范物"(以身作则),先以威禁(预先下威严的禁令)的整顿,"内外百官,皆肃然奉职,风俗顿改"。其性格、才干、功绩,颇有与陶侃相似的地方,曾一度对他产生好感。但是入幕不久,看到刘裕为了剪除异己,杀害了讨伐桓玄有功的刁逵全家和无罪的王愉父子。并且凭着私情,把众人认为应该杀的桓玄心腹人物王谧任为录尚书事领扬州刺史这样的重要的官职。这些黑暗现象,使他感到失望。在《始作镇军参军经曲经阿曲伯》这首诗中写道:"目倦山川异,心念山泽居","聊且凭化迁,终返班生庐"。紧接着就辞职隐居,于义熙元年(405年)转入建威将军、江州刺史刘敬宣部任建威参军。三月,他奉命赴建康替刘敬宣上表辞职。刘敬宣离职后,他也随着去职了。同年秋,叔父陶逵介绍他任彭泽县令,到任八十一天,碰到浔阳郡派遣的邮智,属吏说:"当束带迎之。"他叹道:"我岂能为五十斗米向乡里小儿折腰。"遂挂印去职。陶渊明十三年的仕宦生活,自辞彭泽县令结束。这十三年,是他为实现"大济苍生"的理想抱负而不断尝试、不断失望、终至绝望的十三年。最后,赋《归去来兮辞》,表明与上层统治阶级决裂,不与世俗同流合污的决心。

陶渊明辞官归里,过着"躬耕自资"的生活。夫人翟氏,与他志同道合,安贫乐贱,"夫耕于前,妻锄于后",共同劳动,维持生活,与劳动人民日益接近,息息相关。归田之初,生活尚可。"方宅十余亩,草屋八九间,榆柳荫后檐,桃李满堂前。"渊明爱菊,宅边遍植菊花。"采菊东篱下,悠然见南山"(《从杂诗》)至今脍炙人口。他生性嗜酒,饮必醉。朋友来访,无论贵贱,只要家中有酒,必与同饮。他先醉。便对客人说:"我醉欲眠卿可去。"义熙四年,住地上京(今星子县城西城玉京山麓)失火,迁至栗里(今星子温泉栗里陶村),生活较为困难。如逢丰收,还可以"欢会酌春酒,摘我园中蔬"。如遇灾年,则"夏日抱长饥,寒夜列被眠"。义熙末年,有一个老农清晨叩门,带酒与他同饮,劝他出仕:"褴褛屋檐下,未足为高栖。一世皆尚同(是非不分),愿君汩其泥(指同流合污)。"他回答:"深感老父言,禀气寡所谐。纡辔诚可学,违已讵非迷?且共欢此饮,吾驾不可回。"(《饮酒》)用"和而不同"的语气,谢绝了老农的劝告。他的晚年,生活愈来愈贫困,有的朋友主动送钱周济他。有时,他也不免上门请求借贷。他的老朋友颜延之,于刘宋少帝景平元年(423年)任始安郡太守,经过浔阳,每天都到他家饮酒。临走时,留下两万钱,他全部送到酒家,陆续饮酒。不过,他之求贷或接受周济,是有原则的。宋文帝元嘉元年(424年),江州刺史檀道济亲自到他家访问。这时,他又病又饿好些天,起不了床。檀道济劝他:"贤者在世,天下无道则隐,有道则至。今子(你)生文明之世,奈何自苦如此?"他说:"潜也何敢望贤,志不及也。"檀道济馈以粱肉,被他挥而去之。他辞官回乡二十二年一直过着贫困的田园生活,而固穷守节的志趣,老而益坚。元嘉四年(427年)九月中旬神志还清醒的时候,给自己写了《挽歌诗》三首,在第三首诗中末两句说:"死去何所道,托体同山阿",表明他对死亡看得那样平淡自然。

陶渊明是汉魏南北朝800年间最杰出的诗人。陶诗今存一百二十五首,多为五言诗。从内容上可分为饮酒诗、咏怀诗和田园诗三大类。

饮酒诗二陶渊明是中国文学史上第一个大量写饮酒诗的诗人。他的《饮酒》二十首以"醉人"的语态或指责是非颠倒、毁誉雷同的上流社会;或揭露世俗的腐朽黑暗;或反映仕途的险恶;或表现诗人退出官场后怡然陶醉的心情;或表现诗人在困顿中的牢骚不平。从诗的情趣和笔调看,可能不是同一时期的作品。东晋元熙二年(420年),刘裕废晋恭帝为零陵王,次年杀之自立,建刘宋王朝。《述酒》即以比喻手法隐晦曲折地记录了这一篡权易代的过程。对晋恭帝以及晋王朝的覆灭流露了无限的哀婉之情,此时陶渊明已躬耕隐居多年,乱世也看惯了,篡权也看惯了。但这首诗仍透露出他对世事不能忘怀的精神。

咏怀诗二以《杂诗》十二首,《读山海经》十三首为代表。《杂诗》十二首多表现了自己归隐后有志难骋的政治苦闷,抒发了自己不与世俗同流合污的高洁人格。可见诗人内心无限深广的忧愤情绪。《读山海经》十三首借吟咏《山海经》中的奇异事物表达了同样的内容,如第十首借歌颂精卫、刑天的"猛志固常在"来抒发和表明自己济世志向永不熄灭。

三、田园诗陶渊明的田园诗数量最多,成就最高。这类诗充分表现了诗人鄙夷功名利禄的高远志趣和守志不阿的高尚节操;充分表现了诗人对黑暗官场的极端憎恶和彻底决裂;充分表现了诗人对淳朴的田园生活的热爱,对劳动的认识和对劳动人民的友好感情;充分表现了诗人对理想世界的追求和向往。作为一个文人士大夫,这样的思想感情,这样的内容,出现在文学史上,是前所未有的,尤其是在门阀制度和观念森严的社会里显得特别可贵。陶渊明的田园诗中也有一些是反映自己晚年困顿状况的,可使我们间接地了解到当时农民阶级的悲惨生活。陶渊明的《桃花源诗并记》大约作于南朝宋初年。它描绘了一个乌托邦式的理想社会。表现了诗人对现存社会制度彻底否定与对理想世界的无限追慕之情。它标志着陶渊明的思想达到了一个崭新的高度。陶渊明是田园诗的开创者。它以纯朴自然的语言、高远拔俗的意境,为中国诗坛开辟了新天地,并直接影响到唐代田园诗派。

陶渊明现存文章有辞赋三篇、韵文五篇、散文四篇,共计十二篇。辞赋中的《闲情赋》是仿张衡《定情赋》和蔡邕《静情赋》而作,内容是铺写对爱情的梦幻,没有什么意义。《感士不遇赋》是仿董仲舒《士不遇赋》和司马迁《悲士不遇赋》而作,内容是抒发门阀制度下有志难骋的满腔愤懑;《归去来兮辞》是陶渊明辞官归隐之际与上流社会公开决裂的政治宣言。文章以绝大篇幅写了他脱离官场的无限喜悦,想像归隐田园后的无限乐趣,表现了作者对大自然和隐居生活的向往和热爱。文章将叙事、议论、抒情巧妙地融为一体、创造出生动自然、引人入胜的艺术境界;语言自然朴实,洗尽铅华,带有浓厚的乡土气息。韵文有《扇上画赞》、《读史述》九章、《祭程氏妹文》、

《祭从弟敬远文》、《自祭文》;散文有《晋故征西大将军长史孟府君传》,又称《孟嘉别传》,是为外祖孟嘉写的传记;此外还有《五柳先生传》、《桃花源记》、《与子俨等疏》等。总的来说,陶文数量和成就都不及陶诗。

陶渊明的作品感情真挚,朴素自然,有时流露出逃避现实,乐天知命的老庄思想,有"田园诗人"之称。

# 归园田居

## 其一

少无适俗韵①,性本爱丘山。误落尘网中②,一去三十年③。羁鸟恋旧林,池鱼思故渊④。开荒南野际⑤,守拙归园田⑥。方宅十余亩⑦,草屋八九间。榆柳荫后檐⑧,桃李罗堂前⑨。暧暧远人村⑩,依依墟里烟⑪。狗吠深巷中,鸡鸣桑树颠⑫。户庭无尘杂⑬,虚室有余闲⑭。久在樊笼里,复得返自然⑮。

**【注释】**

①适俗:适应世俗。韵:情调、风度。

②尘网:指尘世,官府生活污浊而又拘束,犹如网罗。这里指仕途。

③三十年:吴仁杰认为当作"十三年"。陶渊明自太元十八年(393年)初仕为江州祭酒,到义熙元年(405年)辞彭泽令归田,恰好是十三个年头。

④羁鸟:笼中之鸟。池鱼:池塘之鱼。鸟恋旧林、鱼思故渊,借喻自己怀恋旧居。

⑤南野:一本作南亩。际:间。

⑥守拙:守正不阿。潘岳《闲居赋序》有"巧官""拙官"二词,巧官即善于钻营,拙官即一些守正不阿的人。守拙的含义即守正不阿。

⑦方:旁。这句是说住宅周围有土地十余亩。

⑧荫:荫蔽。

⑨罗：罗列。

⑩暧暧：暗淡的样子。

⑪依依：轻柔的样子。墟里：村落。

⑫这两句全是化用汉乐府《鸡鸣》篇的"鸡鸣高树颠，犬吠深宫中"之意。

⑬户庭：门庭。尘杂：尘俗杂事。

⑭虚室：闲静的屋子。余闲：闲暇。

⑮樊：栅栏。樊笼：蓄鸟工具，这里比喻仕途。返自然：指归耕园田。这两句是说自己像笼中的鸟一样，重返大自然，获得自由。

## 【简析】

《归园田居》共五首。吴仁杰《陶靖节先生年谱》认为，这组诗是陶渊明辞彭泽令之后所作，从下文"久在樊笼里"看，可能是对的。陶渊明辞彭泽令归园田在乙巳岁(405 年)十一月，这五首所咏是归田之乐趣，但榆柳成荫，桑麻已长，并不是冬天的景色，应是归田后第二年所作，即晋安帝义熙二年(406 年)，陶渊明四十二岁。

这一首诗自述辞官归田是适合本性的，体会到摆脱官场的羁绊在农村过着淳朴生活的乐趣。他所写的宁静和平的田园景物，并不是久经战乱的柴桑农村的真实面貌，而是他当时心境的形象反映。这种形象化的心境，正是他对朝市污浊、险恶环境的批判，是他对"尘网"、"樊笼"厌恶的表现。

## 其二

野外罕人事①，穷巷寡轮鞅②。白日掩荆扉，虚室绝尘想③。时复墟曲中，披草共来往④。相见无杂言⑤，但道桑麻长。桑麻日已长，我土日已广⑥，常恐霜霰至，零落同草莽⑦。

## 【注释】

①野外：郊野。罕：少。人事：指和俗人结交往来的事。陶渊明诗里的"人事"、"人境"都有贬义，"人事"即"俗事"，"人境"即"尘世"。这句是说住在田野很少和世俗交往。

②穷巷:偏僻的里巷。鞅(yāng 央),马驾车时套在颈上的皮带。轮鞅:指车马。这句是说处于陋巷,车马稀少。

③白日:白天。荆扉:柴门。尘想:世俗的观念。这两句是说白天柴门紧闭,在幽静的屋子里屏绝一切尘俗的观念。

④时复:有时又。曲,隐僻的地方。墟曲,乡野。披:拨开。这两句是说有时拨开草莱去和村里人来往。

⑤杂言:尘杂之言,指仕宦求禄等言论。但道,只说。这句和下句是说和村里人见面时不谈官场的事,只谈论桑、麻生长的情况。

⑥这两句是说桑麻一天天在生长,我开垦的土地一天天广大。

⑦霰(xiàn 现):小雪粒。莽:草。这两句是说经常担心霜雪来临,使桑麻如同草莽一样凋零。其中也应该含有在屡经战乱的柴桑农村还可能有风险。

**【简析】**

这首写他在园田中深居简出,没有世俗的交往,而且摒弃一切尘俗的杂念,专心农事的生活,表现了他和农民往来过程中的淳朴感情。

## 其三

种豆南山下①,草盛豆苗稀。晨兴理荒秽②,带月荷锄归③。道狭草木长④,夕露沾我衣。衣沾不足惜,但使愿无违⑤。

**【注释】**

①南山:指庐山。

②晨兴:早起。秽:杂草。理荒秽:除杂草。

③带:一本作戴。戴月:月夜走路。荷:扛。

④草木长:草木丛生。

⑤愿无违:不违背归耕田园的心愿。即《感士不遇赋》:"怀正志道……洁己清操"一类的抱负。

**【简析】**

这一首写他亲自参加劳动和对劳动的热爱。早出晚归地辛苦劳动,不但没有减少他对劳动的兴趣,而且加深了他对劳动的感情,坚定了他终生归耕的决心。

## 其四

久去山泽游①,浪莽林野娱②。试携子侄辈,披榛步荒墟③。徘徊丘陇间,依依昔人居④。井灶有遗处,桑竹残朽株⑤。借问采薪者,此人皆焉如⑥?薪者向我言,死没无复余。一世异朝市⑦,此语真不虚。人生似幻化⑧,终当归空无。

**【注释】**

①去:离开。游:游宦。这句是说离开山泽而去做官已经很久了。

②浪莽:放荡、放旷。这句是说今天有广阔无边的林野乐趣。

③试:姑且。榛:丛生的草木。荒墟:废墟。这两句是说姑且携带子侄,拨开丛生的草木,漫步于废墟之中。

④丘陇:坟墓。依依:思念的意思。这两句是说在坟墓间徘徊,思念着从前人们的居处。

⑤这两句是说这里有井灶的遗迹,残留的桑竹枯枝。

⑥此人:此处之人,指曾在遗迹生活过的人。焉如:何处去。

⑦一世:二十年为一世。朝市:城市官吏聚居的地方。这种地方为众人所注视,现在却改变了,所以说"异朝市"。这句和下句是说"一世异朝市"这句话真不假。

⑧幻化:虚幻变化。这句和下句是说人生好像是变化的梦幻一样,最终当归于虚无。

**【简析】**

这一首是凭吊故墟,描写农村残破的景象,感慨人生无常。思想比较消极,是陶渊明经过一段宦途生活之后,对社会、人生的进一步认识。

## 其五

怅恨独策还,崎岖历榛曲①。山涧清且浅,可以濯我足②。漉我新熟酒,只鸡招近局③。日入室中暗④,荆薪代明烛。欢来苦夕短,已复至天旭⑤。

### 【注释】

①怅恨:失意的样子。策:指策杖、扶杖。还:指耕作完毕回家。曲:隐僻的道路。这两句是说怀着失意的心情独自扶杖经过草木丛生的崎岖隐僻的山路回家了。

②濯:洗。濯足:指去尘世的污垢。

③漉:滤、渗。新熟酒:新酿的酒。近局:近邻、邻居。这两句是说漉酒杀鸡,招呼近邻同饮。

④暗:昏暗。这句和下句是说日落屋里即昏暗,点一把荆柴代替蜡烛。

⑤天旭:天明。这句和上句是说欢娱之间天又亮了,深感夜晚时间之短促。

### 【简析】

这一首写自己淳朴的欣然自得的生活。用涧水濯足,洗去尘世的污垢,漉酒杀鸡以招致邻里同饮,荆薪代烛以足竟夕之欢娱。极力抒发自己恬淡自适的感情。

## 饮酒并序

## 其一

余闲居寡欢,兼比夜已长①,偶有名酒,无夕不饮。顾影独尽,忽焉复醉。既醉之后,辄题数句自娱,纸墨遂多,辞无论次。聊命故人书之②,以为欢笑尔。

中国古典名著精华

**【注释】**

①兼:并且。比:近来。

②诠次:排比先后。故人:旧交、老朋友。

**【简析】**

《饮酒》共二十首,这里选六首。据序文"既醉之后,辄题数句自娱",可见主要是一个时期醉后所作,因此总题为《饮酒》。其中第十六首云:"行行向不惑,淹留遂无成。"不惑之年是四十,说明自己四十而无闻。又第十九首云:"是时向立年","亭亭复一纪",立年是三十,一纪是十二年,三十又十二年,正是四十岁有余。可以推断是陶渊明四十二岁所作,当时是晋安帝义熙二年(406年),他辞彭泽令归田不久。汤汉认为是义熙十二三年所作,不确切。这组诗的内容广泛,和阮籍的《咏怀》相似。萧统《陶渊明集序》云:"有疑陶渊明之诗,篇篇有酒,吾观其意不在酒,亦寄酒为迹也。"《饮酒》诗就是这种"寄酒为迹"之作。

## 其二

结庐在人境①,而无车马喧②。问君何能尔③?心远地自偏。采菊东篱下,悠然见南山④。山气日夕佳,飞鸟相与还⑤。此中有真意⑥,欲辨已忘言。

**【注释】**

①结庐:构筑屋子。人境:人间,人类居住的地方。

②无车马喧:没有车马的喧嚣声。

③君:作者自谓。尔:如此、这样。这句和下句设为问答之辞,说明心远离尘世,虽处喧嚣之境也如同居住在偏僻之地。

④悠然:自得的样子。南山:指庐山。

⑤日夕:傍晚。相与:相交,结伴。这两句是说傍晚山色秀丽,飞鸟结伴而还。

⑥此中:此时此地的情和境,也即隐居生活。真意:人生的真正意义,

即"迷途知返"。这句和下句是说此中含有人生的真义,想辨别出来,却忘了如何用语言表达。意思是既领会到此中的真意,不屑于说,也不必说。

## 【简析】

这一首是原诗的第五首,自叙安贫乐道悠然自得的心境。"心远"是一篇的关键,由于思想上远离了那些达官贵人的高车驷马的喧扰,其他方面也自然和他们划清了界限。"真意"指诗中之"山气日夕佳,飞鸟相与还。"即《归去来兮辞》中之"鸟倦飞而知还"之意,也即"迷途知返"的意思。

## 其三

青松在东园,众草没其姿①。凝霜殄异类,卓然见高枝②。连林人不觉③,独树众乃奇④。提壶挂寒柯⑤,远望时复为⑥。吾生梦幻间,何事绁尘羁⑦。

## 【注释】

①没其姿:掩没了青松的英姿。其:一本作奇。

②殄(tiǎn腆):灭尽。异类:指众草。卓然:特立的样子。这两句是说经霜之后,众草凋零,而青松的枝干却格外挺拔。

③连林:松树连成林。人不觉:不被人注意。

④独树:一株、独棵。众乃奇:众人认为奇特。奇:一本作知。

⑤寒柯:指松树枝。

⑥这是倒装句,应为"时复远望",有时又远望。这句和上句极力描写对松树的亲爱,亲近挂而又远望。

⑦何事:为什么。绁:系马的缰绳,引申为牵制。尘羁:犹尘网。这句和上句是说人生如梦幻,富贵功名把人束缚够了,为什么还要受它的羁绊?

## 【简析】

这一首是原诗的第八首。作者以青松自喻,借青松来表现自己坚贞高洁的人格。这是陶渊明惯用的手法。左思《咏史》曾用"涧底松"和"山上苗"对比，来揭露当时的士族门阀制度。这首诗以"青松"和"众草"对比，显然也含有对士族门阀制度所造成的贤愚倒置现象的揭露意义。末两句作人生如梦之叹，感情未免消极。

## 其四

清晨闻叩门，倒裳往自开①。问子为谁与②？田父有好怀③。壶浆远见候，疑我与时乖④。"褴缕茅檐下，未足为高栖⑤。一世皆尚同，愿君汩其泥⑥。"深感父老言，禀气寡所谐⑦。纡辔诚可学，违己讵非迷⑧！且共欢此饮，吾驾不可回⑨。

【注释】

①倒裳：颠衣倒裳。这句是说急忙迎客，来不及正整理着衣裳。

②子：指下句的田父，即农夫。与：通欤，语气词。

③好怀：好意。这句是说来访的是位好心肠的农夫。

④壶浆：用壶盛的酒。疑：怪。乖：背戾。这两句是说农夫提壶酒远道来问候，怪我和时世不合。

⑤褴褛：同褴缕，衣衫破烂。高栖：指隐居。这两句是说穿着褴褛的衣衫住在茅屋之中，这不值得做为你的隐居之所。自此以下四句都是农夫劝说的话。

⑥尚同：以同于流俗为贵。一：一本作举。汩（gǔ 古）：同，搅混。汩其泥：《楚辞·渔父》云："世人皆浊，何不汩其泥而扬其波？"即与世俗同流合污的意思。这两句是说举世都以随波逐流为高尚，希望你也同流合污。

⑦禀气：天赋的气质。谐：合。寡所谐：难与世俗谐合。这句和上句是说深深感激您的好意，但是我本性就难和世俗苟合。自此以下是陶渊明回答农夫的话。

⑧纡：屈曲。辔：马缰绳和嚼子。纡辔：回车，指枉道事人。讵：岂。这两句是说回车改辙诚然可以学习，然而岂不是违反了自己的本意而走入迷途？

⑨共欢此饮：共同欢饮。驾：车驾，借指道路、方向。这两句是说且一同

欢饮吧,我的车驾是不可回转的。即初衷不能改变。

## 【简析】

这一首是原诗的第九首,是为答复友人劝他做官而作。李公焕注引赵泉山云:"时辈多勉靖节以出仕,故作是篇。"作者采用《楚辞·渔父》中屈原和渔父问答的形式来反映自己拒绝仕宦的决心和坚贞不屈的意志,继承和发展了屈原不与世俗同流合污的高尚精神。

## 其五

在昔曾远游,直至东海隅①。道路回且长,风波阻中涂②。此行谁使然③? 似为饥所驱;倾身营一饱,少许便有余④。恐此非名计⑤,息驾归闲居⑥。

## 【注释】

①东海:指曲阿,即今天江苏丹阳县,晋时为南东海郡。隅:角,边。直至东海:作者在晋安帝隆安三年己亥(399 年),曾做刘牢之的参军,当刘牢之到曲阿一带镇压孙恩起义时,他大概是随行的。

②回且长:曲折而漫长。中涂:半路。这两句是说远游的道路曲折漫长,中途为风波所阻。

③此行:指随刘牢之东行,即做参军的官。

④倾身:倾全力,拼命。营一饱:求一顿饱饭。少许:一些。这两句是说拼着生命求一口饱饭,少许便足够了,何必冒这样大的风险呢?

⑤非名计:不是求功名的办法。

⑥息驾:停车。归闲居:归耕田园。

## 【简析】

这一首是原诗的第十首,写他为贫穷所迫而求仕的事。但当他做了镇军参军之后,随刘牢之东讨孙恩时,亲眼看见"牢之等纵军士暴掠,士民失望,郡县城中无复人迹"(见《资治通鉴》卷一百一十)的现象时,是不会赞成

汉魏六朝诗

他们的凶暴行为的。同时他也不会不感到和人民所拥护的孙恩作战是心中不安的,所以决心"息驾归闲居"了。

## 其六

少年罕人事,游好在六经①。行行向不惑,淹留遂无成②。竟抱固穷节,饥寒饱所更③。敝庐交悲风,荒草没前庭④。披褐守长夜,晨鸡不肯鸣⑤。孟公不在兹,终以翳吾情⑥。

**【注释】**

①人事:指与人交往。游好:玩好。六经:《诗》、《书》、《易》、《春秋》、《礼》、《乐》六部儒家经书。这里泛指古代的典籍。这两句是说自己少年时很少和人交游,志趣在研习古代的经籍。

②行行:不停的走。这里指光阴的流逝。向:接近。不惑:四十岁。《论语·为政》:"子曰:吾四十而不惑。"不惑就是志强学广,能明辨是非的意思。淹留:久留。这两句是说年近四十,而一事无成。

③抱:持。固穷:能安于穷困。《论语。卫灵公》:"子曰:君子固穷,小人穷斯滥矣。"君子穷且益坚,不像小人那样穷困之后便胡作非为。节:操守。更:经历。饱所更:备历饥寒之苦。这两句是说始终抱着"君子固穷"的操守,备历了各种饥寒之苦。

④敝庐:破房屋。前庭:屋阶前。这两句是说房屋破败,悲风交作,野草没庭。

⑤褐:粗布衣,贫贱者所穿。披褐:披衣。晨鸡不鸣:晨鸡不报晓。这两句是说披衣起来,坐守长夜,很难熬到天明。

⑥孟公:刘龚,字孟公,东汉人(见《后汉书·苏竟传》)。当时有文士张仲蔚,家里很穷,住的地方蓬蒿没人,时人都不注意,只有刘龚知道他(见《高士传》)。陶渊明《咏贫士》诗云:"仲蔚爱穷居,绕宅生蒿蓬。……举世无知者,止有一刘龚。"翳:掩蔽。作者以张仲蔚自比,认为没有像刘龚那样能了解自己的人,所以心中真情就始终不能表露了。

## 【简析】

这一首是原诗的第十六首。叙述自己少怀壮志,认真学习,及老而一无所成,但仍坚守节操,以至于穷困潦倒,始终不变,此情此境却无人了解。中心在慨叹世无知己之人,反映了当时社会对自己的冷漠、无情!

## 其七

羲农去我久,举世少复真①。汲汲鲁中叟,弥缝使其淳②。凤鸟虽不至,礼乐暂得新③。洙泗辍微响④,漂流逮狂秦⑤。诗书复何罪,一朝成灰尘⑥。区区诸老翁,为事诚殷勤⑦。如何绝世下,六籍无一亲⑧。终日驰车走,不见所问津⑨。若复不快饮,空负头上巾⑩。但恨多谬误⑪,君当怨醉人。

## 【注释】

①羲农:伏羲氏和神农氏,两个传说中的上古帝王。去我久:离开我们很远了。真:真淳质朴。这两句是说伏羲、神农时代距离我们已经很遥远了,那时淳真朴实的风尚在今天整个社会中都不见了。

②汲汲:不停息的样子。鲁中叟:指孔子,孔子是春秋时鲁人。弥缝:补合。这两句是说孔子孜孜不倦地弥补衰败的社会风尚,企图使之返朴还真。

③凤鸟:在封建时代认为是一种祥瑞的鸟,凤鸟出现象征着一个朝代即将兴盛。《论语·子罕》:"子曰:凤鸟不至,河不出图,吾已矣夫!"这是孔子认为自己生不逢盛世而发出的悲叹。礼乐得新:礼乐能够焕然一新。相传礼乐是西周初年周公制订的,到了春秋末叶,礼崩乐坏,经孔子编次、整理,诗礼得到订正,雅颂各得其所(见《史记·孔子世家》)。这两句是说孔子虽然没有生在盛世,在政治上无所建树,但礼乐经他整理之后,面目却为之一新。

④洙泗:洙水和泗水,在今山东曲阜县北。辍:停止。微响:精微要妙之言。孔子曾设教于洙、泗之间。孔子死而微言绝,七十子丧而大义乖。(见《汉书·艺文志》)这句是说孔子死后,在洙泗之间再听不到微言大义了。

⑤漂流:狂澜泛滥的意思。狂秦:狂暴的秦朝。这句是说洙泗二水不停地流着,时间很快就到了狂暴的秦朝。

⑥诗书:《诗经》和《尚书》。这里泛指儒家的一切经典。复何罪:又有什么罪? 诗书成灰尘,指秦始皇焚书的事。《史记·秦始皇本纪》记载,始皇采纳了李斯的意见,秦记以外的史书,博士所职掌之外的诗、书、百家语,全都烧毁。

⑦区区:犹拳拳,小心谨慎的样子。诸老翁:指济南伏生、淄川田生等人。汉朝建立后,秦朝的儒者伏生、田生等,都以八九十岁的高龄出来讲授六经。殷勤:真诚而周到。这两句是说伏生、田生诸老儒小心谨慎、真诚周到地传授六经。

⑧绝世:断绝传统。这里指汉朝之后,到了魏晋时代,文人多崇尚老、庄玄学,而废黜六经,儒学断绝。六籍:六经。这两句是说为什么汉朝以后连一个亲近六经的人也没有呢?

⑨津:渡口。问津:用孔子问津于长沮、桀溺的事。据《论语·微子》记载,长沮、桀溺一同耕田,孔子从那儿经过,叫子路去问渡口。长沮说,是孔丘吗? 他该早就知道渡口在哪儿了。桀溺说,天下像洪水一样的坏东西到处都是,你们和谁去改革它呢? 孔子听后说,我们不可与鸟兽同群共处,若不同人群打交道,又同什么打交道呢? 如果天下太平,我就不会和你们一起来从事改革了。作者以长沮、桀溺自比,是说只见世人终日驰车奔走,并不见他们之中有像孔子那样有志于治世的人来问路。意思是没有人探求治世之道。

⑩空负:徒然辜负。头上巾:儒者头上罩的头巾。《宋书·隐逸传》记载,陶渊明"取头上葛巾漉酒,毕,还复著之。"这句和上句是说如果再不痛快地喝酒,便白白地辜负了头上的儒巾了。

⑪但恨:只恨。谬误:指自己的言行谬误于《诗》《书》《礼》《乐》。这句和下句是说只恨自己的言行悖于儒家经典的很多,请你们宽恕我这个醉人吧!

## 【简析】

这一首是原诗的第二十首。内容是叙述自己希望当时污浊的社会能返朴还真,具体的办法即像孔子那样研习诗书礼乐;然而当时却没有一人过问这件事,自己感到十分痛心。他怀着以六经来弥补败坏的社会风尚的抱负,但是这抱负得不到实现,所以只有以饮酒遣悲而已。

## 庚戌岁九月中于西田获早稻

人生归有道,衣食固其端①。孰是都不营②,而以求自安?开春理常业,岁功聊可观③。晨出肆微勤,日入负耒还④。山中饶霜露,风气亦先寒⑤。田家岂不苦?弗获辞此难⑥。四体诚乃疲,庶无异患干⑦。盥濯息檐下,斗酒散襟颜⑧。遥遥沮溺心,千载乃相关⑨。但愿长如此,躬耕非所叹⑩。

**【注释】**

①有道:有常理。固:本、原。端:始、首。这两句是说,人生总归有常道,而衣食是人类赖以生存的首要条件。

②孰:何。是:此,指衣食。营:经营。这句和下句是说走衣食都不经营而还要想安乐呢?

③常业:日常事务,这里指农耕。岁功:一年的收成。聊:勉强。聊可观:勉强可观。这两句是说一开春就从事耕作,一年的收成勉强可观。

④肆:操作。肆微勤:微施勤劳。耒:耒耜,即农具。这两句是说早晨出去从事轻微的劳动,晚上扛着农具回来。

⑤饶:多。风气:气候。先寒:早寒,冷得早。

⑥弗:不。此难:这种艰难,指耕作。这句是说不能辞却这种艰难的劳动。

⑦四体:四肢。庶:幸。异患:想不到的祸患。干:犯。这两句是说身体诚然疲劳,但这样才有可能避免意外的祸患。

⑧盥(guàn贯):洗手。濯:洗。襟颜:胸襟和面颜。这两句是说劳动完了之后,在檐下洗濯休息,喝酒散心。

⑨沮溺:长沮、桀溺,孔子遇到的“耦而耕”的隐者(见《论语·微子》)。乃相关:乃相符合。这两句是说千年以前的隐者长沮、桀溺的心思,竟能和

自己的怀抱相投合。

⑩长如此:长期这样。躬耕:亲自耕作。这两句是说,但愿长期这样生活下去,并不为亲自耕作而叹息。

## 【简析】

庚戌是晋安帝义熙六年(410年),当时陶渊明四十六岁,辞彭泽令归田后不久。西田,程穆衡认为即"西畴"(见《陶诗程传》),《归去来兮辞》云:"将有事于西畴"。大概在他所住的南村的西面。

这首诗是写他在收获早稻之后的喜悦心情,说明力田自给是合乎人生的大道的。作者写这首诗的这一年,卢循再次起兵反晋,在浔阳先后多次和晋朝官军发生激战,同时桓玄的余部桓谦等又在枝江一带起兵。虽然他们都被晋军打败了,但陶渊明的感觉是,无论谁成功,都会又出现一些党同伐异的现象,所以还是种地为好。"庶无异患干"正表现了他这时的痛切心情。

# 移居

## 其一

昔欲居南村,非为卜其宅①;闻多素心人,乐与数晨夕②。怀此颇有年,今日从兹役③。敝庐何必广,取足蔽床席④。邻曲时时来,抗言谈在昔⑤。奇文共欣赏,疑义相与析⑥。

## 【注释】

①南村:各家对"南村"的解释不同,丁福保认为在浔阳城(今江西九江)下(见《陶渊明诗笺注》)。卜宅:占卜问宅之吉凶。这两句是说从前想迁居南村,并不是因为那里的宅地好。

②素心人:心地朴素的人。李公焕注云:"指颜延年、殷景仁、庞通之辈。"通,名遵,即《怨诗楚调示庞主簿邓治中》之庞主簿。数:屡。晨夕:朝夕

相见。这两句是说听说南村有很多朴素的人，自己乐意和他们朝夕共处。

③怀此：抱着移居南村这个愿望。颇有年：已经有很多年了。兹役：这种活动，指移居。从兹役：顺从心愿。这两句是说多年来怀有移居南村的心愿，今天终于实现了。

④敝庐：破旧的房屋。何必广：何须求宽大。蔽床席：遮蔽床和席子。取足床席：能够放一张床一条席子就可取了。

⑤邻曲：邻居，指颜延之、殷景仁、庞通等，即所谓"素心人"。据他的《与殷晋安别》诗云："去岁家南里，薄作少时邻。"可见殷景仁当时曾是他的邻居。抗：同亢，高的意思。抗言：高谈阔论或高尚其志的言论。谈在昔：谈论古事。这两句是说邻居经常来访，来后便高谈阔论往事。

⑥析：剖析文义。魏晋人喜欢辩难析理，如《晋春秋》记载："谢安优游山水，以敷文析理自娱。"陶渊明也不免有这种爱好。所谓析义，主要是一种哲学理趣，与一般分析句子的含义不同。这句和上句是说共同欣赏奇文，一起剖析疑难文义的理趣。

## 【简析】

关于陶渊明是从什么地方迁移到南村来的，各家说法有分歧。据宋李公焕在他的《笺注陶渊明集》中之《戊申岁六月中遇火》诗下注云："按靖节旧宅居于柴桑县之柴桑里，至是属回禄之变（火灾），越后年，徙居于南里之南村。"这可能是正确的。"戊申"是晋安帝义熙四年（408年），"越后年"是义熙六年，应当就是这首诗的写作年代，陶渊明四十六岁。

这首诗写他很早就想移居南村的理由，是向往那里有和自己志趣相投的"素心人"。同时写他到南村之后，和邻里人们高谈阔论，在辩难析理中探讨人生的哲理趣味。

## 其二

春秋多佳日，登高赋新诗①。过门更相呼，有酒斟酌之②。农务各自归，闲暇辄相思③。相思则披衣，言笑无厌时④。此理将不胜？无为忽去兹⑤。衣食当须纪⑥，力耕不吾欺。

中国古典名著精华

【注释】

①这两句是说春秋多晴朗天气,恰好登高赋诗。

②斟:盛酒于勺。酌:盛酒于觞。斟酌:倒酒而饮,劝人饮酒的意思。这句和上句是说邻人间互相招呼饮酒。

③农务:农活儿。相思:互相怀念。这两句是说有农活儿时各自回去耕作,有余暇时便彼此想念。

④披衣:披上衣服,指去找人谈心。

⑤此理:指与邻里过从畅谈欢饮之乐。将:岂。将不胜:岂不美。兹:这些,指上句"此理"。

⑥纪:经营。这句和下句语意一转,认为与友人谈心固然好,但必须经营衣食,只有努力耕作才能供给衣食,力耕不会欺骗我们。

【简析】

这首诗写移居南村后,农闲时和邻人相招饮酒,谈笑不知疲倦的情景。同时表现了他对这种生活情趣的无限爱悦和留恋。

# 和刘柴桑

山泽久见招,胡事乃踌躇①？直为亲旧故,未忍言索居②。良辰入奇怀,挈杖还西庐③。荒涂无归人,时时见废墟④;茅茨已就治,新畴复应畲⑤。谷风转凄薄,春醪解饥劬⑥;弱女虽非男⑦,慰情良胜无。栖栖世中事,岁月共相疏⑧;耕织称其用,过此奚所须⑨。去去百年外,身名同翳如⑩。

【注释】

①久见招:久被山泽所招。可能刘遗民在赠他的诗中曾招他隐居庐山。胡事:为什么? 这两句是说刘遗民很早就召唤我归隐庐山,我为什么踌躇不前呢?

②直为:只为、但为。亲旧:亲属朋友。索居:独居,这里指归隐。这两句是说只因为舍不得亲友,所以不肯隐居庐山。

③良辰:好天气。奇怀:美怀、高怀。良辰入奇怀:"怀良辰以孤往"(《归去来兮辞》)的意思。挈杖:持杖。西庐:《移居》诗中之南村。这两句是说自己盼望个好天气,拿着手杖回到西庐。

④荒涂:被野草埋没了的道路。废墟:被毁坏了的住处。这两句写战乱后农村荒芜的景况。

⑤茅茨:以茅草盖房屋。治:理。新畴:新田。畲(yú余):第三年理新田叫畲。陶渊明徙居南村之后,已经两年丰收了,今年再收获一次,又应当理新田了。这两句是说茅屋已经修缮好了,又应当去治理新田。

⑥谷风:东风。凄薄:寒凉。春醪(láo劳):春酒。劬(qú渠):劳苦。这两句是说东风寒凉,可以用春酒解乏。

⑦弱女:用来比喻薄酒。这句和下句是说这种酒虽然不是美酿,用它解饥乏则胜于无。

⑧栖栖:不安的样子。共相疏:我与世事互相遗弃。这两句是说随着岁月的推移,世事与我相疏,我也与世事相疏。

⑨称其用:和自己食用相当,即够用。过此:越过自己的食用。奚所须:不用需要。

⑩百年:犹一生。翳:泯灭不存。如:虚词,无义。这两句是说百年之后,身与名一齐泯灭,何况其他身外之物乎!

## 【简析】

刘柴桑即刘遗民,字仲思,入宋后不仕,所以人称之为遗民,曾作过柴桑令。萧统《陶渊明传》云:"时周续之入庐山,事释慧远,彭城刘遗民亦遁迹庐山,渊明又不应征命,谓之浔阳三隐。"慧远卒于义熙十二年,庐山白莲社结于义熙十年,刘遗民是白莲社十八贤之一,他和陶渊明的酬答诗,当在慧远结社期中。这首诗应作于吾晋帝义熙十年(414年),陶渊明五十岁。

陶渊明有《和刘柴桑》、《酬刘柴桑》诗二首。这一首虽说是"和刘柴桑",但通篇是自叙,写自己归田之后,耕织自足,饮酒慰怀,与世事日渐疏远,不愿参加白莲社。末两句表现了他颓废消极的思想。

# 杂诗

## 其一

人生无根蒂,飘如陌上尘①。分散逐风转,此已非常身②。落地为兄弟③,何必骨肉亲? 得欢当作乐,斗酒聚比邻④。盛年不重来⑤,一日难再晨。及时当勉励⑥,岁月不待人。

【注释】

①蒂(dì 帝):瓜当、果鼻、花与枝茎相连处都叫蒂。陌:东西的路,这里泛指路。这两句是说人生在世没有根蒂,漂泊如路上的尘土。

②此:指此身。非常身:不是经久不变的身,即不再是盛年壮年之身。这句和上句是说生命随风飘转,此身历尽了艰难,已经不是原来的样子了。

③落地:刚生下来。这句和下句是说,何必亲生的同胞弟兄才能相亲呢? 意思是世人都应当视同兄弟。

④斗:酒器。比邻:近邻。这句和上句是说遇到高兴的事就应当作乐,有酒就要邀请近邻共饮。

⑤盛年:壮年。

⑥及时:趁盛年之时。这句和下句是说应当趁年富力强之时勉励自己,光阴流逝,并不待人。

【简析】

《杂诗》共十二首,其第六首云:"奈何五十年,忽已亲此事。"可知是他五十岁,即晋安帝义熙十年(414 年)所作。当然十二首未必作于同时,但大部分应作于这时的前后,因为那种"求我盛年欢,一毫无复意"的情绪在《杂诗》大多数篇章中都有,显然是同一时期的思想心情。这里选四首,这是原诗的第一首。

这首诗表现了作者人生无常应及时行乐的思想。其中提出了人与人之间的关系要和睦相亲,得欢作乐,斗酒相聚的生活愿望,这是他对当时社会中尔虞我诈、追名逐利的恶劣风习十分厌倦的情绪的反映。

## 其二

白日沦西阿①,素月出东岭②。遥遥万里辉,荡荡空中景③。风来入房户④,夜中枕席冷。气变悟时易,不眠知夕永⑤。欲言无予和⑥,挥杯劝孤影。日月掷人去,有志不获骋⑦。念此怀悲凄,终晓不能静⑧。

### 【注释】

①沦:沈。阿:山岭。西阿:西山。

②素月:白月。

③万里辉:指月光。荡荡:广阔的样子。景:同影,指月轮。这两句是说万里光辉,高空清影。

④房户:房门。这句和下句是说风吹入户,枕席生凉。

⑤时易:季节变化。夕永:夜长。这两句是说气候变化了,因此领悟到季节也变了,睡不着觉,才了解到夜是如此之长。

⑥无予和:没有人和我对答。这句和下句是说想倾吐隐衷,却无人和我谈论,只能举杯对着只身孤影饮酒。

⑦日月:光阴。骋:伸、展。这两句是说光阴弃人而去,我虽有志向,却得不到伸展。

⑧此:指有志不得伸展这件事。终晓:彻夜,直到天明。这两句是说想起这件事满怀悲凄,心里通宵不能平静。

### 【简析】

这一首是原诗的第二首,写他因季节的变更,引起光阴已逝、壮志未酬的悲哀。在月光之下,秋风之中,自己的处境极其孤独冷漠。

## 其三

忆我少壮时,无乐自欣豫①。猛志逸四海,骞翮思远翥②。荏苒岁月颓,此心稍已去③。值欢无复娱,每每多忧虑④。气力渐衰损,转觉日不如⑤,壑舟无须臾⑥,引我不得住。前涂当几许,未知止泊处⑦。古人惜寸阴⑧,念此使人惧。

【注释】

①欣豫:欢乐。这句是说没有快乐的事,心情也是欢快的。

②猛志:壮志。逸:超越。四海:犹天下。骞:飞举的样子。翮:羽翼。骞翮:振翅高飞。翥(zhù 助):飞翔。这两句是说有超越四海的壮志,期望展翅高飞。

③荏苒:逐渐地。颓:逝。此心:指志四海、思远翥。这两句是说随着年岁的衰老,这种少壮时的豪气已经逐渐消逝了。

④值欢:遇到欢乐的事。无复娱:也不再欢乐。每每:常常。这两句写出老年的心境与少壮时"无乐自欣豫"不同。

⑤衰损:衰退。日不如:一日不如一日。

⑥壑:山沟。壑舟:《庄子·大宗师》云:"夫藏舟于壑,藏山于泽,谓之固矣。然而夜半有力者负之而走。"这里借喻自然运转变化的道理。须臾:片刻。这句和下句是说自然运转变化像《庄子》中的"壑舟"一样,即使想办法要留住它,也片刻留不住,使自己逐渐衰老下去。

⑦前涂:同前途,这里指未来的时光。几许:几多、多少。止泊处:船停泊的地方,这里指人生的归宿。这两句是说不知我未来还有多少时光,也不知何处是我的归宿。

⑧惜寸阴:珍惜每一寸光阴。这句和下句是说古人珍惜每一寸光阴,想到自己一生虚度了大半岁月的可怕。

【简析】

这一首是原诗的第五首,是回忆他少壮时的雄心壮志,慨叹目前的日渐衰老,写出了少壮时和年老后的两种截然不同的心境。他感慨余生无几,前途渺茫,但对壮志未酬是不甘心的:"古人惜寸阴,念此使人惧。"表现了要努力奋发的精神。

# 其四

代耕本非望,所业在田桑①。躬亲未曾替,寒馁常糟糠②。岂期过满腹,但愿饱粳粮③。御冬足大布,粗绨已应阳④。正尔不能得⑤,哀哉亦何伤! 人皆尽获宜,拙生失其方⑥。理也可奈何,且为陶一觞⑦!

## 【注释】

①代耕:做官所得的俸禄。本非望:原不是我希望的。田桑:指从事耕织。这两句是说做官食禄不是我的愿望,我所从事的是耕田和织布。

②躬亲:亲自耕作。替:废。糟糠:酒糟和谷皮。这两句是说耕作从来未曾停止过,还经常受冻挨饿。

③满腹:《庄子·逍遥游》云:"偃鼠饮河,不过满腹。"粳:粳稻。这两句是说哪里期望吃什么好饭? 有粳米充饥就行了。

④大布:粗布。绨(chī 痴):葛布。阳:温暖。应阳:适应温暖的气候。这两句是说冬天有粗布足以御寒,夏天有葛布穿就行了。

⑤正尔:此。这句和下句是说即便这些还不能得到,令人多么悲伤。

⑥尽获宜:都得其所。拙:自称的谦词。方:途径。失其方:谋生无方。这两句是说别人都各得其所,我却谋生无路。

⑦理:指人皆获宜、拙失其方的现象。可奈何:怎奈何。陶:乐。陶一觞:喝一杯。这两句是说对这种不合理的社会现实是无可奈何的,且痛快地喝一杯吧

## 【简析】

这一首是原诗的第八首,写他努力耕作,但连最低的生活也无法维持的愤慨和不平。那些善于投机取巧的人都各得所宜,而自己耕作不辍,反而受冻挨饿,从而对不合理的社会现实发出质问。

# 桃花源诗并记

　　晋太元中①,武陵人捕鱼为业②。缘溪行③,忘路之远近。忽逢桃花林,夹岸数百步,中无杂树④,芳草鲜美⑤,落英缤纷⑥。渔人甚异之。复前行,欲穷其林⑦。林尽水源⑧,便得一山。山有小口,髣髴若有光⑨,便舍船从口入。初极狭,才通人⑩。复行数十步,豁然开朗。土地平旷,屋舍俨然⑪,有良田美池桑竹之属。阡陌交通,鸡犬相闻⑫。其中往来种作⑬,男女衣著,悉如外人⑭;黄发垂髫⑮,并怡然自乐。见渔人,乃大惊,问所从来,具答之。便要还家⑯,设酒杀鸡作食。村中闻有此人⑰,咸来问讯⑱。自云先世避秦时乱,率妻子邑人来此绝境⑲,不复出焉,遂与外人间隔。问今是何世,乃不知有汉,无论魏、晋⑳。此人一一为具言所闻㉑,皆叹惋㉒。余人各复延至其家㉓,皆出酒食。停数日,辞去。此中人语云㉔:"不足为外人道也㉕。"既出,得其船,便扶向路㉖,处处志之㉗。及郡下,诣太守说如此㉘。太守即遣人随其往,寻向所志㉙,遂迷,不复得路。南阳刘子骥㉚,高尚士也,闻之,欣然规往㉛。未果,寻病终㉜。后遂无问津者㉝。

　　嬴氏乱天纪㉞,贤者避其世㉟。黄绮之商山,伊人亦云逝㊱。往迹浸复湮,来迳遂芜废㊲。相命肆农耕,日入从所憩㊳。桑竹垂余荫,菽稷随时艺㊴。春蚕收长丝,秋熟靡王税㊵。荒路暧交通㊶,鸡犬互鸣吠。俎豆犹古法㊷,衣裳无新制㊸。童孺纵行歌㊹,斑白欢游诣㊺。草荣识节和,木衰知风厉。虽无纪历志㊻,四时自成岁㊼。怡然有余乐,于何劳智慧㊽。奇踪隐五百㊾,一朝敞神界㊿。淳薄既异源㈤,旋复还幽蔽㈥。借问游方士,焉测尘嚣外㈦。顾言蹑轻风㈧,高举寻吾契㈨。

## 【注释】

　　①太元:晋孝武帝的年号,共二十四年(373—396年)。

　　②武陵:古郡名,晋时武陵郡治在今天湖南常德县西。后世附会说即桃源县境内之某山某溪,都不可信。

　　③缘:循从、沿着。

④这句是说其中没有别的树木,全是桃树。

⑤芳草:据《艺文类聚》、《初学记》引文作芳华,即香花。

⑥英:犹花。缤纷:繁盛的样子。

⑦穷:尽。

⑧这句是说桃花林的尽处,即溪水的源头。

⑨髣髴:同仿佛。

⑩才:仅仅的。

⑪伊然:端正的样子,这里引申为整齐的意思。

⑫阡陌:田间小道,南北为阡,东西为陌。这句和下句是说田间有小道交通,村落间能互相听到鸡犬的叫声。

⑬种作:耕种和操作。

⑭衣著:衣服。

⑮黄发:指老人,人年老,头发由黑变白再变黄。垂髫(tiáo 条):指儿童,小儿垂短发。

⑯要:邀,约请。

⑰此人:指渔人。

⑱咸:都。讯:消息。这句是说桃花源中的人都来打听外界的消息。

⑲邑人:一个地区的人。绝境:与世隔绝之境。

⑳这三句是说,桃花源中人问渔人现在是什么朝代,他们连汉朝都不知道,更谈不上魏晋了。

㉑具言所闻:一件一件地讲论所知道的世间情形。

㉒叹惋:叹息惊讶。

㉓延:引而进之,约请。

㉔此中人:指桃花源中的人。

㉕不足:不值得。

㉖扶:循、沿着。曹植《仙人篇》:"玉树扶道生,白虎夹门枢。"向路:旧路,指来时走的路。

㉗志:作标记。

㉘郡:指武陵郡。诣:往、至。太守:旧题陶渊明撰的《搜神后记》,记载

这个太守名刘歆。这两句是说渔人回到武陵郡治,去拜见太守,诉说经历。

㉙这句是说寻找原来所作的标记。

㉚刘子骥:名诣之,南阳(今河南南阳)人,晋太元间隐士,好游山泽。见《晋书·隐逸传》。

㉛规:谋划。规往:计划着去。

㉜寻:不久。

㉝津:水路渡口。问津:用《论语·微子》孔子使子路向长沮、桀溺问津的事。这里是访求的意思。这句是说以后就没有访求桃花源的人了。

㉞嬴氏:秦始皇嬴姓。天纪:原指日月星辰运行的规律。这里指天下的秩序。乱天纪:悖天时。这句是说秦始皇暴虐,扰乱了天下的秩序。

㉟贤者避世:用《论语·宪问》的原话,这里指下文的黄、绮。

㊱黄绮:夏黄公和绮里季。他们和东园公、角里先生,为避秦乱,共隐于商山。汉惠帝为之立碑,称为"四皓"(见《高士传》)。商山:在今陕西商县东南。伊人:此人,指桃花源中人。云:虚词,无义。逝:逃隐。这两句是说黄、绮等四个贤人避秦隐入商山之时,桃花源中的人也离开了这个社会。

㊲往迹:初离乱世往桃花源的踪迹。浸:销蚀。湮:湮没。来迳:来桃花源的路。芜废:荒芜。这两句是说桃花源中人的踪迹模糊湮没了,来桃花源的路也荒芜了。

㊳相命:相互呼唤。肆:致力。从所憩:顺势休息。这两句是说相互勉励,尽力耕作,日落便各自休息。

㊴菽:豆类。稷:高粱。这里用菽、稷代五谷。艺:种植。随时艺:按季节种植。

㊵靡:没有。王税:官府所征的赋税。这两句是说春天经营蚕桑可以收得茧丝,秋天庄稼成熟后不要向官家缴税。

㊶这句是说草木掩蔽了荒路,有碍交通。

㊷俎豆:古代祭祀时盛食品的祭器。古法:古时的礼法。

㊸新制:新的样式。

㊹童孺:儿童。纵:任情。行歌:边走边唱。

㊺斑白:头发花白的老人。欢游诣:高兴得到处游玩。

㊻纪历:岁历。志:记。纪历志:岁时的记载。

㊼四时:四季。自成岁:自成一年。

㊽怡然:喜悦的样子。这句和下句是说这种生活很快乐,哪里用得到机巧呢?

㊾奇踪:指桃花源中人的奇特踪迹。隐五百:隐藏了五百年。从秦始皇到晋太元中共五百八十余年,这里举成数。

㊿敞:开放。神界:神仙世界。这句是说一旦显示了这神仙似的境界。

51淳:淳厚,指桃花源中的风俗。薄:浇薄,指当时的世俗。异源:本源不同。

52旋复:立刻又。幽蔽:深深地隐蔽起来。

53游方士:游于方内之士,即世俗中人。尘嚣:尘世。这两句是说世俗中的人无法测知世外桃源中的事情。

54顾言:愿意。言:虚词。蹑:踏、蹈。蹑轻风:乘轻风。

55高举:向高处追攀。契:合。寻吾契:寻找和我志趣相投的人。即指桃花源中的人和"商山四皓"那样的隐士。

## 【简析】

《桃花源诗并记》的写作,据陈寅恪《桃花源旁证》的考证,是有现实生活作根据的。其一,是根据羊长史(羊松龄)入秦(关中)贺刘裕收复长安,听说戴延之随刘裕入关时,著《西征记》,记载北方人民于西晋末为了逃避异族统治者的压迫,便寻找一些平旷而与外界隔绝的地方居住。陶渊明与羊长史友善,大概是他从羊长史那里得知戴延之从刘裕入关中途中之所见闻。其二,是根据刘驎之入衡山采药失路的事,这是晋时极流传的故事。刘驎之即《桃花源记》中的刘子骥。陶渊明大概就是综合这两类生活素材创作成《桃花源诗并记》的。刘裕收复长安在晋安帝义熙十三年(417年),同年羊长史入关贺捷,诗人有《赠羊长史》诗。那么这篇诗和记可能就是这一年写的,当时陶渊明五十三岁。

《桃花源诗并记》都是描绘作者所幻想的乌托邦社会。《诗》的语言质朴,比较详细地记叙了桃花源社会制度的情况。《记》用散文的形式,曲折新奇的情节,描绘出一个古朴社会风俗的画面。《诗》是从桃花源的历史来写,《记》是从渔人眼中所见来写,互相照应,才把这个完整的乌托邦社会展现出来。这个社会的主要特点就是没有剥削,所谓"秋熟靡王税",从而也就没有压迫。人人劳动,自耕自食。北宋的政治改革家王安石在其《桃源行》中指出这个社会"虽有父子无君臣",是很中肯的。这种理想虽然承袭了老子"小国寡民"的社会理想的影子,但更重要的是在现实斗争中产生的。"问今是何世,乃不知有汉,无论魏晋。"就说明陶渊明是经过几度政变之后,受到政治刺激,才逃避到这个乌托邦的境界里来了。这是陶渊明政治思想的结晶。它反映了封建社会小私有者农民反对剥削,反对兼并,反对专制的思想要求,是对当时战乱、污浊、残酷的社会现实的否定。但是这种政治理想有浓厚的复古色彩,不是从社会发展的趋势看问题,因此就削弱了它的进步意义。

## 咏贫士

万族各有托,孤云独无依①;暖暖空中灭②,何时见余晖。朝霞开宿雾,众鸟相与飞③,迟迟出林翮④,未夕复来归。量力守故辙⑤,岂不寒与饥? 知音苟不存,已矣何所悲⑥。

### 【注释】

①万族:犹万类。托:依附。孤云:以喻贫士。这两句是说自然万类各有所依附,只有孤云一片无依无凭。

②暖暖:昏昧的样子。这句和下句是说孤云在空中黯然消逝,什么时候能看见它的光辉?

③宿雾:夜雾。朝霞开宿雾:喻朝廷更迭。众鸟相与飞:喻众人趋附。这两句是说朝霞驱散夜雾,众鸟相与而飞。

④翮:鸟羽的茎,这里指鸟,以喻贫士。这句和下句是说唯有这只鸟迟迟地飞出树林,天还没有黑又飞回来了。

⑤故辙：旧道，指安于贫贱之道。这句和下句是说衡量一下自己的能力只能守贫贱故道，难道不知要忍饥受寒？

⑥苟：且。已矣：犹算了吧！这两句是说但世上没有知音，算了吧，还悲伤干什么？

## 【简析】

《咏贫士》共七首，都是以写古代贤人安于贫贱的事，抒发自己不慕荣利的心境。第一首云："朝霞开宿雾，众鸟相与飞。"人们都认为是暗喻改换朝代后群臣趋附的景象。按宋武帝于晋恭帝元熙二年六月即位，改年号为永初。那么这七首诗当作于宋武帝永初元年(420 年)，陶渊明五十六岁。

这一首是原诗的第一首，咏贫士，也是诗人自咏。作者以孤云比喻贫士的高洁孤独，以飞鸟早归比喻贫士的落落不得意。最后以世无知音而表现出无限的悲伤和愤慨！

## 咏荆轲

燕丹善养士，志在报强嬴①。招集百夫良，岁暮得荆卿②。君子死知己，提剑出燕京③。素骥鸣广陌，慷慨送我行④。雄发指危冠，猛气充长缨⑤。饮饯易水上，四座列群英⑥。渐离击悲筑，宋意唱高声⑦。萧萧哀风逝，淡淡寒波生⑧。商音更流涕，羽奏壮士惊⑨。心知去不归，且有后世名⑩。登车何时顾，飞盖入秦庭⑪。凌厉越万里，逶迤过千城⑫。图穷事自至，豪主正怔营⑬。惜哉剑术疏，奇功遂不成⑭。其人虽已没，千载有余情⑮！

## 【注释】

①燕丹：燕太子名丹。士：指春秋战国那些诸侯的门客。嬴：秦王姓嬴氏。强嬴：指秦国。这两句是说燕太子丹喜欢供养门客，用意在向秦王报仇。

②百夫良：能抵抗百人的良士，另一种说法认为是百人之中最雄俊者。岁

暮:晚年,或年深日久。荆卿:荆轲,卿是尊称。这两句是说燕太子丹招募勇士,年深日久得到了荆轲。

③君子:指荆轲。死知己:为知己者而死。燕京:燕国的都城。这两句是说荆轲抱着士为知己者死的精神,手持宝剑离开燕京去为燕太子丹报仇。

④素骥:白马。广陌:大道。我:荆轲自称。这两句是说白马在大道上长啸,燕太子丹等人慷慨送行。

⑤危冠:高冠。长缨:系冠的丝带。这两句是说荆轲怒发冲冠、猛气动缨。

⑥饮饯:饮酒送别。易水:源出河北易县西,东流至定兴县西南入拒马河。四座:周围座位。这两句是说在易水上饮酒送别,周围坐的都是英豪。

⑦渐离:高渐离。筑:古乐器名,像琴,十三弦,颈细而曲,用竹敲打。宋意:燕国勇士。这两句是说高渐离击筑,宋意高歌。

⑧萧萧:风声。淡淡:同澹澹,水动摇的样子。荆轲出发时歌曰:"风萧萧兮易水寒"。这两句是说悲风萧萧,寒波澹澹。

⑨商、羽:都是音调名。古代乐调分宫、商、角、徵、羽五音,商音凄凉,羽音慷慨。这两句是说筑奏商调人们都为之流涕,奏羽调人们则慷慨震惊。

⑩这两句是说心中知道此去必死,但可传名于后世。

⑪盖:车盖。飞盖:车奔驰如飞。秦庭:秦的朝廷。这句和上句是说荆轲登车飞驰去秦,连头也没回。

⑫凌厉:奋勇直前的样子。逶迤:迂曲长远的样子。这两句是说奋勇直前飞越万里路程,迂回曲折经过上千座城镇。

⑬图:指荆轲所献燕国地图。穷:尽。事:指行刺之事。豪主:指秦始皇。怔营:惶惧。这两句是说地图舒展到尽头,行刺的事自然发生了,秦始皇当时非常惊恐。

⑭剑术疏:剑术不精。奇功:指刺杀秦始皇的事。这两句是转述鲁勾践的话,惋惜荆轲剑术不精,以致大功未成。

⑮其人:指荆轲。余情:生气。这两句是说荆轲虽然死了,但他的精神却流传千古。

## 【简析】

这首诗和《咏二疏》、《咏三良》都是咏史诗,内容相近,以咏史述怀,因此应是同时期的作品。《咏三良》是悼念张不忍心向零陵王(晋恭帝)进毒酒,而自己饮毒酒自杀的事。这件事发生在宋武帝永初二年(421年),那么这首诗也可能是此时所写。这一年陶渊明五十七岁。荆轲是战国末年的刺客,为了报答燕太子丹的知己之情,到秦国去刺秦始皇,行刺不中,被杀。这首诗是歌颂荆轲那种英勇报仇精神的。陶渊明对秦始皇十分憎恶,他在《桃花源》诗中即指斥"嬴氏乱天纪",而他自己又经常以避秦的四皓自居。相反他对荆轲从少年时起就很喜爱,到晚年就更缅想和赞叹了。他为晋之灭亡而惋惜,因此希望有荆轲这样刺客出现。当然,他并非要刺杀刘裕,但是他对荆轲的咏叹在当时应该是有针对性的,所以诗中特别突出了荆轲那种慷慨激昂誓死报仇的精神。"其人虽已没,千载有余情!"是赞叹荆轲的精神不死,更重要的是抒发自己的思想意向。

# 挽歌诗

荒草何茫茫,白杨亦萧萧[1]。严霜九月中[2],送我出远郊[3]。四面无人居,高坟正嶕[4]峣。马为仰天鸣,风为自萧条。幽室一已闭,千年不复朝[5]。千年不复朝,贤达无奈何[6]。向来相送人[7],各自还其家。亲戚或余悲,他人亦已歌[8]。死去何所道,托体同山阿[9]。

## 【注释】

[1]茫茫:广大的样子。萧萧:风声。这两句是说荒草一片,没有边际;风吹白杨,发出萧瑟的声音。

[2]严霜:寒霜。

[3]远郊:指荒郊墓地。

[4]嶕峣(jiāo yáo 交尧):很高的样子。这句和上句是说周围没有人居住,全是坟墓。

⑤幽室:指圹穴。这两句是说圹穴一旦被封闭,就如同黑夜永远不会天亮了。

⑥这两句是说对于死,贤人达士也无可奈何。

⑦向:昔,刚才。这句和下句是说刚才来送葬的人各自都回家了。

⑧或余悲:有些人仍含悲痛。亦已歌:也就歌唱快乐了。这两句是说亲戚中有些会悲哀的时间长一点,其他人则早就忘了伤悲。

⑨何所道:有什么可说的? 山阿:山陵。这两句是说对于死有什么可说的,不过是寄身于山陵而已。


## 【简析】

挽歌就是丧葬歌,传说最初是拖引柩车的人所唱,所以叫挽歌。陶渊明《挽歌诗》共三首,是他生前自挽之词。他卒于宋文帝元嘉四年(427年)十一月,诗中说"严霜九月中",是他死前两个月写的。除了这三首诗外,还有一篇《自祭文》,都是他最后的作品。这里选的一首是原诗的第三首。

这首诗表现了他对"死"的达观看法。死有什么了不起,不过是把骸骨托之山陵罢了,这原是一种自然物质的变化。同样在《自祭文》中说:"人生实难,死如之何!"都表现了他倔强的视死如归的精神。

# 颜延之

颜延之(348—456年),字延年,琅琊临沂(今山东省临沂县)人。早年孤贫,好读书,又好饮酒,行为放达。刘裕即位后,官太子舍人,又领步兵校尉,元嘉三年出任永嘉太守。孝武帝时为金紫光禄大夫。

在刘宋时代,颜延之与谢灵运齐名,时称"颜谢"。有人说他的诗如"错采镂金",极其精美华丽。由于好雕词炼句,喜用古事,所以他的诗语言艰涩,内容隐晦。其成就在谢之下。传有《颜光禄集》。

# 阮步兵

阮公虽沦迹①,识密鉴亦洞②。沉醉似埋照③,寓词类托讽④。长啸若怀人⑤,越礼自惊众⑥。物故不可论,涂穷能无恸⑦。

## 【注释】

①沦迹:隐没足迹,指隐居不仕。

②鉴:照,这里指观察识别。洞:深远。这句的意思是说阮籍的见识很细密,对事物的观察很深刻。

③埋照:把光芒隐藏起来,指有才识而不外露。这句是说阮籍饮酒求醉好像是有意隐藏起自己的才识。

④寓词:在诗歌中寄托自己的思想感情,这里是指写作《咏怀诗》。这句是说阮籍写《咏怀诗》好像是用来讥讽现实的。

⑤长啸:高声吟唱。据《世说新语·栖逸》记载:阮籍善啸,可以"啸闻数百步"。

⑥越礼:违背礼法。这句是说阮籍不受礼法的束缚,使一般人感到惊愕。据《晋书·阮籍传》记载:"籍嫂尝归宁,籍相见与别";"邻家少妇有美

色,当炉沽酒。籍尝诣饮,醉便卧其侧";"兵家女有才色,未嫁而死。籍不识其父兄,径往哭之,尽哀而还"。这在当时都被看作是越礼的行为。

⑦物故:世故,世事。涂:道路。涂穷,用途,没有路。恸:悲痛。这二句是说:阮籍看到世事败坏已不可论,他处于穷途怎能不悲恸呢!

**【简析】**

阮步兵,即阮籍,他曾经做过步兵校尉,所以世称阮步兵。

这首诗选自颜延之的《五君咏》。《五君咏》共五首,分咏阮籍、嵇康、刘伶、阮咸和向秀五人。《阮步兵》是第一首。

这首诗主要是赞扬阮籍,说他的隐居醉酒、作诗、长啸以及越礼的行为,都包涵着对当时政治的清醒认识和不满。诗人通过对阮籍的怀念表达了自己不得意的情怀。

# 谢灵运

　　谢灵运(385—433年)，陈郡阳夏(今河南省太康县)人，世居会稽(今浙江省绍兴县)。东晋大士族宰相谢玄之孙。谢玄死后，谢灵运只有十八岁就袭爵康乐公，因称谢康乐。420年宋高祖刘裕代晋后，谢灵运降公爵为侯，先后出任永嘉太守及临川内史等职。他"自谓才能宜参权要"，但却不被重用，所以对刘宋王朝心怀不满。谢灵运为人奢豪放纵，一向寄情山水，不恤政事，游娱宴集，夜以继日。元嘉十年因谋反获罪被杀。

　　谢灵运是晋、宋之际的著名山水诗人。他善于用富艳精工的语言记叙游赏经历、描绘自然景物，多有形象鲜明、意境优美的佳句。可是从全篇来看，往往是在结尾时落入玄言佛理的旧套，情调消极颓废，缺乏社会内容。而且语言有时过于雕琢，所以往往比较晦涩。但谢灵运大力创作山水诗，开始从题材上扭转了东晋以来的玄言诗风，对南朝和唐代诗歌的发展有一定的影响。

　　作品有《谢康乐集》(明焦竑本)。黄节的《谢康乐诗注》就是根据焦竑本中的诗歌部分编注的。

# 登池上楼

　　潜虬媚幽姿①，飞鸿响远音②。薄霄愧云浮③，栖川怍渊沉④。进德智所拙⑤，退耕力不任⑥。徇禄及穷海⑦，卧疴对空林⑧。衾枕昧节候⑨，褰开暂窥临⑩。倾耳聆波澜⑪，举目眺岖嵚⑫。初景革绪风，新阳改故阴⑬。池塘生春草，园柳变鸣禽⑭。祁祁伤豳歌⑮，萋萋感楚吟⑯。索居易永久，离群难处心⑰。持操岂独古⑱，无闷征在今⑲。

## 【注释】

①潜虬(qiú 求):潜藏着的虬龙。虬,传说中一种有角的小龙。媚:自媚,自我欣赏。幽姿:美丽的身姿。这句是根据《易·乾卦》中"潜龙勿用"的意思,来写虬龙隐藏在水中欣赏着自己美丽的身姿。

②飞鸿响远音:这句是根据《易·渐卦》中"鸿渐于陆"的意思,写鸿雁高飞把声音传送到远方。

③薄:与"泊"通,止。云浮:飘浮在云间。这句是接第二句,说自愧不能像鸿雁那样飞上云霄以避祸远害。

④栖川:栖息在水中。怍(zuò 作):惭愧。这句是接第一句,说自惭不能像栖居深渊中的虬龙那样潜藏而保真。

⑤进德:进德修业,提高道德修养。智所拙:智力低下不能达到。

⑥退耕:退位隐居耕田。力不任:力量不能胜任。

⑦徇禄:追求俸禄,作官。及:到。穷海:边远的海滨,这里是指永嘉郡。

⑧疴(ē 阿):病。卧疴,卧病在床上。空林:指冬季干枯的树林。

⑨昧:糊涂,不明白。这句是说病中整日卧在衾中、枕上,竟不知季节的变换。

⑩褰(qiān 千):揭开,掀起。这句是说暂且打开帷帘,在楼上观望一下外面的景物。

⑪倾耳:侧耳,聚精会神倾听的样子。聆(líng 零):听。

⑫岖嵚(qīn 钦):山势高峻的样子。

⑬初景:初春的阳光。绪风:余风,北风的余威。新阳:刚刚到来的春天。故阴:已经过去的冬季。这二句的意思是说:新春的阳光清除了寒风的余威,春天来临,严冬已经过去了。

⑭变:变换。变鸣禽,也就是"时鸟变声"。因园中鸟类众多,所以啼声宛转多变。这二句是说:池塘边嫩草初生,园中柳树上各种鸟在宛转地啼叫。

⑮祁祁(qí 齐):众多的样子。豳(bīn 宾)歌:豳人的诗歌。豳,古国名,在今陕西省旬邑县西。这里是指《诗经·豳风·七月》,其中有"春日迟迟,采繁祁祁,女心伤悲,殆及公子同归"的诗句。这句是说:看到春草繁茂,使

人想到"采繁祁祁"的诗句,不免因思归而内心悲痛。

⑯萋萋:草茂盛的样子。楚吟:指《楚辞·招隐士》,其中有"王孙游兮不归,春草生兮萋萋"的诗句。这句是说:又想到"春草生兮萋萋"的诗句,就更因不能归去而感伤了。

⑰索居:独居。这二句是说:离开朋友而孤居独处容易觉得日子太长,寂寞得难以忍受。

⑱持操:坚持自己高尚的节操,指遁世归隐的思想行为。这句是说:难道只有古人能坚持自己的节操吗?

⑲无闷:《易·乾卦》中有"遁世无闷"的话,是说隐士不求成名,一心避世而没有任何忧闷。征:证实。征在今,今天从我这里可以得到验证。这句话是说:我今天也可以做到隐居避世而毫无烦恼苦闷。

## 【简析】

池上楼,在永嘉郡(今浙江省温州市)。谢灵运是从宋武帝永初三年(422年)的七、八月到第二年(文帝景平元年)的七、八月在永嘉任太守的。这首诗应是写在423年的初春。

《登池上楼》是写诗人久病初起登楼远眺时的所见所感。前部分抒发官场失意的牢骚,中间描绘登楼远望所见到的景物,最后表达了怀人思归的情绪。诗中成功地描写了初春时节池水、远山和春草、鸣禽的变化,使人感到生意盎然。但从全诗的思想情调来看却有些低沉。

# 鲍照

鲍照(约414—466年),字明远,东海(今江苏省涟水县北)人。出身贫寒。因向宋临川王刘义庆献诗而受到赏识,被任为国侍郎。文帝时迁中书舍人。临海王子顼镇荆州,鲍照又任前军参军,所以世称鲍参军。后临海王谋反,鲍照死于乱军之中。他生活在南北中国分裂,门阀士族当权的时代,一生关心国家命运,对刘宋王朝的政治深为不满。但由于"家世贫贱"而在宦途上饱受压抑。

鲍照是宋代成就最高的诗人。他的诗歌思想内容较丰富,具有明显的社会意义。有些诗直接反映了人民在战乱和徭役压迫下的痛苦生活,表达了作者要求保卫国家的热烈愿望,和对士族门阀的揭露和愤怒抗议。但也有的作品流露了乐天安命、及时行乐的消极思想和感伤情绪。

鲍照的七言诗和杂言乐府继承了汉魏乐府的传统又有所发展,具有感情慷慨奔放,词采新奇丰盛,音节激昂顿挫的特点。尤其是他的七言诗,对于当时诗体的发展起了很大的推动作用。《南齐书·文学传论》说他"发言惊挺,操调险危",这种独特的浪漫主义风格对于唐代诗人产生过重要影响。

今传《鲍参军集》十卷。诗集的注本有黄节《鲍参军诗注》较完善。

## 代放歌行

蓼虫避葵堇,习苦不言非①。小人自龌龊,安知旷士怀②。鸡鸣洛城里,禁门平旦开③。冠盖纵横至④,车骑四方来。索带曳长飙,华缨结远埃⑤。日中安能止⑥,钟鸣犹未归⑦。夷世不可逢,贤君信爱才⑧。明虑自天断,不受外嫌猜⑨。一言分珪爵,片善辞草莱⑩。岂伊白璧赐,将起黄金台⑪。今君有何疾,临路独迟回⑫?

【注释】

①蓼虫：蓼草上生长的小虫。蓼，指泽蓼，一种草本植物，叶味辛辣。葵堇(jǐn 紧)：又名堇葵，一种野菜，味甜。见《楚辞·七谏》："蓼虫不徙乎葵藿"。这两句是说蓼虫习惯于蓼叶的辣味，而不去吃甜美的堇葵。

②龌龊(wò chuò 握辍)：拘束的样子，指局限于狭隘的境界。旷士：旷达之士，不拘于世俗之见的人。这两句是说小人见识不高，哪能了解旷士的思想感情，正和蓼虫不知葵堇滋味一样。

③洛城：洛阳城，这里是泛指京城。禁门：皇宫的门。天子居住的地方叫禁中，门设禁卫，警戒森严，所以叫禁门。平旦：平明，天刚亮的时候。

④冠盖：冠冕与车盖。指戴高冠乘篷车的达官贵人。纵横至：纷纷而来。纵横，是纷纭杂乱的样子。

⑤索带：古时大夫所用的衣带。曳：引、拉动。长飙：暴风。华缨：华美的冠缨，一种用彩线做成的帽带。这二句是写官僚们驱车奔驰、风尘仆仆的景况，意思是说索带为大风所飘动，华缨上面积满了尘土。

⑥日中：中午。

⑦钟鸣：钟鸣漏尽，指深夜戒严之后。

⑧夷世：太平之世。信：诚然，确实。从这二句以下都是"小人"说的话。

⑨天：指君王。这二句是说英明的考虑总是出于君王自己的决断，并不因别人的影响而产生猜疑。

⑩珪(guī 归)：一种上圆下方的玉板，古代封官时赐珪作为符信。爵：爵位，官阶。草莱：田野。这二句是说只要有一言可取就赐给官爵，只要有一点好处就让他辞别田野到朝廷来做官。

⑪岂伊：哪里。白璧赐：赏赐白璧。《史记·平原君虞卿列传》记载：赵孝成王一见虞卿即赏赐黄金百镒、白璧一双。这句话就是用的这一典故。黄金台：在今北京附近。燕昭王筑黄金台，上置千金，以招天下贤士。这二句是说君王礼贤下士，岂但赏赐白璧，还要为贤士起造黄金台呢！

⑫君：指旷士。迟回：迟疑不前。这二句是小人问旷士的话。

**【简析】**

这首诗是拟古乐府《相和歌·放歌行》的。代，就是拟，模仿的意思。

诗中的"旷士"是诗人自喻，"小人"是指那些争名夺利的达官贵人。诗赞扬了旷士的疏放不仕，而揭露了小人的奔竞驰逐，爱憎感情，非常鲜明。晋宋以来，是官僚贵族和皇室争夺政权十分剧烈的时期，在这种剧烈的斗争中，文人往往成为牺牲品，这就是作者"临路独迟回"的原因，也是作者所以赞扬这种狂放行为的历史背景。

# 代东武吟

主人且勿喧，贱子歌一言①：仆本寒乡士②，出身蒙汉恩。始随张校尉，召募到河源③；后逐李轻车，追虏出塞垣④。密涂亘万里，宁岁犹七奔⑤。肌力尽鞍甲，心思历凉温⑥。将军既下世⑦，部曲亦罕存⑧。时事一朝异，孤绩谁复论⑨？少壮辞家去，穷老还入门⑩。腰镰刈葵藿⑪，倚杖牧鸡⑫豚。昔如鞲上鹰，今似槛中猿⑬。徒结千载恨，空负百年怨⑭。弃席思君幄⑮，疲马恋君轩⑯。原垂晋主惠，不愧田子魂⑰。

**【注释】**

①贱子：老军人的自称。

②仆：老军人的自称。寒乡：贫寒的地区。

③张校尉：汉代的张骞(qiān 千)。校尉，官名。张骞曾任校尉随大将军卫青北击匈奴。召募：应召从军。河源：黄河的发源地。

④李轻车：汉代李蔡。轻车，官名，即轻车将军。虏：对敌人的称呼，指匈奴。塞垣：边疆用以防阻敌人入侵的城墙。

⑤密涂：近路。亘：绵延。宁岁：安定的年岁。七奔：七次奔命。《左传》中有子重"一岁七奔命"的话。这二句是说自己所走过的最近的路程也有万里之遥，安宁的年头也要有七次奔命。如遇到战乱年代其劳累艰苦就更加厉害了。

⑥尽鞍甲：尽于鞍甲。鞍甲，鞍马。尽鞍甲，指征战。历凉温：经历了无数寒暑。凉温，寒暑变化，指年月。这二句是说肌力在鞍马之间消耗尽了，思乡的感情也经历了无数次的寒暑变化。

⑦下世：去世，死去。

⑧部曲：本是汉代军队的编制名称。大将军领五部，部下有曲。这里是泛指将军的部下。罕存：活着的很少。

⑨孤绩：独有的功绩。这二句是说这时候的情况已经不同了，还有谁来评论我特有的功绩呢？

⑩穷老：孤独贫困的晚年。

⑪腰镰：腰间带着镰刀。刈（yì 意）：割。葵藿：泛指豆类植物。葵，一种蔬菜。藿，豆叶。

⑫豚（tún 屯）：小猪。

⑬鞲（gōu 沟）：皮革制的臂衣，打猎时套在臂上以擎猎鹰。槛：圈野兽的栅栏。这二句是说自己过去像立在地上的猎鹰，今天像圈在槛中的猿猴，以比喻过去的英勇善战，今天的潦倒不得志。

⑭结：聚集。千载恨、百年怨：千百年来人们所没有过的怨恨。负：承担。这二句是说虽然自己怀有很深的怨恨，但却没有人理解。

⑮弃席：被抛弃的席蓐。这用的是晋文公故事。《韩非子·外储说左上》记载：晋文公在外流浪了二十年，当他回到晋国为君时，走在黄河边上，下命令要把旧的器皿和卧席都扔掉，让那些手足长了茧子、脸色发黑的人走在最后。他的功臣咎犯劝谏他说：席蓐等是有用的东西，不应扔掉，手足胼胝、面目黧黑的是有功的人，不应当遗弃他们。于是晋文公便收回了成命。幄（wò 卧）：用木架成的帐幕。这句是以弃席自喻，意思是说虽然君主遗弃了我，但我却仍思念着朝廷。

⑯疲马：疲病的老马。这用的是田子方的故事。《韩诗外传》记载：魏田子方出门看见一匹被弃的老马，问知是因为疲病而不用的，他说：老马少壮时尽了力，老了就不用它，这不是仁人所干的事。轩：古时大夫以上所乘的一种车。这句也是自喻，是说自己象被弃的驾车老马一样，还在留恋君主的车子。

⑰晋主:指晋文公。惠:恩惠。田子:田子方。魂:古时与"云"通。云,说。这二句紧接上二句,是说希望君主能象晋文公所做的和田子方所说的那样,不弃旧物,不亏待昔日有功之人。

## 【简析】

这也是一篇拟乐府。《东武吟》属古乐府"楚调曲"。东武,是泰山下的小山名,在今山东省泰安县。

整首诗都是假托一个汉代有军功的人的口吻,叙述自己一生奋战的经历,和老年被弃回家的不平,并表达了他对君主的眷恋,希望君主赐恩,不弃置有功之人。宋文帝在位期间,讨伐北魏曾多次失败,对其将领檀道济等也有牵制和排挤的做法,所以这首诗可能是为讽谏当时的君主而作。

这首诗的思想内容和写法,对于杜甫《出塞》诗的创作有很大的影响。

# 拟行路难

对案不能食①,拔剑击柱长叹息。丈夫生世会几时②,安能蹀躞垂羽翼③?弃置罢官去,还家自休息。朝出与亲辞,暮还在亲侧。弄儿床前戏④,看妇机中织。自古圣贤尽贫贱,何况我辈孤且直⑤!

## 【注释】

①案:一种放食器的小几。

②会:能。这句是说一个人生在世上能有多久呢?

③安能:怎能。蹀躞(dié xiè 叠谢):小步行走的样子。这句是说怎么能裹足不前,垂翼不飞呢。

④弄儿:逗小孩。戏:玩耍。

⑤孤且直:孤高并且耿直。这二句是说自古以来圣人贤者都贫困不得意,何况像我们这样孤高而耿直的人呢!

## 【简析】

《行路难》属乐府《杂曲歌辞》，本是汉代旧曲，晋人袁山松曾改其音调，制成新词。现在汉和晋的歌辞都不传。据郭茂倩引《乐府解题》说："《行路难》备言世路艰难及离别悲伤之意，多以'君不见'为首"。《拟行路难》是鲍照根据乐府古题创作的。诗共十八首(或作十九首)，并不是同一个时期的作品。这首诗是《拟行路难》的第六首。主要是抒发诗人在门阀制度的压抑下，有志不能遂的愤慨，突出地表现了诗人耿直倔强的性格。在艺术上淋漓豪迈，正像刘熙载所说的，是"慷慨任气，磊落使才"(《艺概》)之作。而"弄儿床前戏，看妇机中织"的描写，则自然朴素，富有生活气息。

# 谢朓

谢朓(464—499 年),字玄晖,陈郡阳夏(今河南太康县附近)人。是南朝的世家豪门子弟。年少时就有文名,早年曾做过南齐豫章王的参军、随王的功曹、文学等职。后来曾掌管中书。诏诰,又曾出任宣城太守,所以又称他"谢宣城"。齐东昏侯永元元年(499 年),在统治阶级内部斗争中,因为他不肯依附萧遥光而被陷害,卒年三十六。

谢朓和沈约同时,诗也齐名。号称"永明体"。梁简文帝曾称赞他们两人的诗为"文章之冠冕,述作之楷模。"(见《梁书·庾肩吾传》)从谢朓现存的作品看,他的五言诗确实有新的特色,即:寄情山水,不杂玄言。虽然曾受谢灵运的影响,但内容的深刻和文采的清丽都超过谢灵运。严羽《沧浪诗话》说:"谢朓之诗已有全篇似唐人者。"这话说得不错。今天看来,他的诗对唐代诗人是有较大影响的。谢朓的赋也写得清丽,对后代也有影响。有《谢宣城集》。

## 晚登三山还望京邑

灞涘望长安①,河阳视京县②。白日丽飞甍③,参差皆可见④。余霞散成绮⑤,澄江静如练⑥。喧鸟覆春洲⑦,杂英满芳甸⑧。去矣方滞淫⑨,怀哉罢欢宴⑩。佳期怅何许⑪,泪下如流霰⑫。有情知望乡,谁能鬒不变⑬!

**【注释】**

①灞涘:灞水岸。王粲《七哀诗》:"南登灞陵岸,回首望长安。"这句是借王粲望长安比喻自己望京邑。涘(sì 四),水边。

②河阳:县名,故城在今河南孟县西。京县:指洛阳。潘岳《河阳县诗》:"引领望京室。"这句是借潘岳望洛阳比喻自己望京邑。

③飞甍(méng 萌)：飞甍的屋檐。

④参差：高低不齐。这两句是说，日光照耀在高甍的屋檐上面，从三山远望，高高低低，都可看见。

⑤绮：锦缎。

⑥练：白绸。这两句是说，晚霞布满天空如同锦缎一般，澄清的江水静静地流着，就像白绸铺在地上。

⑦覆：盖。

⑧芳：花。甸：郊野。这两句是说，洲中有许多啼鸟，郊野满是落花。

⑨方：将。滞淫：久留。王粲《七哀诗》："荆蛮非我乡，何为久滞淫。"这句是说，我这次离乡远去，将要久留外地。

⑩怀哉：想念啊。《诗经·王风·扬之水》："怀哉怀哉，易月予旋归哉！"这句是说，我这次停止故乡的欢乐的游宴，真使人怀念哪！

⑪佳期：指还乡邑之期。怅：惆怅。何许：几许，多少。

⑫霰(xiàn 现)：雪粒。这两句是说，想到还乡之期，无限惆怅，眼泪便如霰雪一般地纷纷落下。

⑬鬒(zhěn 诊)：黑发。这两句是说，凡是有情之人无不望乡而悲痛，有谁能够不白了头发呢？

【简析】

这首诗可能是谢朓出任宣城太守，离开建业，路上经过三山时所作。诗中抒发了登山眺望时的思乡之情。三山：在今南京市西南长江南岸，上有三峰，南北相连。京邑：指建业(今南京市)。

# 江淹

江淹(444—505年),字文通,济阳考城(今河南省兰考县)人。年少孤贫,曾仰慕司马相如和梁鸿的为人,不搞章句之学而喜好文章。历仕宋齐梁三朝,做过镇军参军、郡丞、光禄大夫等官职,封醴陵侯。

江淹早有文名,但到晚年才思减退,时人谓之"才尽"。

江淹诗赋都有较高的成就。前人说他的诗"善于摹拟",从他现在所存的诗歌来看,也很善于抒情。有《江醴陵集》。

# 效古

岁暮怀感伤,中夕弄清琴①。庚庚曙风急,团团明月阴②。孤云出北山,宿鸟惊东林③。谁谓人道广,忧慨自相寻④。宁知霜雪后,独见松竹心⑤。

## 【注释】

①中夕:夜中。这两句诗与阮籍《咏怀》诗的"夜中不能寐,起坐弹鸣琴"句意相同。

②庚庚:猛烈。这两句是说,黎明时候的风刮得很急,这时的明月变得阴暗了。

③这两句是说,云从山上出来、鸟从林中飞起。

④人道:指为人处世之道。相寻:频仍,不断。这两句是说,谁说人生的道路宽广？灾难其实一个接着一个。

⑤霜雪:等于说"岁寒"。松竹心:松柏后雕的特性,这里比喻忠心。这两句是说,我现在进献忠言你不采纳,你哪里知道,只有遇到灾难之后,才会看出我的忠贞之心呢？

**【简析】**

　　江淹的《效古》诗共十五首,这是其一。据《梁书》本传说,江淹曾随宋建平王镇守荆州,景素阴谋造反,江淹劝谏不听,于是作《效古》诗以讽。由此可见这诗虽命名《效古》,其实是讽今。

# 何逊

何逊,字仲言,东海郯(今山东省郯城县西)人。史称八岁就能赋诗,二十岁举秀才。范云见到他的对策后,大加赏识,和他结为忘年之友。沈约也很欣赏他的诗,曾对他说:"吾每读卿诗,一日三复,犹不能已。"

何逊曾任尚书水部郎、庐陵王记事等官职。梁天监年间,与吴均同受武帝信任,但后来又被疏远,不再任用。

何逊的诗写得不多,梁元帝说:"诗多而能者沈约,少而能者谢朓、何逊。"颜之推说:"何逊诗实为精巧,多形似之言。"就现存的何逊作品看来,他的诗工于写景抒情,又巧于对仗,音响也很美。有辑本《何记事集》。

## 咏早梅

兔园标物序,惊时最是梅①。衔霜当路发,映雪拟寒开②。枝横却月观,花绕凌风台③。朝洒长门泣,夕驻临邛杯④。应知早飘落,故逐上春来。⑤

【注释】

①兔园:本是汉梁孝王的园名,这里借指扬州的林园。标:标志。物序:时序,时节变换。这两句是说,在花园里是容易看出时节的变化的,其中最使人惊异、最能标志时节变化的就是梅花。

②拟:比,对着。这两句是说,梅花不怕霜雪、不畏风寒,在飘霜下雪的时候,它就在路边开放了。

③却月观、凌风台:可能都是扬州的台观名。这两句是说,梅花在台观周围开得很盛。

④长门:汉宫名。汉武帝曾遗弃陈皇后于长门宫,司马相如为她写过一篇《长门赋》。临邛:汉县名,司马相如曾在临邛饮酒,结识了卓文君。这两

句是说，梅花盛开的时候可以使被遗弃者见之有感而落泪，也可以使钟情的人触景兴怀而勃发。

⑤上春：孟春正月。这两句是说，梅花大概也知道自己飘落得早，所以赶在正月就开起花来了。

【简析】

这是一首咏物诗。诗中称赞梅花开得最早，不怕霜雪，敢抗风寒。通过对梅花这种坚贞品质的歌颂表达了作者自己的清高自负的思想。联系何逊的身世遭遇，诸如早露才华、受到时人称赞、得到皇帝信幸，但也比较早地被皇帝疏远等，可知这诗是有所寄托的。这诗又题"扬州法曹梅花盛开"。

# 阴铿

阴铿,字子坚,武威姑减(今甘肃省武威县)人,生卒年代不详。在梁朝作过湘东王法曹参军,在陈朝作过始兴王中录事参军,累迁晋陵太守、员外散骑常侍。史书上说他博览史传,尤其擅长五言诗,与何逊并称。前人称他的诗善于"琢句抽思","穷态极妍",对唐代诗人如李白杜甫都有影响。

## 江津送别刘光禄不及

依然临江渚,长望倚河津①。鼓声随听绝,帆势与云邻②。泊处空余鸟,离亭已散人。林寒正下叶,钓晚欲收纶③。如何相背远,江汉与城闉④。

【注释】

①依然:依恋的意思。渚:水中小洲。河津:江津。津,渡口。这两句是说,自己送刘光禄没有赶上,便面对着江中小洲、依依不忍离去,在渡口遥望(远去的船只)。

②鼓声:旧注说古时开船打鼓为号,但这里是说开船之后"鼓声"不断,直到船行很远才逐渐听不到声音,可见这"鼓声"当是荡桨、即鼓浪之声。

③下叶:落叶。纶:钓丝。这两句是说,傍晚风寒,林间叶落,钓鱼的人也要收拾回去了。这说明自己在江边帐望已久。

④闉(yīn 因):古时城门外层的曲城,这里即指城门。这两句是说,我和刘光禄一个去江汉、一个归城闉,为什么分离这么遥远呢?

【简析】

这是一首送别的诗,写送别没有赶上、独立江边的依恋之情。船声渐远,帆影渐淡,行人渐少,天色渐晚,写出了心情的无限调怅。

# 庾信

　　庾信(513—581 年)，字子山，南阳新野(今河南省新野县)人，梁朝宫廷文人庾肩吾之子。史称庾信早年博览群书，十五岁即任昭明太子萧统的"东宫讲读"；十九岁任梁简文帝萧纲的"东宫抄撰学士"。父子出入宫廷，深受宠信。他们同徐摛、徐陵父子都是"宫体诗"的提倡者。侯景叛乱时，庾信任建康令，未战先奔，逃往江陵。梁元帝萧绎时，庾信奉命出使西魏。这时西魏出兵南侵，陷江陵，杀萧绎。梁亡，庾信便被留在长安，不能南归。后来在西魏、北周都做过官，官至骠骑大将军、开府仪同三司。

　　庾信在梁时是个文学侍从之臣，也是个宫廷文人。他这时写的诗赋多半思想贫乏，内容空虚，"清新"之作不多。史称"当时后进，竟相模范，每有一文，京都莫不传诵"，其实当时所传诵的并不都是有价值的作品。庾信的好作品都是写于晚年羁留长安之后。他身为南朝的士族，阀阅观念十分浓厚，虽然在北朝"特蒙恩礼"，但他一直不忘故国旧家。他的"乡关之思"，不仅"寄于《哀江南》一赋"，很多诗篇都洋溢着国破家亡、感伤身世的情感。

　　由于早年积有较深的文学素养，晚年又遭遇生活的重大变化，庾信后期的作品就有了比较深广的社会内容，思想意义和艺术造诣都远远超过了前期。这些作品在文学史上有相当重要的影响，后代诗人往往从中得到有益的借鉴。

　　有《庾子山集》留世。

## 拟咏怀

### 其一

　　俎豆非所习，帷幄复无谋①，不言班定远，应为万里侯②。燕客思辽水，秦人望陇头③。倡家遭强聘，质子值仍留④。自怜才智尽，空伤年鬓秋⑤。

**【注释】**

①俎豆：都是古代祭祀用的礼器。俎(zǔ 阻)，古代祭祀时盛放牛羊的礼器。豆，古代高足食器。俎豆合言，代指朝廷的典礼。帷幄(wò 握)：军帐，一般用以代指古代军中的指挥部或谋略。这两句是说，自己既没有作使臣应酬于敌国庙堂的办法，也没有带兵打仗的谋略。

②班定远：班超，汉班超出使西域，曾封为定远侯。这两句是说，自己并不是像班超那样由于立功西域而封侯于万里之外。

③辽水：大辽水，今名辽河，在辽宁省西部，古代属燕国。陇头：陇山，在陕西，古时属秦地。登山可望秦州(今甘肃南部一带)。这两句是说，自己思念家乡，就像燕客之思念辽水、秦人之瞻望秦州一样。

④倡家：歌伎。质子：作抵押的诸侯国君之子。这两句是说，自己被羁留就如同妓女被强聘、质子被扣留一样，并非心甘情愿。

⑤这两句是说，自己才智已尽、年岁已老，抚今思昔，空自悲伤。

**【简析】**

《拟咏怀》是一组诗，共二十七首，是仿阮籍《咏怀》之作。阮籍有《咏怀》八十二首，写他生当改朝换代之际的内心痛苦，庾信的拟作，虽然寄寓的身世之感有所不同，但抒发内心的痛苦是相似的。这些诗大都是追述乱离、感叹身世、羁留北地、怀念故乡的作品。写得悲壮苍凉，很有特色。

本篇原列第三首。诗中写自己既不通礼制，又不懂兵谋，带兵、出使，皆非所长。本是宫廷侍从之臣，打败仗，被羁留，年衰才尽，无计可施。这种慨叹，倒也切合他的实际情况，可以称作发自肺腑的作品。

# 其二

惟忠亦惟孝，为子复为臣①。一朝人事尽，身名不足亲②。吴起尝辞魏，韩非遂入秦③。壮情已消歇，雄图不复申④。移住华阴下，终为关外人⑤。

**【注释】**

①这两句是说,自己既为庾家之子、又为梁朝之臣,惟应尽忠尽孝,不应背弃家国。

②这两句是说,自己的子道臣节都已亏损,人事已无可为,立身扬名都谈不到了。

③吴起:战国魏人,初为鲁将,后为魏将,驻守西河。因受魏相公叔谮毁而离魏奔楚。韩非:战国韩之诸公子,奉命入秦,被害而死。这两句是用吴起辞魏、韩非入秦来比自己去梁到魏,乃是出于不得已。

④壮情:豪情。雄图:指复兴梁朝的谋划。这两句是说,自己的豪情壮志已经消磨完了,雄图大略也不可能施展了。

⑤华阴:县名,在今陕西省东部。关:函谷关。关外人:汉武帝时楼船将军杨仆屡次建立边功,曾以长期作关外人为耻。这两句是说,自己无功于梁,被留在魏、周,等于作"关外人",深以为耻。作者在《率尔成咏》一诗中曾说:"倘使如杨仆,宁为关外人"。意思是说:倘使我能像杨仆那样为国立功的话,则常为"关外人"也是愿意的。

**【简析】**

本篇原列第五首。

这首诗是说自己离家背国,不忠不孝;远事异朝,身败名灭。如今豪情壮志都已消磨净尽,再也没有什么雄图远略了。想到南归终于无望,不胜感叹。

## 其三

榆关断音信,汉使绝经过①,胡笳落泪曲,羌笛断肠歌②。纤腰减束素,别泪损横波③。恨心终不歇,红颜无复多④。枯木期填海,青山望断河⑤。

**【注释】**

①榆关:或称榆塞,在今陕西省榆林县东。这里代指通往南方的关口。汉使:汉朝的使臣,这里代指南朝的使者。这两句是说,通往南朝的音信已

经断绝了,使臣也没有来往了。

②胡笳、羌笛:都是北方民族的乐器。这两句是说,自己听到胡笳之声而落泪,听到羌笛之声而悲伤。

③纤腰:细腰。素:束腰的白绢。横波:指眼睛。这两句是说,腰围减细、身体已经消瘦,眼睛也哭坏了。

④恨心:指离恨。红颜:指青春。这两句是说,自己有无穷无尽的离愁别恨,忧能伤人,青春的年华也没有多少了。

⑤精卫填海:相传炎帝的女儿溺死于东海之中,心恨不已,化为精卫鸟,口衔西山的木石,企图填平东海。故事见《山海经·北山经》。这两句是说,自己虽然回不去了,但仍然希望有一天能够实现这样的志愿:以枯木填海,用青山断河。

## 【简析】

本篇原列第七首。

这首诗是写自己羁留北方之后,梁朝的消息再也听不到了。寄居异地,无以为欢,身心俱病,抱恨无穷,但又仿佛仍然抱着一种朦胧的报国还乡的希望和幻想。

# 南朝乐府

南朝乐府主要是东晋、宋、齐时代的民歌。这些民歌经南朝的乐府机关搜集整理、配乐传习,有的还结合舞蹈去演唱,因而得以保留下来。

郭茂倩的《乐府诗集》将南朝入乐的民歌全归入《清商曲》中,并且又分为《神弦歌》、《吴声歌曲》和《西曲歌》三个部分。《神弦歌》是宗教祭歌,数量极少。《吴声歌曲》是产生于建业(今南京市)附近的民歌,它最初是"徒歌",后来又配上了管弦的伴奏。《西曲歌》是产生于湖北境内长江中游和汉水两岸一些城市里的民歌。《吴声歌曲》和《西曲歌》合在一起约有四百余首。

南朝的乐府机构采集民歌主要是为了适应统治阶级奢侈享乐生活的需要,所以,经他们搜集整理而保存下来的多是描写男女爱情、离别相思的情歌,题材范围比较狭窄,思想格调也不够高。形式上一般是五言四句,多用双关隐语和形象的比喻,语言精巧活泼,风格清新秀丽。从艺术特色和对后世作家作品的影响上来说,南朝乐府在我国古代文学史上具有一定的地位。

# 西洲曲

忆梅下西洲,折梅寄江北①。单衫杏子红,双鬓鸦雏色②。西洲在何处?两桨桥头渡③。日暮伯劳飞,风吹乌臼树④。树下即门前,门中露翠钿⑤。开门郎不至,出门采红莲⑥。采莲南塘秋,莲花过人头。低头弄莲子,莲子青如水。置莲怀袖中,莲心彻底红。忆郎郎不至,仰头望飞鸿⑦。鸿飞满西洲,望郎上青楼⑧。楼高望不见,尽日栏杆头。栏杆十二曲,垂手明如玉⑨。卷帘天自高,海水摇空绿⑩。海水梦悠悠⑪,君愁我亦愁。南风知我意,吹梦到西洲⑫。

**【注释】**

①下:飘落。这二句是说:因回忆起梅花飘落的时候他们曾在西洲聚会,所以当梅花开时便又折梅寄给已去江北的爱人。

②杏子红:一本作杏子黄,即杏黄色。鸦雏色:是说妇女的头发像小乌鸦羽毛那样又黑又亮。

③两桨桥头渡:划动双桨即可到达桥头的渡口。指西洲的所在。

④伯劳:一种鸣禽,亦名博劳。《诗经·七月》:"七月鸣",伯劳仲夏始鸣。乌臼树:亦名乌桕(jiù 旧)。一种高大的落叶乔木。

⑤翠钿(diàn 电):用翠玉制作或镶嵌的首饰。

⑥莲:以下几句的莲字,都有双关的意思。

⑦望飞鸿:古人有鸿雁传书的说法,所以望飞鸿即盼望书信。

⑧青楼:涂饰青漆的楼房,古时谓妇女之所居。

⑨垂手:是说女子垂下扶着栏杆的手。

⑩海水:江水。一说指秋夜的蓝天。

⑪海水梦悠悠:是说思梦如海水悠悠不断。

⑫这二句是说:希望南风能理解她对爱人的思念之情,把她送到在西洲团聚的美梦中去,即希望在梦中相会。

**【简析】**

《乐府诗集》把《西洲曲》归在"杂曲歌辞"中,题作"古辞"。关于这首诗的时代和作者有许多不同的说法。从其格调及词句的工巧来看,它应是经过文人加工修润的南朝后期的民歌。

根据温庭筠写的《西洲曲》中"西洲风色好,遥见武昌楼"的句子推测,西洲应在武昌附近,可能是武昌市西南方长江中的鹦鹉洲。

《西洲曲》是一首情歌。由于它"声情摇曳而纤回"(《古诗归》),有些诗句不很联贯,意思不够明显,所以对其内容历来都有不同的解释。大致来说,这是一首作者的侧面描绘与人物的自我抒情相互结合的情歌。它表现一个居住在西洲附近的女子当爱人到江北去后,她思念和等待爱人回来的思想感情。作者很善于紧扣住节候和客观景物的变化来刻画女子细腻、缠绵的情感。诗中多用"接字"和"钩句",以加强诗歌语言的音乐节奏感。这种婉约风格正体现了南朝民歌的特色,说明它可能是《吴歌》、《西曲》最成熟阶段的作品。

# 北朝乐府

　　北朝乐府民歌保存下来的数量不多,总共约有七十余首。主要收录在《乐府诗集》的《梁鼓角横吹曲》中,其余属于《杂歌谣辞》和《杂曲歌辞》。《鼓角横吹曲》是北方民族用鼓和角等乐器在马上演奏的一种军乐,其歌词的作者主要是东晋以后北方的鲜卑族和氐、羌等族的人民。其中虽然也有汉语歌词,但很多是用鲜卑等语言歌唱的。后来到北魏太武帝以后,北方各族与汉族在文化上进行了大融合,于是这些民歌就经过翻译先后传入南朝的齐、梁,并由梁朝的乐府机关保存下来,所以称为《梁鼓角横吹曲》。《杂歌谣辞》和《杂曲歌辞》收录的则多是徒歌和谣谚。

　　北朝乐府民歌的题材范围比南朝的广阔,可以说是比较生动地反映了北朝丰富的社会生活、壮丽的山川景物和北方人民乐观、粗犷的精神面貌。有些作品具有明显的现实性、战斗性。在艺术上,北朝乐府体裁多样,语言质朴、生动,风格豪放刚健。其思想和艺术上的成就都是南朝乐府民歌所不及的。

## 木兰诗

　　唧唧复唧唧,木兰当户织。不闻机杼声,惟闻女叹息。问女何所思?问女何所忆?"女亦无所思,女亦无所忆。昨夜见军帖,可汗大点兵。军书十二卷,卷卷有爷名。阿爷无大儿,木兰无长兄。愿为市鞍马,从此替爷征。"东市买骏马,西市买鞍鞯,南市买辔头,北市买长鞭。朝辞爷娘去,暮宿黄河边。不闻爷娘唤女声,但闻黄河流水鸣溅溅。旦辞黄河去,暮至黑山头。不闻爷娘唤女声,但闻燕山胡骑声啾啾。万里赴戎机,关山度若飞。朔气传金柝,寒光照铁衣。将军百战死,壮士十年归。归来见天子,天子坐明堂。策勋十二转,赏赐百千强。可汗问所欲,"木兰不用尚书郎,愿借明驼千里足,送儿还故乡。"爷娘闻女来,出郭相扶将;阿姊闻妹来,当户理红妆;小弟闻姊来,磨刀霍霍向猪羊。开我东阁门,坐我西阁床;脱我战时袍,着我旧时裳;当窗理云鬓,对镜帖花黄。出门看火伴,火伴皆惊惶。"同行十二年,不知木兰是女郎。"雄兔脚扑朔,雌兔眼迷离。双兔傍地走,安能辨我是雄雌?

## 【简析】

郭茂倩《乐府诗集·梁鼓角横吹曲》里收录了两首《木兰诗》,一首是古辞,一首是韦元甫的诗。我们这里要谈的是《木兰诗》古辞。

这首《古辞》是经过后代文人润饰的,比如"万里赴戎机"六句,对仗精工、词语遒丽,纯属律调,当是文人的手笔。又如"策勋十二转"是唐代制度。《乐府诗集》和《诗纪》还引到陈朝和尚智匠《古今乐录》的话,说"木兰不知名,浙江西道观察使兼御史中丞韦元甫续附入。"韦元甫是唐朝人,死于大历六年,《古今乐录》不可能提到他,所引显然是唐朝人的文字。不能根据这些话就断定《古辞》产生于唐朝。

这首脍炙人口的《木兰诗》应该是北朝民歌。余冠英先生认为这诗的时代不会产生于"五胡乱华"以前,也不会产生在陈以后,"因为陈代人智匠所编的《古今乐录》已经提到这诗的题目了。最可能的情形是事和诗都产生在后魏,因为后魏与'蠕蠕'(即柔然)的战争和诗中的地名相合。"(见《乐计诗选》)诗先从木兰叹息写起,是为引出发问,再由木兰作答,带起木兰代父从军本事。这个开头,有北朝民歌套语的痕迹。如《折杨柳枝歌》说:"敕敕何力力,女子临窗织。不闻机杼声,只闻女叹息。问女何所思?问女何所忆?阿婆许嫁女,今年无消息。"《木兰诗》"唧唧复唧唧"一作"唧唧何力力",这首则作"敕敕何力力"。余冠英先生认为"敕敕"、"唧唧"、"力力"都是叹息声。"当户织"三字看出木兰劳动妇女的本色。但"不闻机杼声,惟闻女叹息。"她停机不织,在那里叹息。未见其人,先闻其声。两首诗的开头都一样,而且都提到"所思"、"所忆"。如果"所思"、"所忆"泛指所想的事情,那木兰明明想着"军书十二卷,卷卷有爷名",为什么她又说"女亦无所思"呢?可见"所思"、"所忆"当有特殊的含决。对照《折杨柳枝歌》,"所思"、"所忆"应该指女子所思念的情人。这种用法在汉乐府就有了,《古铙歌》十八曲中

《有所思》一篇，"所思"就指诗中女主人所思念的人，张衡《四愁诗》"我所思兮在泰山"，所思也指情人。至于"问女何所思"，究竟是谁在问？我们说，不一定有什么人问，当然，也可看作歌者的口气，因为它是口头传唱的民歌！这种设为发问，目的是引出木兰的自述，她是为父亲被征而发愁。"阿爷无大儿，木兰无长兄"，终于她下了决心，希望家里为她"市鞍马"，她要替父出征。置办鞍马，写到东、西、南、北四市，似乎每市买一件东西，其实这是不可能的。然而这样写，却使人看到出征前繁忙准备、精心挑选，为木兰烘托行色。然后写出征。通过"旦辞"、"暮宿"、"黄河"、"黑山"，见其逶迤行军、艰苦转战；又透过"不闻"、"但闻"的重复词语，可以想见木兰的离乡思亲之情。这又是把叙事和抒情融合得恰到好处的典型例子。从"万里赴戎机"至"壮士十年归"，这六句虽然是文人的增饰，却极概括精练。前二句总括行军，中二句月夜宿营，末二句写战争结束。"百战死"三字，内涵极丰，它概括了多少次的战斗！而"壮士十年归"不但对得工稳，还起到承上启下的作用，只一句就转到木兰凯旋还朝。真是要言不烦，何等笔力！从"归来见天子"至"送儿还故乡"，这里说木兰还朝，天子论功行赏，策勋至于十二转，赏赐比百千还要超过，极言木兰功大。大概天子还要给她尚书郎做，她拒绝了，所以有"木兰不用尚书郎"的话。她不想做官，表现木兰普通劳动者的本色。这里附带要说明的是"送儿还故乡"一句"儿"字的含意。总观全篇，木兰自称多用"女"，或直称"木兰"，对其姊，自称"妹"，对其弟，自称"姊"，这里却自称"儿"。因为她这时仍是未卸戎装的"男性战士"。这个称谓也体现了民歌的特点。老百姓见皇帝，往往自称"草民"，不像官员那样称"臣"。从"爷娘闻女来"至"安能辩我是雄雌？"写木兰得胜还乡，全家人都高兴地迎接。爷娘相扶出郭、阿姊理妆、阿弟杀猪宰羊，准备为阿姊洗尘，都是写迎接，而又合乎各自的身份和特点，充满了节日般的欢乐。然后掉转笔头写木兰。她回到自己阔别了十二年的小屋，梳妆打扮，重新开始了女孩儿的生活，这对她是那样新鲜而又那样亲切。这样写，也是为下文"出门看火伴，火伴皆惊惶"作铺垫。"开我东阁门，坐我西阁床"，这是民歌的复沓句法，"东阁"、"西阁"是为有变化，像《诗经》里重章叠句的换字一样。我们不可拘泥字面，机械理解。下面"出门看火伴"几句，木兰恢复了旧时装束，但在伙伴眼里，她却是以新面目出现。这一戏剧性的场面，有很深的内涵："同行十二年，不知木兰是女郎"，一语道破天机，人们不觉联想到这位女英雄十二年中隐瞒性别代父从军的艰苦经历，而为之嗟叹不已。"雄兔脚扑朔，雌兔眼迷离"，有人认为这两句是互文。就是说，雄兔、雌兔都是脚扑朔、眼迷离的，二者没有区别。但末二句又说"两兔傍地走"时，"安能辩我是雄雌"。看来"脚扑朔"、"眼迷离"确是雄兔、雌兔的区别，所以才有末二句。据生物学家的解释，将雄兔悬空提起时，它确是"脚扑朔"，躁动不安的，而雌兔则迷离双眼，显出胆怯的样子。这个解释，比较合理。这结尾四句的比喻，既质朴，又风趣，它来源于劳动生活，文人是写不出来的，而且它带有木兰对伙伴的调侃意味，笼罩全篇，回翔照映，余韵不尽。

这是一首叙事诗，写的是木兰代父从军的故事，然而其着眼点并不在于设计出什么曲折离奇的情节，而是在于通过朴素的叙述突出木兰这个英雄人物。她在人民群众心目中，是一个平凡而又崇高的形象。说她平凡，因为她是个普通的劳动妇女；说她崇高，因为她有崇高的精神境界，她身上集中了劳动人民勤劳、朴素、机智、勇敢的好品质，这从她代父从军和辞官还乡两方面都表现得很充分。

这个故事产生在北朝，有它现实的基础。北朝战争的频繁，人民多习武，所以好勇尚武的精神非常突出。北朝妇女也有习武的，如《李波小妹歌》："李波小妹字雍容，褰裳逐马如卷蓬。左射右射必叠双。妇女尚如此，男子安可逢？"那么木兰的形象就有一定的生活基础，并非向壁虚构的了。总的说，这个形象之所以感人，首先是由于故事内容的质朴、崇高，同时，它又寄托了人民的理想，因此木兰形象又带有传奇色彩。木兰作为女子，转战十二年，得以生还，已属不易，何况还立了战功，而且还"策勋十二转"？这显然是浪漫夸张的手法，有传奇色彩。木兰的形象是在叙述故事的过程中逐步展示给我们的。先写木兰的忧虑和她代父从军的决心，这就揭示了主题，然后围绕主题，层层铺叙：她如何准备，如何出征，如何立功，如何还乡，脉络清晰，有条不紊。这又涉及选材的繁简和详略，本诗只想突出木兰从军的准备、出征沿途所见及还家后的情景，因此这些方面的描写极繁极详，而对她如何杀敌立功却从略，只在还朝策勋时以虚笔带过。在写法上，凡重点详

中国古典名著精华

写的部分,多用铺排。而这些铺排,很少对木兰形象的正面描写,更多的是从旁渲染陪衬,以烘托出木兰的形象,如开头借木兰的叙述,衬出愁怀,以后则借市鞍马烘托木兰行色;借征途环境气氛烘托木兰心理;借爷娘姊弟迎接的热烈气氛烘托木兰胜利归来;最后又借伙伴陪衬木兰,"同行十二年,不知木兰是女郎"尤为点睛之笔,与篇首遥相呼应。这种写法,比起作者单调的平铺直叙来,其艺术感染力不知要高出多少倍。刘熙载《艺概》说:"长篇宜横铺,不然则力单。"谢榛《四溟诗话》又说:"孔雀东南飞,一句兴起,余皆赋也。其古朴无文,使不用妆奁服饰等物,但直叙到底,殊非乐府本色……此皆似不紧要,有则方见古人作手,所谓没紧要处便是紧要处也。"这正是就从旁渲染铺叙而言。而铺叙时又多用排句、叠句,回旋复唱,摇曳多姿,弥足玩味。

《木兰诗》不愧是与《孔雀东南飞》前后媲美的佳作名篇。